소설가 서영은의 서재에서 정릉 모임 친구들과 함께.

그리니치빌리지의 와인 가게에서 일하는 모습. 「알마덴」(1979), 「비」(1980)를 쓰던 무렵.

김지원 소설 선집 3

물이 물속으로 흐르듯 外

김지원 소설 선집 3

물이 물속으로 흐르듯 外

초판 1쇄 인쇄일 2014년 1월 17일
초판 1쇄 발행일 2014년 1월 30일
지은이 김지원 | **펴낸이** 박진숙 | **펴낸곳** 작가정신
편집 김종숙, 황민지 | **디자인** 정인호
마케팅 안치환, 지혜 | **디지털 콘텐츠** 김영란 | **재무** 윤서현
인쇄·제본 한영문화사
주소 413-120 경기도 파주시 문발동 문발로 207 2층
전화 02 335 2854 | **팩스** 031 944 2858 | **이메일** editor@jakka.co.kr
홈페이지 www.jakka.co.kr | **출판등록** 1987년 11월 14일 제1-537호

ISBN 978-89-7288-532-0 (04810)
978-89-7288-528-3 (세트)

이 도서의 국립중앙도서관 출판시도서목록(CIP)은 서지정보유통지원시스템 홈페이지(http://seoji.nl.go.kr)와 국가자료공동목록시스템(http://www.nl.go.kr/kolisnet)에서 이용하실 수 있습니다.
(CIP제어번호 : CIP2014001620)

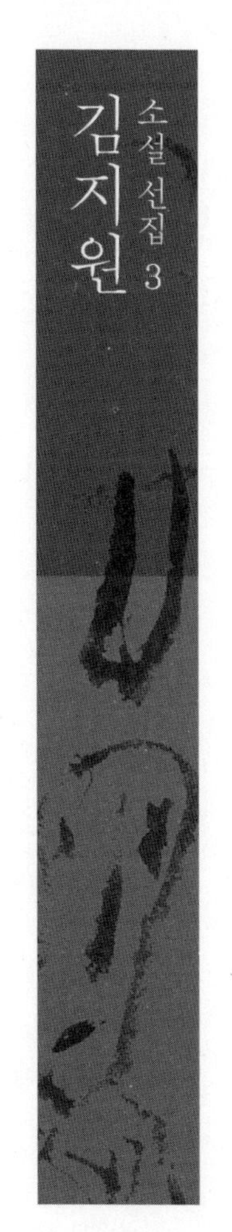

물이 물속으로 흐르듯

外

작가정신

일러두기

1.『김지원 소설 선집』에는 김지원 작가의 단편소설, 중편소설 가운데 문학적 의의와 가치가 높다고 판단되는 작품들을 엄선해 수록했다.

2. 선집 각 권은 작품의 발표 순서와 상관없이 초기·중기·후기의 작품들을 고르게 싣는 방향으로 구성했다. 단, 1권에는 김지원 작가의 초기 작품 세계를 대표하는 두 편의 중편소설과 작가 사진을 실었다. 각 작품의 발표 연도는 책의 말미에 넣은 작가 연보를 통해 확인할 수 있다.

3. 이 책의 맞춤법은 국립국어연구원의 '한글 맞춤법'에 따르는 것을 원칙으로 했다. 띄어쓰기의 경우 출판사 내부의 규정에 따랐으며, 방언·의성어·의태어 및 구어적 표현은 작가의 집필 의도와 작품의 성격에 따라 그대로 두었다. 또한 외래어 표기는 국립국어연구원의 '외래어 표기법'에 따랐음을 밝힌다.

4. 선집의 표지는 1권 이제하(소설가)·2권 김승옥(소설가)·3권 김영태(시인·무용평론가)의 그림, 본문의 장은 조인현의 그림으로 디자인했습니다.

차례

깊은 골짜기 등불 향하는 마음으로

김채원

어느 날 언니는 전화로, 노숙자한테 저기 가서 줄을 서면 저녁을 준다고 알려주고 지금 들어왔다고 말했다. 언니에게서 뉴욕 거리를 걸어 다니다가 묻혀온 저녁 공기 냄새가 전해져 왔다. 두려움과 부끄러움이 아주 많은 언니가 노숙자에게 다가가 용기 내어 그것도 영어로 말했을 모습이 그려졌다.

나는 그 저녁 정경을 떠올리며, 그리고 평소 언니의 생각들을 떠올리며 자연스레 책을 내야겠다고 마음을 정했다. 주저되는 면이 없지 않았다. 언니는 자신의 흔적을 전부 지우고 싶어 했기 때문이다. "제발 부탁이야!"라고 간곡히 말했었다.

언니가 떠난 후 부탁하던 그 증류의 시간에 반하여 책을 내겠다고 생각한 것은, 위험스럽지만 바로 그렇게, 언니가 독자들에게 줄 수 있는 선물이 이것뿐이기 때문이다. 지나온 날들에 대한 회한, 뉘우침, 수치감 같은 것이 가슴을 짓누르고 있기에 흔적을 지우고 싶어 하는 언니에 대해 공감하지 않는 것은 아니면서도, 이 세상이 아닌 영혼 세계에서의 사고는 다르리라, 허용하리라, 유추해보며…….

이왕 내는 것이니 독자들이 되도록 손쉽게 책을 사볼 수 있도록 책값을 최대한 낮게 책정해주기를 바랐고 '작가정신'에서 그것을 받아들여 주었다.

시인인 박진숙 사장과 김종숙 편집팀장, 책 내는 데 깊이 관여해주신 이제하 작가, 그리고 세상의 모든 분들에게 언니를 대신하여 고마움을 전하며 무언가 힘껏, 삶으로부터의 응원을 보내고 싶다.

천품의 감성, 바다의 정한(情恨)

이제하

1960년대 초두 홍대와 합정동 일대가 논밭과 야산으로 메워져 있던 때 서교동 최정희 선생님 댁을 드나들면서 김지원을 만났다. 동생 김채원도 그렇고 어디에 이런 자매가 있었나 싶게 감동을 받은 것은 그녀들에게서 스며오는 문학적 감수성 때문이었을 것이다. 하나는 팔을 펴 하늘을 감싸고 하나는 초롱한 눈빛으로 앞을 응시하고 있었다고 기억한다. 아름답고 격조 높은 규수 작가의 기본적인 이미지가 원래 그런 것일지 모른다.

데뷔작이자《여원》당선작인「늪 주변」을 두고 후에 김지원은 그 지나치게 정감스러운 스토리와 결구를 별로 마음에 들어 하지 않는 눈치였지만 나는 그렇게 생각지 않는다. 그녀가 그 이후 무수히 천착해 왔던 사랑의 본질이나 정한의 그 중심 뿌리가 거기 놓여 있었던 것이다.

세상으로부터 밀려드는 온갖 파고를 그런 감성으로 감당하고 수용하느라 가끔 어깨를 움찔거리던 그 독특한 제스처와 머릿결들이 지금도 눈에 밟힌다. 늘 남의 사정을 먼저 생각하고 거기서 불행의 기미를 느끼기만 하면 눈빛부터 따뜻하게 변하던 그녀는 어느 시간에 소설을 써왔던 것일까. 호기심 강한 체질이 이 좁은 나라에서는 도저히 채울 수 없는 갈증 때문에 뉴욕 같은 이방으로 그녀를 내몰았을지도 모르고 그런 낯선 풍습에 혼융된 감성은 각별한 아취마저 자아내고 있지만 그녀가 일생 파고든 정한의 근거는 늘 이 나라였다. 강대국 틈에 끼어 항시 질곡을 겪는 이 나라의 흙냄새와 시골길과 도시 변두리 외따로 떨어진 집의 퇴락한 뒤란. 거기 찾아온 옛 친구는 고졸한 의자에 외투를 걸쳐두고 잃어버린 사랑을 얘기하고, 주인은 아득한 눈빛이 되어 있다. 그런 장소 그런 길 위에 수놓이는 그녀의 정한은 마치 바다와도 같이 폭이 넓고 깊다.

그 뒤란에 함박눈이 쌓이는 계절에 그녀가 여태 써온 소설들의 정수를 만난다.

지나갈 어느 날

서영은

뉴욕에 사는 친구로부터 "Aran passed away peacefully at 1:41 AM this morning"으로 시작되는 메일을 받았을 때 정서적 충격에 앞서, 그녀의 전 생애를 말해주는 듯한 이미지가 먼저 떠올랐다.

안개, 또는 눈보라가 자욱한 신비로운 공간에 홀로 서 있는 겨울나무 한 그루. 나무는 있던 자리 그대로, 그 모습이 어딘가로 사라지기 직전 같기도 하고, 어딘가로부터 홀연히 나타나 이제 막 모습을 드러내려는 것 같기도 하다.

이 이미지 속에서 보면, 그녀의 생사는 '있어도 가는 것 같고, 가도 오는 것 같은' 영혼들의 정원의 한 풍경이다.

언제부터 그녀는 소리 없이 성큼성큼 영혼 세계로 중심 이동을 해왔던 것일까. 돌이켜보면, 언제라는 시간을 따져보는 것은 무의미하다. 지원은 날 때부터 '올드 소울(Old Soul)'이었다. 타고난 고결함, 선험적 앎 같은 것이 있었다. 뚜걱뚜걱 물수제비뜨듯 떠오르는 장면들의 귀맞춤이 끝난 지금에서야 친구들은 비로소 고개를 끄덕일 수 있게 된 것이다.

어머니인 최정희 선생님도 그 사실을 알지 못했던 것 같다. 다 큰 딸을 앞에 두고 최 선생님은 손으로 입부터 가리고 웃음을 참지 못하는 듯이,

"저거 아란이는 어렸을 때 글쎄 바람이 무섭다고 엄마, 바람 무서워, 바람 무서워 그랬단다."

그러자 아란이 끼익끼익 하는 웃음을 터뜨리며 부끄러워했다.

어째서 아이는 보이는 형체보다 보이지 않는 것을 '보는 듯이' 무섭다고 했을까.

'끼익끼익 –' 마치 차가 급정거하는 듯한 아란의 기이한 웃음소리는 어쩌면 신비한 새의 울음소리 같았다는 생각이 지금에서야 든다.

결혼 후 미국으로 이주한 지원은 그곳에서 두 아들을 키우고, 가족이 운영하는 '리쿠어 스토어'를 돌보며, 틈틈이 소설을 써서 데뷔를 했다.

당시 《문학사상》 편집 일을 하고 있었던 까닭에, 나는 편집자로서 검은 얼룩무늬 노트에 동글납작한 글씨로 쓴 그녀의 소설을 가장 먼저 접할 수 있었다. 그리니치빌리지를 배경으로 한 이민자의 고단한 삶이 그려져 있음에도, 그녀의 소설엔 항상 한 가지 특징이 있었다.

비명이 나올 만큼 벅찬 현실에 짓눌리다 못해, 남을 원망하거나 미움을 품는 것이 아니라, 서늘하도록 흔쾌하게 '내가 감당하고 말지'로 자신을 다독이는 장면들이 늘 작품의 정점에 있었다. 그것은 이미 인생을 몇 번 살아본 듯한 작가 자신의 내면의 소리로 느껴졌다. 지원의 소설은 현실임에도, 먼 나라(멀어서 먼 것이 아니라, 차원이 달라서)에서

소풍을 하고 있는 것 같은 아련한 분위기가 감돌고 있어, 경직된 리얼리즘이 대세였던 그 시절, 가려진 듯 돋보이는 여백의 아름다움으로 많은 독자들을 사로잡았다.

사람을 만나기 전, 그렇게 소설을 통해 더 가까워진 친구. 만난 시기는 확실치 않다. 그러나 첫인상은 지금도 또렷하다. 부드럽고 가만가만한 음성, 세상 사람들 누구라도 어렵고 어려워 연신 몸을 낮추는 타고난 겸손, 이마를 삼킨 여신 풍모의 긴 펑크 머리 밑으로 그윽하게 빛나는 눈, 속치마처럼 보이는 허름한 긴 치마, 뒤축이 열려 있는 슬리퍼형 샌들……. 옷차림도 외모도 유형을 찾기 어려운 이채로운 분위기였다.

지원이 귀국해서 어머니 곁을 지키기 시작한 1988년쯤이었다고 기억된다.

연배로 보면 지원이 쪽이 더 가까울 법한데, 정작 내가 친하게 지낸 쪽은 채원이어서, 자매가 포함된 친구 모임에서 돌아오면 채원을 통해서 지원이 했다는 말을 듣는 경우가 많았다. 가령,

"영은아, 언니가 그러는데, 어제 네가 음식 그릇을 막 타 넘는데도 깨끗해 보이더라고 하더라."

'이게 무슨 말?' 했는데, 차츰 지원에겐 남을 흉보는 눈이 아예 없다는 것을 알게 되었다.

어느 날 또다시 "언니가 그러는데, 너는 뒤에서 남을 절대로 흉보지 않는 것 같다고 하더라."

"그건 언니가 그렇지."

언제부터였는지, 지원이 천부경 공부를 하러 다닌다는 얘기를 들었다. 그런 그녀가 어느 날은 우리 집에서 하는 성경 공부에 오고

싶다고 했다. 매주 토요일 아침 열한 시부터 공부가 시작되었다. 두 개의 상을 펴고도 빠듯하게 끼어 앉아 있는 사람들 뒤에서 지원은 혼자 책 무더기에 턱 기대고, 긴 치마 밑으로 다리를 뻗고 있어 누구보다 편안한 자리를 차지한 것 같았지만, 사실은 다른 사람이 더 편하게 비켜준 결과였다.

공부 중에 선생님의 질문을 받고 우리 모두가 정답만 생각하고 있을 때, 그녀는 가만히 있다가 "책에서 봤는데요……."라거나 "누구누구가 그러는데요……." 하는 식으로 조금은 엉뚱한 얘기를 해서 우리를 어리둥절하게 했다. 하지만 나중에 생각해보면, 그녀는 성경 말씀을 지식의 범주에서가 아니라, 내면에서 영으로 더 크고 깊게 공명하고 있었다.

이 무렵이었을까. 지원은 김도희 선생님과 공역으로 『영혼들의 여행』이라는 책을 펴냈다. 그녀가 영혼에 대해 얘기할 때면 가장 열렬하게 공감해온 터여서, 그 책을 계기로 내 독서풍이 한때 스웨덴보리의 『영계 일기』류들로 경도되기도 했다.

지원이 뉴욕으로 떠난 뒤, 사람들은 나를 통해 그녀가 언제 돌아오는지 끈질기게 챙겼지만, 그녀가 기대앉아 있던 책 무더기가 날로 다른 책들로 더 높아져가도 그녀는 돌아오지 않았다.

가끔 뉴욕에 다녀온 친지들에게 그녀에 대한 소식을 물어보면, 마치 깨끗이 치워져 있는 책상을 훔쳤을 때 손에 아무것도 묻어나지 않는 것처럼 "잘 있어." 하는 한마디뿐이었다.

'왜 지원에 대한 소식에는 군더더기가 따르지 않을까. 하다못해 무슨 옷을 입었다든지, 누구랑 같이 있더란 말까지도 생략되는 것일까?' 하고 궁금해하다 보면 저절로 답이 떠올랐다.

어느 모임에서든지 그녀는 항상 한발 물러나 있었다. 그녀의 존재는 있는 듯 없는 듯, 고요하고 부드럽고 희다. 어떤 문제를 놓고 설왕설래하던 얘기가 언쟁에 이를 즈음이면 불현듯 그녀의 조용함이 좌중을 환기시켰다. 그녀는 누군가의 앞으로 접시를 슬그머니 밀어놓는 식으로 자신에게 쏠린 시선을 슬쩍 비켜나거나, 그래도 그 시선들이 집요하게 자기를 지켜보고 있노라면, 할 수 없이 '왜 날 쳐다보지?' 하는 듯이 '끼익끼익'거리는 그 이상한 웃음을 터뜨렸다.

시간이 흘러 그 모임에서의 그녀 얼굴이 떠오르면 그때서야 '아 지원이는 어떤 자리에서든 자의식으로부터 자유로운 상태구나'라고 혼자 중얼거리곤 했다. 지원은 도무지 남 앞에서 잘난 척할 생각이 없었고, 무엇을 꼭 지니고 싶다는 생각도 해본 적이 없었다.

뉴욕에 다녀온 지인들이 그녀의 소식을 한마디로 "잘 있어." 하고 전하는 것은, 그녀가 그들을 만났을 때 자의식의 화살을 함부로 날려, 그들이 자기를 기억할 수밖에 없는 말을 전혀 하지 않았다는 뜻으로 받아들여졌다. 사람이 자기 자신을 주변에 대해 무해(無害)한 존재일 수 있게 하는 것 자체가 이미 영혼 쪽으로 중심 이동을 많이 한 결과로 느껴졌다.

그 이후에 접한 그녀에 대한 소식은 어쩌면 예상된 것이었다. 언젠가부터 머리 염색을 그만두었다는 것. 그래서 새로 나는 머리카락 밑뿌리는 하얗고, 다른 부분은 까매서 그 흑백 대조가 까치를 닮았다는 것인데, 그것은 그녀가 더 이상 외모에 신경 쓰지 않게 되었다는 신호였다. 자신의 저작을 포함해 집에 있던 책을 모두 버렸다고도 했다. 작가가 책을 버렸다는 것은 글을 써야 할 의미도 내려놓았다는 뜻이었다.

사 년 전쯤, 어느 날 밤이었다. 지원의 전화 목소리는 여느 때처럼 가만가만 조용했으나, 급한 부탁이라며 그녀가 하는 말은 의외였다. ○○사 사장님 전화번호를 급히 알려달라는 것이었다. 나는 그분의 집 전화번호를 알지 못할 뿐만 아니라, 그날은 일요일이어서 회사로도 문의해볼 수 없었다. 무슨 얘긴지 나한테 해주면 내가 월요일에 대신 전달해주겠노라, 하고 들어본 얘기에 의하면, 그 사장님 은행 계좌로부터 어떤 손이 돈을 마구 빼간다는 것이었다. 그것이 보인다는 것이었다. 나는 지원이 '본다'는 것이 사실일 거라고 믿었다. 뿐만 아니라, 지원이 너무나 절실한 목소리로 "영은아, 이 세상에 진짜 악이라는 것이 있단다. 나는 그것이 보여. 때문에 사람들이 해코지당하기 전에 도와주고 싶어."

지원이 이제는 몸 밖에서 달덩이처럼 밝고 환하고 둥그런 혼으로 세상일을 꿰뚫어 보고 있었음을 두말할 필요가 없다. 그 말을 백 프로 믿었지만, 나는 사장님에게 그 말을 전할 수가 없었다. 하지만 지원이 말했던 것과 같은 일이 실제로 일어났고, 사장님이 그 사실을 알게 된 것은 삼 년 뒤의 일이었다.

지금 그때 지원의 목소리를 떠올려보면, 내가 좀 더 깊이 감응하지 못한 어떤 것 때문에 눈물이 난다. 삶의 멍에에 숨이 막힐 때마다 '차라리 내가 감당하고 말지'로 자신을 다독일 수밖에 없었던 그 아름답고 순수하고 따뜻한 마음 때문에 자기 먼저 악령의 공격을 당하는 고통을 치르고 나서, 괴롭힘당하는 영들을 위해 스스로 수호령으로 변신한 내 친구 지원.

세월조차도 '지나갈 어느 날'로 모두 비켜준 지금, 그녀가 떠난 너무도 희고 깨끗한 빈자리는 상실이 아니라, 눈부신 채움이어서 나는 그녀처럼 '끼익끼익' 웃을 수 있다.

---

* '지나갈 어느 날'은 김지원의 동명 소설 제목이고, 지원의 본명은 아란, 채원의 본명은 항란으로 지원, 채원은 데뷔 때 김동리가 지어준 이름이다.
* 이 글은 《문학사상》(2013년 3월 호)에 실린 「지나갈 어느 날」에서 발췌·수록한 것이다.

표류하는 섬에서 만난 우수의 여자

문정희

꿈꾸는 듯한 조용한 어깨 아래로 머리를 길게 늘이고 레이스가 달린 하얀 블라우스를 입은 김지원을 나는 뉴욕에서 처음 만났다.

그녀의 소설 「알마덴」에 나오는 알마덴이 줄줄이 늘어선 김지원의 집에는 언제나 클래식 음악이 흐르고 있었고 영어만 알아듣는 늑대보다도 더 큰 개가 한 마리 어슬렁거리고 있었다. 눈이 파란 손님들이 문을 밀 적마다 문에 매달아놓은 구리종이 달랑거렸는데 그녀는 그때마다 소녀처럼 조용히 일어섰다.

나는 그녀가 손님과 얘기를 하고 있는 동안에 그녀가 보다 둔 책을 뒤적이면서 벽에 걸어놓은 그녀의 열쇠고리에 매달린, 노란 계란 프라이 모양의 열쇠고리에서 시장기와 함께 고국에 대한 끝없는 그리움을 동시에 느끼곤 했다. 그러면 그녀는 일을 마치고 돌아서며 선 김에 하는 것처럼 내 눈치 안 보이게 조용히 한국 노래를 틀어놓곤 했다.

습기 찬 차창으로 세상은 눈물인 듯 번져 보였다. 진주는 문득 뻗어 있는 이 길 끝까지 달려가 대륙의 저쪽 끝에 파도치는 바다까지 가볼까 생각했다. 그곳은 지금 한여름 철로 열대식물이 우거지고 파인애플 같은 달이 둥글고 맛있게 떠 있을까. 진주는 가끔씩 이런 종류의 판타지를 보고는 했다.

소설에서 만나는 이 같은 눈물인 듯 번져 보이는 세상 속에 조용하고 고운 김지원은 언제나 전신에 끝없이 흐르는 울음을 참고 있는 듯한 분위기로 살아가고 있었다.

그러나 실제로 그녀는 우울하다기보다는 예쁘다고 함이 훨씬 더 옳다. 따뜻하고 잘 웃고 세상을 끝없이 끝없이 다정하게 보는 고운 여자가 김지원이다.

우리는 뉴욕이라는 큰 바다 한가운데서 표류하는 작은 섬처럼 항상 가슴이 젖어서 만났다. 그녀는 뉴욕에서도 그 유명한 그리니치빌리지에서 작고 사랑스러운 동양 여자로 조용히 살고 있었다.

빌리지라는 곳은 워낙 자유분방한 예술가의 거리인데, 그 사람들을 지원은 하나하나 재미나게 눈여겨보며 언제 쓰는지 모르게 끝없이 소설을 쓰고 끝없이 소설을 읽고 있었다.

그러나 조금도 내색하지 않고 조용히 조용히 했다.

어느 날 나를 찾아온 그녀는 문밖에서 놀고 있는 내 딸을 보고 "너희 엄마가 문정희 씨니?" 하고 물으며 잠시 옛날 생각에 젖었노라고 했다.

정희라는 이름, 그 이름은 그녀의 어머니 최정희로 인해 물기 없이는 부를 수 없는 이름이기 때문이었으리라.

어린 시절 동생 채원이랑 문밖에서 놀고 있으면 시인 · 소설가 아저씨들이 찾아와서 "너희 엄마가 최정희 씨니?" 하고 물었다고 한다.

"정희란 이름 부르며 막 옛날 생각한 거 있지!" 하고 그녀는 또 예쁘게 웃었지만 내 눈에는 그녀의 웃음이 눈물로만 보였다.

> 아주 어렸을 때, 나 혼자 집을 보고 있는데 언니가 어둠 속에서 내 이름을 부르며 들어왔다. 그런데 무릎에서 피가 펌프질하듯 퐁퐁 솟아나고 온몸에서는 땀이 물에 젖은 사람처럼 흐르고 있었다. 언니는 저녁 예배를 보러 가시는 할머니를 따라갔다가, 할머니가, 동생이 혼자 무서워 울 거라고 빨리 집에 가보라고 하여 뛰어오다 동네 우물께에서 넘어진 것이다. 우물가에는 돌들이 많이 깔려 있었는데 언니는 거기에 무릎을 찢겼다. 나중에 할머니가 예배당에서 돌아오셔서 흉터가 크게 남겠다고 걱정을 하며 된장을 이겨서 발라주었다.
>
> 나는 언니가 언덕을 달려오다가 어두운 우물가에서 혼자 넘어지던 모습, 너무 아파서 울다가 내가 기다린다는 생각에 다시 달려서 내 이름을 부르며 대문을 들어서던 모습이 눈에 선하다.

지금은 좋은 소설가가 된 그녀의 동생 김채원이 언니 김지원에 대해서 쓴 대목인데 나는 지원 씨를 떠올리면서 언제나 이 두 자매의 모습과 함께 최정희 선생님을 그 배경으로 함께 떠올리지 않을 수 없다.

실제로 그녀는 채원에 대한 추억과 어머니 얘기를 막 웃으며 하지만 나는 그녀가 잇새로 쏟아놓은 그때의 언어 하나하나가 바늘처럼 꼭꼭 찌는 것을 느끼곤 했다.

한번은 그녀와 전화를 하고 있는데 갑자기 그녀가 낮은 목소리로 말했다.

"전화 끊지 말고 계속 얘기하세요. 지금 여기 무서운 흑인이 들어왔어요."

나는 겁이 나서 무슨 얘긴가를 막 하면서도 전화선에 매달린 김지원이 꼭 인질이라도 된 듯한 느낌이어서 넓고 넓은 미국 땅이 슬프게만 느껴졌다. 그녀는 강도가 들어왔을 때에는 누군가와 통화 중인 것이 상당히 안전한 거라고 읽었다고 했다.

내가 떠나올 때 김지원은 모처럼의 휴일을 내어 나를 집으로 초대해주었다.

첼로 연주곡을 틀어놓고 세상에서 가장 달콤하다는 이상한 술도 주었다.

그녀의 아파트 안에는 그녀의 목에 매달린 예쁜 펜던트처럼 오밀조밀한 것들이 아주 섬세하게 박혀 있었다.

저긴 빈 구석이려니 하고 쳐다보면 거기엔 작은 인형이 매달려 있고, 설마 저 문 뒤엔…… 하고 보면 그곳엔 예쁜 문고본 책이 서로서로 키를 맞추고 셋씩 넷씩 꽂혀 있었다. 그녀는 아마도 부엌에다 나를 위한 음식 종류를 순서대로 써놓고 그대로 하나씩 가지고 나오는 것 같았다.

조개탕이 나오고, 그것을 먹고 나면 콩나물이(미국에선 흔한 음식이 아니다) 양념장과 함께 나오고 그다음엔 새우들이 나오고…….

소꿉장난하는 애처럼 이렇게 하나하나 예쁘게 담아 날라 왔는데, 내가 그것을 먹는 동안 그녀는 부엌에 혼자 서서 "이담엔 뭐지?" 하고 하나하나 순서를 짚어보고 있다가 가지고 왔다. 나는 내내 먹고 있었고 그녀는 내내 부엌에 서 있었다.

염치없는 나는 그녀의 목욕탕에 있는 원숭이가 긴 팔로 욕조를 끌어안고 있는 모양의 비눗갑까지 탐을 내고 말았는데 그녀는 그 원숭이를 끝내 내 귀국 짐 속에 넣어주었다.

조용하고 물기 어린 목소리의 김지원의 눈엔 어떻게 이런 재미있는 원숭이가 잘도 보이는 것일까? 열쇠고리에 달린 계란 프라이는 뭐며 그녀 블라우스에 꽂힌 손톱이 길고 눈이 째진 노랑머리 서양 미인은 왜 우리 눈엔 잘 띄지 않고 그녀의 눈에만 띄는 것일까?

탁월한 감수성 속에 끝없는 모험이 서려 있는 김지원의 소설들을 읽으며 나는 내내 원숭이와 계란 프라이와 노랑머리 서양 여자 속을 그려볼 수밖에 없었다.

길게 늘어뜨린 파마 머리, 얼굴을 거의 가리다시피 한 머리칼 속에 빨갛게 칠한 그녀의 입술이 머리카락을 젖히고 잠깐 우리들 앞에 비쳐질 때 우리는 김지원이 가진 감성과 눈물이 얼마나 뜨거운 것인가 알고 흠칫 놀란다.

아무 죄도 없는 여자, 꿈꾸는 듯한 어깨, 세상을 뿌연 물안개로 바라보는 그녀에게 뭔가 끝없이 위태한 사건과 황홀한 몰락이 올 것 같은 예감이 들었던 것도 바로 그런 의미와 통한 것이 아니었을까?

예쁘고도 구슬픈 프랑스 소설 같은 분위기, 맑고 편안하면서도 반짝이는 문체 속에 탐미주의적 예감이 깊숙이 흐르는 김지원의 소설은 일찍이 한국의 다른 작가들에게서는 느낄 수 없었던 그녀만의 독특한 방일 것이다. 그래서 내 주위엔 김지원의 소설을 사랑하는 이가 많다.

그녀의 어린 시절과 학창 시절도 모르고 다만 뉴욕이라는 곳에서 두 개의 표류하는 섬과 섬으로 만난 김지원을 나는 좋아한다.

내가 아는 것은 뉴욕의 김지원, 그리고 그 둘레뿐이지만 그러나 외롭고 눈부신 그 타국의 한 귀퉁이를 한때나마 함께 호흡하며 속삭였다는 것만으로 나는 감히 그녀를 알았다고 말하고 싶기도 하다.

* 이 글은 『우리 영혼의 암호문 하나』(문학사상사, 1987년)에 실린 「표류하는 섬에서 만난 우수의 여자」의 전문(全文)을 수록한 것이다.

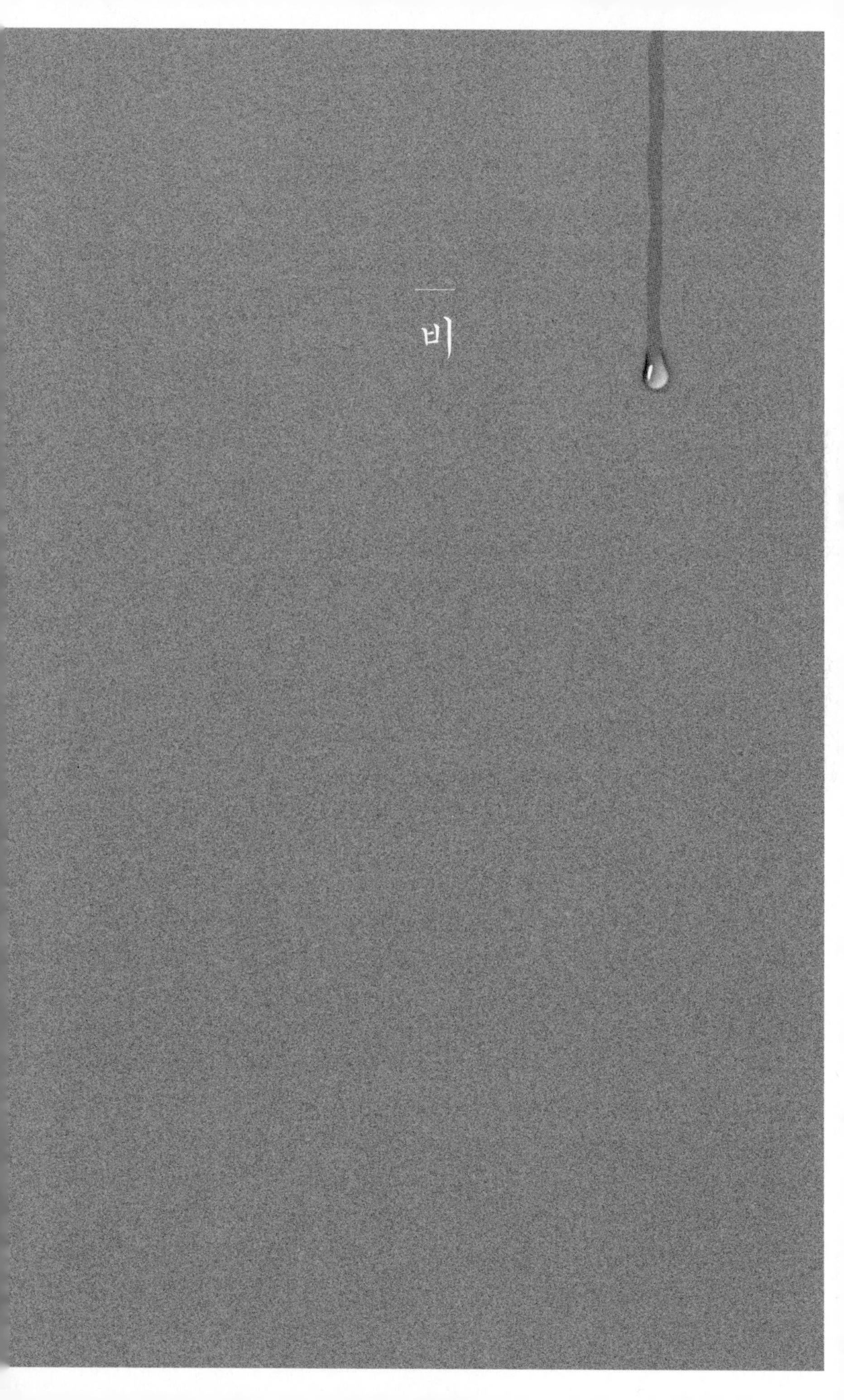

비

한쪽 눈을 해적같이 검은 안대로 가리고 금발의 사내는 신문에 눈을 떨구고 있어서 그의 시선을 끌려는 여러 번에 걸친 여자의 시도는 성공하지 못했다. 잔뜩 흐린 가을날의 오후가 공원에 무겁게 잠겨 있었다. 낙엽은 가벼이 떨어져 내려 여자의 스웨터에 와서 붙고 검은 안대의 사내에게도 스쳐 내리고 벤치 위며 잔디 위 더러워진 낙엽 위에 새롭고 깨끗한 잎을 더했다.

물을 넣지 않은 분수대 주위에서는 뿜빠뿜빠 악기 소리, 노랫소리도 들리건만 여자가 있는 곳은 어린이 놀이터였다. 주변에 서 있는 큰 나무들이 하늘에 가지들을 얼기설기 지붕처럼 얽어놓았다. 나뭇가지들은 자꾸 가라앉으려는 하늘을 떠이고 있었다.

조그만 사각의 모래밭 속에 퍼질러 앉은 아이가 또 모래를 입에다 한 움큼 집어넣었다. 이제 여자는 그저 사내의 시선을 붙잡으려 했던 소극적인 태도에서 벗어나 – 그가 아이의 아버지가 분명했으므로 – 건너편 벤치의 사내에게 목소리를 내어 말했다.

"아이가 흙을 먹어요."

남자는 여전히 그대로 앉아 있었다. 하도 그린 듯 앉아 있어서 여자는 혹시 그가 그렇게 오뚝 앉아서 잠든 것이 아닌가 생각했다. 눈 뜨고 자는 사람도 있다니까. 그가 신문을 펴 들었으나 읽고 있지는 않다는 것을 벌써부터 알고 있었다.

아이는 다시 모래를 입에다 집어넣었다. 아이는 석탄 가게의 병아리같이 더러웠다. 이 정도의 날씨에도 뺨은 때에 터져 빨갛게 되어 있었다.

날씨가 좋지 않은 탓인지 놀이터에는 모래를 먹는 아이와 여자가 데리고 나온 세 명의 아이뿐이었다. 세 명 중의 하나는 여자의 아이이고 다른 두 명은 연년생의 형제로 여자가 베이비시터를 하고 있었다.

"댁의 아이가 흙을 먹어요."

여자는 아주 큰 목소리로 사내에게 다시 한 번 말했다. 사내는 신문에 처박듯 떨구었던 시선을 들었다. 귀찮다는 표정이었다. 자기 아이가 모래를 먹고 있는 것을 그가 알고 있었음을 여자는 깨달았다. 그는 흘깃 여자와 아이에게 일별을 던진 후 다시 시선을 신문으로 가져가려는 듯하더니 체면 때문인 듯 느릿느릿 일어났다. 왜 좀 가만 내버려두지 않아? 공원에까지 나와서도 남의 간섭을 받아야 하는가, 온몸으로 짜증을 내는 기가 있었다. 남자는 모래 고물떡같이 되어 있는 자기 아이에게로 천천히 걸어갔다. 남자의 바지는 구겨져 있었다.

뜻 아니게 자신이 아동보호법의 감시자나 된 것 같아 여자는 일어나서 시소와 미끄럼틀 사이에서 왔다 갔다 하며 놀고 있는, 자기가 데리고 온 아이들이 있는 데로 걸어갔다. 습기를 머금은 공기는 무거웠다.

공원가의 보도로 우산을 단장처럼 짚으며 중년 남자가 걸어갔다. 여자는 비 오기 전에 아이들을 데리고 집으로 들어가는 것이 낫지 않을까 생각했다. 그렇게 생각하면서 그냥 미끄럼틀에 기대서 있었다. 요즈음 여자는 생각과 행동이 잘 맞아 돌아가지가 않았다. 행동뿐 아니라 말도 자기가 그 말을 했는지 아니면 하려고 생각만 했었는지, 나중에 혼란이 일었다.

두 명의 노부부가 손을 붙잡고 걸어 들어와서 벤치에 앉았다. 그들은 조용한 곳을 찾아 이곳으로 들어온 듯했다. 영감님이 낙엽을 훌훌 불어내고 돌로 만든 식탁 위에 햄버거를 놓았다. 길 건너편 햄버거집의 봉투가 눈에 띄었다. 그들이 식사를 할 모양이므로 여자는 미끄럼틀을 떠나 본래의 자리로 천천히 돌아갔다. 안대를 한 남자는 아까 그 자리에 앉아 있었다. 무르팍에 마냥 펴놓았던 신문지는 이제 그 옆에 아무렇게나 놓여 있었다. 노부부의 출현이 여자에게 안정감을 주었다.

구르는 가랑잎을 발밑에 거느리고 앉아 있는 안대를 한 사내도, 높은 목소리로 떠들며 노는 아이들도, 검은 코트를 입고 햄버거를 먹고 있는 노부부도, 목책 너머 조금 큰 아이들을 위한 놀이터도, 더 너머 저쪽 공원의 어른들 세상도, 나무도 하늘도 집도 여자의 눈에는 스미는 아름다움으로 비쳤다. 전에도 그런 때가 있었으나 요즘은 잦은 빈도로 이 세상의 아름다움에 여자는 깜짝깜짝 놀랐다. 때로는 죽어서 살아 있는 세상을 그리워 바라보는 자신을 느끼고 내가 죽을 때가 되어 이러는가, 태어났으니 죽어야 되는 어딘가에서 조종되고 있는 운명의 힘을 두려워했다.

"이 동네에 사십니까?"

안대를 한 사내가 여자에게 문득 물었다. 그의 검은 안대조차도 여자의 풍경 속에 녹아들어 어떤 감동을 불러일으켰으므로 여자는 부드럽게 대답했다.

"네."

"산 지 오래되었습니까?"

사내는 여자에게 짜증을 냈던 일을 잊고 있는 듯했다.

"한 삼 년쯤."

사내가 모래 먹는 아이를 다루던 사람이라고는 믿을 수 없을 만큼 가볍게 일어나 여자의 벤치로 와 앉았다. 비둘기가 저쪽 벤치에서 이쪽 벤치로 간단히 옮겨 앉듯.

"저 아이들은 다 당신 아이인가요?"

"보면 알지요. 동양 아이만 내 아이이고 다른 애는 친구 애예요."

사내는 웃었다.

"왜요? 여자는 어떤 아이라도 만들 수 있지 않습니까?"

사내에게는 인생의 패배자 같은 허랑한 분위기가 있었다.

"동네가 좋군요."

"네. 학교촌이지요."

사내는 반코트 안주머니에서 지갑을 꺼냈다.

"혹시 이런 여자를 본 적이 있으십니까?"

칸막이가 여럿 되어 있는 두툼한 지갑에서 그는 사진 하나를 꺼내 건넸다. 뚱뚱한 갈색 머리의 여자가 빨간 스웨터를 입고 치렁치렁 어설프게 늘어진 커튼 앞에 앉아 있었다. 지친 듯 무겁게 늘어진 두 개의 유방 밑으로 두어 겹의 뱃살이 깊은 굴곡을 이루고 있었다. 여자는 잠시 들여다보고 사진을 돌려주었다.

"모르겠는데요. 본 적이 없어요."

"잘 좀 생각해보시오. 슈퍼마켓 갔을 때랑 술집에서나."

좀 강압적인 어조에 눌려 여자는 변명하듯 말했다.

"내 눈에 서양 사람은 거의 같아 보여요. 그냥 타입으로만 보여요."

"이 여자는 내 와이프요. 이 세상에서 제일 아름다운 여자요. 이 여자를 찾으러 이 세상 끝까지라도 난 갈 거요."

"저 애의 어머니인가요?"

모래밭의 아이를 여자는 가리켰다.

노, 간단히 대답하고 사내는 다시금 사진을 쳐들어 보이며,

"누가 이 여자를 프린스 가에서 봤다고 했소. 그래서 그 말을 듣고 뉴저지에서 찾아온 거지. 참 아름다운 여자죠?"

여자는 고개를 끄덕였다.

"정말 아름답지 않아? 아름다움이란 보는 이의 눈에 달린 거라니깐. 어떠한 미운 여자라도 여신으로 둔갑할 수가 있어요. 안 그렇소?"

강조하는 품이 자신도 빨간 스웨터를 아름답다고 믿는 것 같지 않았으며 오히려 여자에게 나만 따르시오, 당신도 여신으로 둔갑시켜 드리리, 유혹하는 게 아닌가 하는 의혹을 잠시나마 일으켰다.

"이 여자는 술 없으면 못 살아요. 그래서 내가 이 동네 술집이란 술집은 다 찾아다녔소. 술집뿐 아니라 바도, 이런 여자가 오느냐고. 꼭 찾아내고야 말겠소. 당신은 행복이란 뭐라고 생각하시오? 사랑이란 뭐라고 생각하시오? (잠시 사이를 두었다가) 사내의 행복이란 사랑하는 여자와 사는 것이오."

빗방울 하나쯤을 맞은 것 같았으므로 여자는 손바닥을 펴 들고 비가 오는가 살폈다.

갑자기 사내가 자신의 한 눈을 가렸던 동그란 안대를 난폭하게 벗겼다.

"봐요, 난 눈이 하나 없소이다."

움푹 들어간 눈자위가 꽉 감겨 깜짝이고 있었다. 움찔 여자는 놀랐다. 눈이 하나라는 사실보다 그가 벗은 것이 안대가 아니라 바지인 것만 같았다.

자신의 가장 아픈 곳을 내보인 사내에게 여자는 어찌해야 좋을지 몰랐다. 선의만이 여자에게 솟아서 이 남자 마음에 들 말이 무엇인지 알고 싶었다. 얼른 생각나지 않자, 비가 와요, 비 많이 오기 전에 하고 가까스로 우선 말해놓았다.

미끄럼틀 근처 벤치의 노부부는 검은 우산을 펴 들고 앉아 있었다. 할머니는 아직도 호물호물 씹고 있고 영감님이 우산을 받쳐주고 있었다.

"당신은 행복한 사람같이 보이는군."

"애들을 데리러 가야겠어요."

"설마 날 그냥 여기 두고 가려는 건 아니겠지."

여자는 손목시계를 들여다보았다.

"남편이 올 시간이에요."

"아 참, 당신에겐 남편이 있지."

풀이 푹 죽어 사내는 말했다.

여자는 자기가 이 불행한 사내에게 남편 하나 가지고 으스대는 것 같아 미안했다. 그리고 어서 사내가 안대로 그 눈을 가렸으면 싶었다. 그 자신을 위해.

"당신은 어디 살아? 내일도 여기 나와주겠소?"

어조의 애절함이 이제 사내는 추격의 대상을 빨간 스웨터에서 여자로 바꾼 것 같았다.

"내일은 근무해야 돼요."

눈 하나를 똑바로 뜨고 목에 힘줄이 튀어나오도록 사내는 갑자기 소리 질렀다.

"내가 외눈이기 때문이지? 그렇지? 그래서 근무라고 핑계를 대는 거지?"

저편에서 우산을 펴 든 노인 내외가 의아한 눈으로 잠시 바라보았다. 여자는 다리에 중력감이 없어지도록 놀랐다. 평소에 주의해 듣고 신문에서 읽었던 갖가지 범죄 사건들이 여자의 머리를 어지럽혔다. 그가 애아버지라 해도 낯선 사람이니까 경계해야 했어. 놀고 있는 세 명의 아이들을 먼빛으로 더듬으며 어리긴 해도 그들을 여자는 든든히 느꼈다. 그러면서도 한편 이 사내에게는 숙명같이 여자의 동정을 끄는 무엇이 있었다. 아이가 모래를 먹기 때문인가, 아내가 달아났기 때문인가, 눈이 하나이기 때문인가, 옷이 구겨졌기 때문인가. 그를 두고 가는 것은 적막강산에 의지가지없는 어린아이를 버리고 가는 것 같았다. 인간으로서 못할 일 같았다. 게다가 그에게는 흙을 먹는 아이가 달려 있었다.

여자는 벤치에서 일어나 모래밭 속의 아이에게로 갔다.

울지 않는 순둥이, 몹시 측은하고 불쌍한 것. 여자는 소용없는 짓인 줄 알면서도 아이 얼굴과 머리에 붙은 모래를 꼼꼼히 오래도록 걸려 털어주었다. 사내도 벤치에서 내려와 여자 옆에 쪼그리고 앉았다.

"바지가 젖었어요."

물먹은 모래 자루 같은 아이의 궁둥이께를 여자는 서슴잖고 더듬었다. 사내도 변명하듯 아이를 한번 만져보았다.

그들은 아이를 돌보는 한 쌍의 부부 같았다.

잠시 빗방울을 뿌리던 구름은 바람에 실려 어디 다른 데서 비를 내리는가, 낙엽을 거느리고 바람만 불었다. 노부부도 이젠 우산을 거두었다.

이 남자를 내가 무서워하면서도 여기에서 친절을 보이는 것은 마음속에서 어딘가 안심스러운 사람이라고 생각하고 있으며 괜한 사람을 무서워하는 데 대한 미안함? 자동차에 치어 죽어가면서도 그 운전수에게 미안해할 것 같다고 무조건적으로 흐르는 자기 선의에 대해 평소 경계했는데, 지금도 혹시 주제넘은 선의에 넘치는 경우?

여자는 무례한 느낌을 무릅쓰고 훌쩍 일어났다.

"내일 나오지요. 바이."

바이는 아이에게 했다.

영원한 굿바이.

"내일 나온다고요?"

"그런다니까요. 우리 집에서 공원이 잘 보여요. 당신 모습이 보이면 꼭 나올게요."

사내는 의심쩍은 눈으로 근처 아파트의 창들을 한번 훑었다. 내일 근무라는 것은 정말이지만 집은 보이는 곳에 있지 않았다.

여자는 공약을 남발했다.

"당신이 찾고 있는 여자도 눈여겨볼게요."

"오케이, 그럼 내일 여기서."

사내가 검은 안대를 손목에 달랑달랑 걸고 악수의 손을 내밀었다. 그의 손은 가늘고 차가웠다. 사내는 여자의 손을 한동안 꼭 쥐었다가 여자가 진땀 나는 조바심을 보이며 빼내려 하자 풀 죽은 웃음을 지으며 놓아주었다.

공원에서 뛰놀던 생기로 길에서도 장난질에 여념 없는 세 아이를 양 떼 몰듯 거느리고 여자는 혹시 사내가 따라오지 않는가 살피며 골목길을 이리 돌고 저리 돌았다.

미시즈 그랜의 집에 두 아이를 데려다 주자 미시즈 그랜이 돈이 든 봉투를 주었다.

집에 돌아와 컴컴해진 실내에 전등을 켜고 아이를 씻겼다. 저녁을 지으며 부엌 복판에 우두커니 서 있노라니 창밖으로 버스에서 내리는 남편이 보였다. 여자의 아파트는 육 층인 데다가 버스 정류장은 꽤 떨어져 있어서 남편은 납작하고 작게 보였다. 가을 코트 밑으로 은행가답게 잘 차려입은 갈색 양복과 작은 곤봉같이 손에 말아 쥔 검은 우산을 여자는 볼 수 있었다. 금속 넥타이핀도 볼 수 있고 구두도 볼 수 있고 양말도 볼 수 있었다. 저기 내 잔소리쟁이가 오는구나 여자는 생각했다. 잠시 보였던 남편은 긴 건물을 끼고 보도를 따라 걷느라 이젠 보이지 않았다. 오 분쯤 후 그는 집에 들어서리라.

"아빠 오신다. 장난감 치워."

여자는 아이를 불러 옷차림을 한번 살폈다. 갑자기 천둥 번개와 함께 비가 휘몰아쳤다. 부엌 창의 커튼이 휘익 바람을 받고 솟구쳐 오르고 굵은 빗방울이 부엌 바닥에 쳐들어와 떨어졌다. 길 가던 행인들이 처마 밑이나 상점의 차양 밑을 향해 달렸다. 어디선가 급작스러운 비에 놀라 와 소리도 나는 듯했다. 남편은 우산을 펴 들었으리라. 여자는 남편이 우산을 펴 드는 정확한 모습을 볼 수 있었다. 여자는 창턱에 놓인 화분의 빨간 꽃이 상하지 않게 조심하며 창문을 닫았다. 자기의 먼눈을 내게 보였다고 그가 나를 미워하지 않을까, 내가 죽어버리기를 바라지 않을까. 닫힌 유리창이 비 내리는 외계와 내부를 갈라놓았다. 빗방울은 서로 다투어 톡톡톡 유리창을 때렸다. 여자에게 장난스럽게 말을 거는 것 같았다. 비 오는 날은 잠이 잘 오지, 불면증이 심한 여자는 생각했다. 그 생각은 이상하게도 위안을 주었다. 오늘 밤은 잘 자겠네. 빗줄기의 리듬을 따라 여자는 함께 흘렀다.

흙을 먹던 아이는 지금 어디?

사랑의 기쁨

그날 아침도 기숙은 선생님이 마루를 콩콩 밟으며 욕실로 가는 기척에 잠이 깨었다. 선생님은 곧 기숙의 방문을 열고 뭐라고 뭐라고 잔소리를 퍼부을 것이다. 그녀는 마음이 조마조마한 대로 누운 채 기다렸다.

쉰아홉 나이인 선생님은 초저녁잠이 많은 대신 아침엔 일찍 일어난다. 기숙에겐 여간 불편한 것이 아니었다. 저녁 여덟 시 반만 되어도 자리를 깔고 눕는 선생님 때문에 기숙은 텔레비전이 재미있을 때 그만 못 보고, 한창 잠이 쏟아지는 이른 새벽에 두 눈을 부릅뜨고 일어나야만 되었다.

아니나 다를까, 오늘이라고 뭐 특별한 날일까 – 마루에 폭폭 박히는 발걸음이 가까이 오더니 선생님은 기숙의 방문을 벌컥 열었다.

"얘, 넌 도대체 어떻게 된 아이냐. 또 비눗갑에 물이 가득 들었어. 넌 도대체 말을 듣냐 먹냐. 이렇게 하면 비누가 많이 허비된다고 내가 몇 번 말했니? 몇 번."

또 시작이야. 또……. 기숙은 가득 차오르는 반항심을 누르고 대꾸 없이 일어나 욕실로 갔다. 그녀는 세수를 하고 양치를 한 후 사과와 당근을 갈아 베 보자기에 짜서 선생님께 갖다 드려야 했다.

처음 선생님 댁에 살러 온 육 년 전, 열두 살 때는 일어나는 길로 세수간에 가지 않는다 하여 매일 야단맞다시피 했다. 그때는 선생님 딸이 시집을 안 가서 집에는 기숙까지 여자만 셋이 살았는데 대학에 다니던 선생님 딸은 기숙보다 더 아침잠이 많고 청춘이 한창이어서인지 밝아서 그래도 그때는 집 안에 웃음이 있었다.

고아가 되어 일갓집에 얹혀 있던 기숙이 서울로 행상을 다니는 동네 할머니를 따라 선생님 댁에 왔을 때, 겁이 나서 두 눈을 동그랗게 뜬 땅딸보 열두 살짜리 계집애에게 선생님은 말했다.

"나는 마음씨 나쁜 애가 제일 싫어. 일이야 못하면 어때. 일 못하는 건 괜찮은데 뭘 속이거나 거짓말하면 우리 집에서 못 산다. 아침에 일어나면 먼저 세수하고 이부터 닦아야 한다. 난 더러운 걸 못 참으니까. 그리고 나를 이제부터 선생님이라고 부르고 여기 지금 학교 간 대학생이 있는데 걔보곤 언니라고 불러라."

당시의 집은 중심가에 있긴 했지만 지금처럼 살기 편한 아파트가 아니라 한식 가옥이었다. 한겨울 아침에 일어나면 부엌에 놓인 물독에는 얼음이 둥둥 떴다. 기숙이 세수를 하는 양 수돗가에서 물소리만 내고 부엌에 밥을 안치면 선생님은 자리 속에 누웠다가도 용케 알아내고 달려나오는 데는 기숙도 놀라 절로 혓바닥이 쑥 나왔다.

젊어서 유치원 보모를 했다는 선생님은 기분이 잘 변하고 무서운 사람이지만 처음 경도를 시작한 그녀에게 부모보다 자상한 주의를 기울여주고 이마빡을 쥐어박긴 하면서도 글자를 가르쳐주기도 했다.

무더운 한낮이 예상되는 초여름 아침 햇살이 퍼져 있었다. 기숙은 냉장고에서 당근과 토마토와 사과를 꺼내어 강판에 갈면서 오늘 선생님이 화투를 놀 것인가 안 놀 것인가 점쳐보았다.

어제 그제 쉬었으니 오늘쯤은 판이 벌어질 것 같기도 한데…….

기숙은 선생님이 놀았으면 싶다. 다른 집에서 판이 벌어지면 잔소리와 일에서 해방된 천국 같은 하루가 보장되는 것이고, 또 집에서 논다면 차 심부름이다 저녁 대접이다 해서 일은 고되지만 손님들이 갈 때 쥐여주는 돈이 무시 못할 수입이 된다. 이제 기숙은 열여덟, 목이 옴팍 박힌 땅딸막한 체구, 심장 속 깊이엔 애달픈 사랑이 깃들고 있어 옷도 사고 크림도 사고 싶어 그녀는 선생님이 딴 집으로 가는 것보다 오히려 집에서 노는 것이 더 좋기도 하다.

기숙은 선생님 지갑에서 돈을 조금씩 집어내기도 한다. 선생님은 그것도 모르고 기숙이 둔하긴 하지만 마음씨 하나는 아주 깨끗하다고 믿고 있었다.

기숙은 과일즙을 짜서 선생님에게 갖다 드리고 청소를 하고 의자 밑에 먼지가 그대로 있다고 하여 한바탕 꾸중을 들었다. 오늘은 먼지 때문에 야단을 맞았지만, 어떤 날은 그릇을 깨서, 어떤 날은 빨래에 녹물을 묻혀서, 어떤 날은 화초를 죽여서, 어떤 날은 장독 뚜껑을 안 덮어서 – 야단맞는 절차는 꼭 치르게 마련이다. 또 시작이군, 어서 끝나라 하고 입술을 내밀고 뻗치고 서 있는 기숙이 미워서 선생님은 날마다 모진 욕이 늘어갔다.

가끔이지만 선생님보다 기숙이 우세한 날도 있었다. 이상하게도 선생님이 온순한 어린애마냥 기숙에게 의논성스럽게 이 전화 받침을 새걸로 갈까 어쩔까 묻기도 하고 화투를 좋아하다 보니 별일도 다 겪는다는 둥 경험담을 늘어놓는 날이다. 그러면 기숙은 공연히 기가 나서 대답도 탕탕 하고 웬만한 말은 못 들은 체하고 설거지할 때 그릇 소리도 덜그렁덜그렁 낸다.

아침과 청소를 끝내고 야단도 한차례 맞고 나면 기숙은 제 방에 들어가 장롱에 붙은 거울 앞에 앉아 머리를 빗는다. 기숙은 숱이 많고 기다란 머리가 자랑이다. 탐스러운 머리를 대개 커다란 꽃핀으로 묶어버리지만 요즘은 더워서 양 갈래로 쫑쫑 땋아 늘어뜨린다. 머리를 빗고 나면 바닥에 떨어진 머리카락을 잘 쓸어 담아야 된다. 눈에 뜨일라치면 선생님은 남이 머리카락을 밟으면 미움을 받는다고 지치는 법도 없이 똑같은 말로 꾸지람을 늘어놓는다.

기숙은 거울에 비치는 모습을 보며 밥을 한 숟갈씩밖에 안 먹으며 고픈 배를 움켜쥐고 살건만 살이 이렇게도 안 빠지는가, 저절로 한숨이 새어나왔다. 어제 손님이 사 온 초콜릿 한 개를 한 조각만 한 조각만 하다가 그만 다 녹여 삼킨 것이 마음에 걸렸다.

이젠 그러지 말아야지, 마음을 다지는데 선생님 방에서 어린아이 우는 소리, 이어 여러 사람의 말소리, 어린아이의 깔깔깔 웃는 소리, 엄마 엄마 하는 소리 등이 들려왔다. 선생님이 미국에서 딸이 보내온 녹음테이프를 튼 것이다.

선생님은 싫증도 안 나는지 똑같은 그 소리를 매일같이 튼다. 녹음테이프는 어제도 오늘도 돌아가며 같은 소리를 반복한다. 선생님은 아기가, 때껀투 해, 아빠 때껀투 해 하는 대목에서 꼭 웃는다. 태권도 하자는 소리를 그렇게 발음하는 것인데 처음 들을 땐 기숙도 웃음이 났으나 이젠 바로 그 대목이 듣기가 싫다.

녹음테이프가 다 돌아가서 선생님이 테이프를 상자에 넣는데 따르릉 전화가 울렸다. 선생님은 녹음기를 틀 때면 눈에 괴게 마련인 눈물을 훔치며 수화기를 들었다. 머리를 빗던 옆방 기숙의 온 신경은 곧장 전화로 쏠렸다. 오늘 선생님이 놀 것인가 안 놀 것인가. 그러나 그 전화는 아래층 관리 사무실에서 오늘 두 시에서 네 시까지 수돗물이 나오지 않는다고 알리는 것이었다. 실쭉하여 일어서는 기숙의 귀에 다시 전화벨 소리,

"여보세요. 아하……."

수화기를 들며 선생님이 즉시 반갑게 웃는 전화는 바로 기숙이 기다리는 그런 전화다. 아니나 다를까 "그럼 한 시 반까지 가지요. 네, 네." 하며 수화기를 놓는다.

기숙은 만족해서 중얼거렸다. 오늘은 나가시는군.

다른 날 같으면 질질 끌며 일을 하겠지만 선생님이 나간 뒤에 완전히 공으로 놀아먹으려면 빨랑빨랑 일들을 해치워야 한다. 그녀는 욕실로 가서 부리나케 빨래를 해가지고는 말리러 옥상으로 올라갔다.

옥상은 기숙에겐 아주 특별한 곳이다. 사랑이 있는 곳, 운명의 장소. 옥상이라고 했지만 엄밀히 말하면 그곳은 밝은 햇빛과 맑은 바람으로 가득 차 있는 옥상이 아니라 옥상으로 나가기 전 마지막 계단 왼쪽 후미진 곳, 습기 차고 어두운 곳이다. 바로 그곳에서 자기의 사랑을 만날 것이라고 기숙은 생각하고 있었다.

그 운명적인 예감은 작년 가을 우연한 계기로 싹을 텄다.

꿈의 씨앗이 싹트던 날은 목포 등지에서 큰 피해를 내고 북상 중이라던 태풍 헬렌이 서울에 닿아 비바람이 무섭게 몰아쳤다. 견고하다고 평판이 높은 기숙이 사는 아파트도 덜컹거리는 창문으로는 빗물이 스미고 베란다에 내놓았던 화분 두 개는 옥살박살이 나고 말았다. 천

둥 번개가 천지를 가르고 바람은 사나운 피리 소리를 냈다.

그런 날 일가족 네 명을 도끼로 찍어 죽인 흉악범이, 서울로 잠입했다는 기사는 아침 신문에도 난 바 있었는데, 지금 남산 방면으로 도주하여 맹추격 중이라고 소식을 전했다.

"범인은 순찰 중인 순경을 죽이고 빼앗은 권총을 휴대하고 있으니 남산 방면의 주민 여러분은 각별히 조심하기 바랍니다."

빗물이 스미는 창턱에 걸레를 갖다 놓고 기숙은 뉴스를 들었다. 누군가 쫓기고 있다, 이 비 오는 밤에, 헐떡헐떡 미끄러운 산길을 오르고 있겠지…….

천둥 번개가 아우성을 치는 중에 현관문이 열리고 베란다에 내놓았던 나무 걸상들을 옥상 창고에 두러 갔던 선생님이 후닥닥 뛰어 들어왔다.

"참 무슨 날씬지……. 꼭 살인범이 옥상에 숨어 있는 것 같아, 아이구 난 무서워 혼났다. 너 라디오 들었지? 범인이 이 근처에 있단 말이야. 그러니 문을 꼭꼭 잘 잠가라. 누가 와도 문을 얼른 열지 말고 꼭 누군가 물어보고."

이상과 같은 상황이 기숙이 자기의 사랑을 옥상 창고에서 만나게 되리라고 생각을 몰아가게 된 씨가 되었다. 빨래 때문에, 장독 때문에 하루에도 몇 번씩 옥상을 오르는 기숙은 창문이 없어 별이 들 수 없는, 그래서 대낮에도 컴컴한 그곳을 매번 눈여겨보았다. 그러나 그것도 시초의 얘기고 이젠 보지도 않는다. 보지 않아도 그 구석은 기숙의 뒷등에서 살아 숨 쉬었다.

그렇다고 기숙이 옥상 창고 구석에 서 있을 남자만을 기다리고 있는 것은 아니었다. 나훈아도 좋고, 남진도 좋고, 최무룡도 좋고, 이 아파트 수위 중의 한 사람도 좋았다.

기숙은 여러 명의 수위 중에서 자기가 좋아하는 이의 발소리를 가려들을 수가 있었다. 밤에 순번제로 돌아가며 수위들이 소등할 때 기숙은 자리에 누워 그 사람 발소리가 아래층에서 희미하게 들릴 때부터 알아냈다. 그는 서른 대여섯쯤 된 건장한 사내로 웃으면 눈가에 깊은 주름이 팼다. 사내에게 처자가 있다는 사실도 기숙은 알고 있었다. 그 자신이 자기 입으로 미아리 어디에다가 손수 블록을 한 장씩 쌓아 올려 집을 지었다고 선생님에게 말했으니까. 그가 그 말을 한 것은 선생님이 떼놓은 헌 문짝을 얻어 가기 위한 것이었다. 열심히 사는 사람을 특별히 좋아하는 선생님은 낡은 커튼과 여벌로 있는 커피 세트를 한 아름 안겨주었다.

자정이 삼십 분쯤 지난 시각이면 수위의 발소리는 아래층에서 희미하게 울리다가 점점 커져서 육 층 기숙이 사는 데까지 올라와서는 불을 막 끄고 복도를 뚜벅뚜벅 돌아 희미하게 들리다가 조용해진다. 그 발소리는 기숙을 이 세상의 어둠과 두려움으로부터 보호해주는 아늑한 요람 같았다.

옥상 창고의 사랑처럼 수위의 소등에 대해서도 기숙은 저 사람이 소등을 하고 각 층을 한 바퀴 순찰하는 것이 오로지 나를 위한 것이라면 얼마나 좋을까 공상을 하다가 정말로 그 사내가 기숙을 위해 직분을 다한다는 미명 아래 그 일을 하고 있다고 생각하게 돼버렸다. 그러고 보니 그는 기숙이 자는 방 앞에 머뭇거리는 것같이도 여겨졌다. 기숙이 자는 방을 그가 모를 리가 없었다. 지난겨울 스팀이 고장 났을 때 그가 와서 더러운 공기 구멍을 입으로 빨아대고 땀을 뻘뻘 흘리며 고쳐주었다. '직분이라는 미명 아래'라고 하는 것은 그에게는 처자가 있기 때문이었다. 기숙이 달콤새콤해지는 '이루어질 수 없는 사랑'이었다.

가수나 배우나 수위나 또는 이웃의 대학생이나……. 그 모든 가망 없는 것에 대한 기숙의 그리움은 결국은 옥상에서 만날 미지의 연인에게 외곬으로 쏠리고 있었다.

선생님이 나가신다 하여 부리나케 빨래를 해가지고 옥상으로 올라간 기숙은 이번에도 고대하는 그의 사랑을 만나지 못했다.

언제쯤 청소를 한 것인지 책상에 먼지가 뽀얗게 앉은 방에서 이 방의 주인인 수일은 해가 중천에 높이 솟았을 때에야 눈을 떴다. 눈을 뜨면 시야에 들어오는 것은 벽에 붙은 알랭 들롱의 사진이다. 알랭 들롱은 시선을 이쪽으로 향한 채 검은색 티셔츠를 입고 오토바이에 기대서 있다. 수일은 알랭 들롱 찬미자이다. 그래서 알랭 들롱 사진 밑에 남성미+이성미=완전한 미 알랭 들롱, 하고 수학 공식 같은 것도 적어놓았다.

수일은 훌쭉한 엉덩이에 청바지를 꼭 맞게 입고 나서면 제임스 딘 같다는 말도 듣지만 대개는 알랭 들롱 같다고들 입을 모았다. 언제 들어도 싫지 않은 소리다. 그는 알랭 들롱이 나오는 영화는 개봉 첫날을 기다렸다가 꼭 보고 있다. 영화를 보고 있노라면 자신이 알랭 들롱이 되어 총도 쏘고 자동차도 사납게 몰고 그림같이 멋진 미녀와 키스를 하는 황홀한 세계를 헤맨다.

대체 몇 시나 되었을까. 수일은 습관적으로 머리맡에 풀어놓고 자는 손목시계를 집으려다 그것도 어제 전당포에 잡힌 것을 깨달았다. 돈이 없다는 것은 정말 불편하고 우울한 일이다. 어제 문자에게 여지

없이 당한 것도 사실은 요 며칠 동안 너무도 궁해 통 자신이 없었기 때문일 것이다. 그는 돈이 없으면 부모 잃은 어린애와 같이 되어 어찌할 바를 모른다.

문자 같은 여자에게서 딱지를 다 맞다니……. 수일은 수치감과 패배감에 몸을 떨었다. 문자에게서 수일이 취하는 점이란 키가 크다는 그것 하나뿐－아, 또 있지, 무시 못할 것이. 구두쇠 성미라 손목뼈가 툭 불거져 나오도록 애써 번 미용사 수입을 꼬박꼬박 모아두고 있었다는 것－그것 외엔 정말 볼 것 없는 여자였다.

전봇대처럼 큰 키가 왁살스러운 데다 커다란 얼굴은 편편 넓적했다.

사이 좋던 시절에 문자는 수일의 품에서, 자기는 수일이 이외의 남자는 알지도 못하며 생각도 할 수 없다고 아양을 떨었다. 수일은 문자가 그때까지 처녀라는 것에 내심 놀랐으나 그것이 감사하기보다 매력 없는 그녀의 외모만 더 강조되는 느낌이었다.

그러나 문자는 돈이 있었고 뼈아프게 모은 돈을 수일을 위해선 수월찮이 썼다. 문자는 키까지 컸다. 키. 수일이 가장 한스럽게 생각하고 있는 것은 자신의 신장이다. 일 미터 육십. 그놈의 키 때문에 평생 소원인 영화배우의 길이 어렵다. 한국판 알랭 들롱이 되고도 남을 용모를 가지고 겨우 시계 광고와 포마드 광고에 나가보았다.

수일은 사람을 보면 키부터 본다. 키가 작은 사람이면 같이 걷기도 싫다. 도토리 둘이 걸어가는 것 같은 착각이 들기 때문이다. 작은 사람과 같이 있으면 자신이 한없이 작은 종자로 느껴지는 반면 큰 사람과 같이 있으면 자기가 작은 사람처럼 느껴지지 않는다. 본능적으로 작은 사람의 무리엔 끼기 싫다. 나는 늙으면 쪼그만 할아버지가 되겠지 하는 생각도 수일은 해본다.

문자와는 한 달 반쯤 사귀었다. 처음엔 문자가 노는 첫째 일요일과 셋째 일요일에만 만났으나 나중엔 오늘 만나고 내일 만나고 매일같이 만나서 돌아다녔다. 그러던 문자가 수일을 따돌리고 만나주지 않아 수일은 이제 미장원 문 앞에 하루 종일 진을 치고 있다가 문자를 불러내는 데는 성공했다.

중국집에서 자장면을 시키고 마주 앉았는데 문자의 얼굴엔 찬바람이 이는 듯했다.

"왜 요새 바빠?"

수일은 문자의 그런 표정은 모르는 채 정다운 듯 물었다. 문자는 가만있더니

"우리 이제 만나지 말아."

"왜? 왜 그래?"

"난 이제 돈이 없어. 모은 돈 다 쓰고 빚지고 그랬어. 고향에 돈도 못 부치고."

"그 때문이었어? 돈 때문이야? 돈이라면 나한테 있다니깐."

수일은 힘껏 웃으며 말했다. 그때 수일의 주머니엔 시계 잡히고 받은 오백 원이 고스란히 들어 있었다.

"미장원도 쫓겨나게 생겼어. 내 기술이 좋으니까 그냥 붙어는 있지만 난 어제 마담한테 절대 외출 안 하고 착실히 일하겠다고 단단히 약속했단 말이야."

수일은 투정부리는 소년같이

"그래도 노는 날은 있을 게 아니야. 첫째 일요일하고 셋째 일요일은……."

여자들은 수일의 이런 소년 같은 말투엔 대개 웃는 얼굴이 된다. 그러나 문자는 자장면을 젓가락으로 휘젓기만 하며 수일에겐 정이 떨어졌다는 눈치였다. 수일은 타고난 천성으로 여자들의 마음을 금방금방 읽어내는 재주가 있었다. 수일은 먹던 자장면을 얼른 삼키고,

"우리 여기서 한판 할까, 밖에 나가서 할까."

그래도 문자는 흥 하고 비웃듯 웃었을 뿐이었다.

중국집에서 나와 문자가 미장원으로 가는 길을 따라 걸으며 수일은 문자 없이는 도저히 못 살겠다고 가끔이라도 만나자고 애원을 했다. 굵다란 문자의 허리를 껴안고 걷자니 수일의 걸음은 헝클리고 비틀거렸다. 정말 그때의 수일은 문자 없이는 못 살 것 같았다. 허리에 두른 수일의 손을 문자는 뿌리치진 않았으나 수일은 문자의 허리가 감정도 감각도 없다는 것을 알 수 있었다. 절벽 같았다.

마침내 수일도 깨끗이 단념을 할 때가 되었다. 그래서 불 밝힌 미장원이 보이는 골목에서 수일은 마지막 키스를 하자고 해보았다. 문자는 그것조차 거절했다.

수일은 마지막 시도로 크고 속눈썹이 짙은 눈에 슬픈 표정을 띠며 문자를 그윽히 올려다보았다. 알랭 들롱이나 된 듯,

"좋아, 내게 힘이 없다는 걸 인정하겠어. 그러나 문자, 난 어느 날 아주 힘센 사람이 되어 문자 앞에 나타나겠어. 꼭 그렇게 할 거야."

이 소리는 여러 여자에게 써먹어봤는데 항상 효과가 좋았었다. 그러나 문자라는 여자는 여전히 냉담했다. 코를 뗀 수일은 하는 수 없이, 악수 하고 손을 내밀었다. 그제야 문자는 안된 생각이 들었는지 손을 잡으며,

"수일이도 취직을 해. 맘만 먹으면 무슨 일이든 있을 거야."

"그러겠지."

웃어 보이려 했으나 난데없이 눈물이 핑 돌았다. 여지없이 참패였다.

자리에 누운 채로 수일은 오늘 하루를 또 어떻게 보낼까 생각을 굴린다. 돈만 있다면 무슨 근심이 있으랴. 어제 시계 잡힌 돈을 자장면값 내고 청자 한 갑 사고 차비 하고 백 원 남짓 남았다. 일부러 남긴 것이 아니라 그냥 쓰고 남은 것이다. 아무리 궁해도 수일은 하루 살 돈을 가지고 이틀을 녹여 쓸 째째한 궁리를 하지 않는다.

문자가 자기에게 퍼붓던 경멸은 돌이켜 생각하기조차 수치스럽다. 항상 남자들보다는 여자들이 그에게 친절했다. 아랫도리 벗고 아장거리던 시절부터 그러했다. 그러나 어젯밤은…….

생각을 몰아내기 위해서 수일은 에잇 하고 단번에 일어났다. 그는 방문을 열고 뜰로 내려섰다. 답답한 입 구(口) 자 낡은 기와집이다. 햇볕 속에 퍼덕이는 공기의 몸짓까지 느껴질 정도로 뜰은 고요했다. 하숙생들은 학교로 또는 직장으로 나가버렸다. 수일은 수돗가로 가면서 대청에 걸린 괘종시계를 보았다. 열 시 이십 분.

세수를 마친 수일은 부엌에서 밥을 찾아 먹고 구두약을 발라 정성껏 구두를 닦았다. 안방에서 모친이 움직이는 소리가 들리지만 모친은 문을 열어보지 않는다. 모친은 수일이 때문에 속상하다.

사내새끼가 콜드 마사지, 계란 팩, 어떤 때는 분칠까지 한다. 며칠씩 외박을 하는가 하면 또 며칠씩 잠만 자고, 게으르기 한이 없는 것이 제 옷 건사 하나는 철저하여 양복을 안고 세탁소를 드나들고 귀청 따가운 음악을 크게 틀어 하숙생들에게 미안하고 쩍 하면 돈 달라는 소리.

어느 땐가는 졸라대는 대로 수일에게 양복 한 벌을 해주었더니 거기 맞는 구두를 사내라고 난리였다. 술을 먹고 와서는, 엄마 이 구두 좀 보라고, 옷만 좋으면 뭐하느냐고, 새 양복바지를 쭉쭉 째고 있었다. 모친은 베개를 수일에게 집어던졌다. 이것이 도화선이 되어 모친과 자식은 서로 멱살을 잡는 흉한 모습을 하숙인들에게 들키고 말았다. 하숙인들은 패륜의 아들을 파출소에 넘겼다. 자식의 됨됨이, 하숙인을 포함한 주위 사람이 자기에게 부어주는 동정이 모친을 슬픔 속에 몰아넣었다.

어렸을 때 수일은 정말 별나라 왕자같이 귀여운 아이였다. 엄마, 내가 크면 자동차 사줄게, 그런 소리도 하고 노래도 잘하고 눈치도 빨랐었지. 모친에겐 강보에 싸여 방긋방긋 웃던 수일이 엊그제의 일만 같다. 아이야 지금도 착한 아이지, 저도 그렇겠지, 중학교만 졸업하고 부모라고 공부를 바로 시켰나 옷 한 가지 바로 사줬나. 술이라도 한잔 하고 나면 저를 낳아준 부모가 원망스럽기도 하겠지……. 시간이 흐를수록 모친의 가슴속엔 수일의 나약하고 놀기 좋아하는 성품이 측은하게 전해왔다.

이것이 이런 기회에 마음을 잡기나 했으면, 휘유, 정말 걔 마음속엔 악의라곤 없지, 속일 줄을 아는가 거짓말을 아는가, 그런데 참 이것이 얻어맞지는 않는지……. 생각이 이에 미치자 모친은 담배 한 보루를 사 들고 파출소를 찾아갔다. 걔가 술 먹고 저지른 실수니 때리지 말고 잘 타일러 부디 사람 좀 만들어달라고. 모친이 집으로 돌아오고 그 밤으로 수일이 풀려 왔다. 때리지 말고 타일러 사람 만들어달라고 가져간 담배가 당장 지나친 효력을 나타냈다. 모자간의 대면이 있기는 너무 빠른 시간이었다.

구두를 닦아 신은 수일은 모친에게 돈을 좀 달래볼까 하고 댓돌 위에서 기척을 내보다가 모친이 끝내 내다보지도 않으므로 그대로 몸을 휭 날려 밖으로 나오고 말았다.

따가운 햇살이 쪼듯 수일의 목덜미에 내렸다. 요즘 수일을 지탱해주는 것은 신문에 크게 광고가 난 백만 원 현상 〈산나리〉의 주역 배우 모집에 응모해보려는 결심이다. 사실 어제 문자와의 일도 있고 또 너무 궁하고, 이런 모든 분노가 외곬으로 모여 오로지 〈산나리〉 주역 배우가 꼭 되고야 말겠다는 투지를 수일에게 불러일으켰다. 학벌이 없고 키 작은 것이 정말 치명적이긴 하지만 혹시 웃던 물건이 남는다고 행운을 잡을지 누가 아나.

돈도 없는 데다가 따가운 햇볕까지 내리비치는 수일은 저절로 짜증이 났다. 수일은 낮이 싫다. 낮에 거리를 걷고 있노라면 키가 점점 작아져 자신이 숫제 땅강아지같이 느껴지기도 한다. 서울 거리에 어둠이 깔리고 네온이 명멸하기 시작하면 그때야 비로소 수일의 온몸에 물기가 돌기 시작한다.

수일은 충무로 다방에 나갔다가 원했던 대로 리라를 만날 수 있었다. 리라는 수일의 친구 애인이다. 그녀는 항상 수일을 반긴다. 수일은 리라와 함께 점심으로 비프스테이크를 먹고 그녀에게서 돈도 천 원 얻었다. 남자들보다 여자들이 그에게 친절했다.

리라와 헤어진 후 수일은 망연히 길가에 서서 어디로 갈까 생각해보았다. 맞춰놓고 찾지 못한 양복이며 사고 싶은 오토바이 같은 것을 잠시 그려보았다.

오후 네 시경 삼아파트 삼 층.

수일이 삼촌인 황경태 씨 집 벨을 눌렀을 때 삼촌은 문을 따주며 당장 언짢은 기색을 지었다. 저번 날 식모만 있을 때 와서 수일이 라디오를 집어 간 일 때문이었다. 삼촌은 수일을 곁눈으로 보며 이젠 더 이상 용서할 수 없다고 말했다.

"삼촌, 돈이 너무 없어서요. 정말 사는 것 같지가 않아요."

수일은 다소 불손하게 신을 벗고 응접 소파에 앉았다. 탁자 위에는 미국에서 보낸 황 교수 아들의 편지가 놓여 있었다. 수일은 삐뚜름히 앉아 그것을 집어 들고 읽어보았다. 요는 공부하느라고 잠도 못 자고 고달프고 바쁘다는 얘기였다.

"야, 너 영화배운가 뭔가 될 생각은 말고 당장 시골로 가서 머슴일이라도 해. 부끄럽지도 않으냐. 네 어머니가 죽을 고생을 하는 게 네 눈엔 보이지도 않아."

삼촌은 파이프를 빨아보기도 하며 노인 특유의 느리고 꼼꼼한 솜씨로 파이프 청소를 시작했다.

"염려 마세요. 저도 다 생각이 있으니까요."

수일은 돈 좀 달라는 소리를 언제나 할까 기회를 날카롭게 살폈다.

"이놈, 내가 너를 하루 이틀 겪는 게 아니야. 너 같은 놈은 노동일을 해봐야 돼. 온몸에 비지땀이 번들거리며 곡괭이질을 해봐야 돼. 네 엄마가 항상 하는 말이 넌 악의도 없고 천진난만하다고 하더라만 그건 말도 안 되는 소리야. 바로 너 같은 사람이 이 세상에서 제일 위험하고 믿을 수 없는 인간이다. 도대체 착하다는 게 뭐냐. 그냥 생각 없이 허허거리고 돌아다니는 게 착한 것이냐. 착하다는 건 선하게 되려는 의지다. 그게 착한 거야."

이 세상에서 수일이 제일 싫어하는 것은 이와 같은 잔소리다. 수일은 듣기 싫어 인상을 찌푸리며 오늘은 일전 한 푼 얻어내기 어렵겠다 고 낙심했다.

따르릉, 전화벨 소리. 삼촌이 방으로 전화 받으러 간 사이 수일은 캐비닛의 문이 헐겁게 닫혀 있는 것을 보았다. 삼촌은 그곳에 돈을 둔다. 내부로부터 솟구쳐 오르는 이상한 열기를 느끼며 그는 벌떡 일어나 캐비닛 문을 열었다.

"너 뭐하느냐."

전화를 받고 나오던 삼촌이 놀라 소리쳤다. 그때 수일은 돈을 주머니에 마구 쑤셔 넣고 있었다. 홱 돌아보는 그의 얼굴에는 이상한 살기가 어려 있었다.

"염려 마세요. 취해가는 거예요."

"네 이놈!"

다가오는 삼촌을 수일은 팔꿈치로 힘껏 밀었다. 칠십 노인의 몸은 힘없이 뒤로 넘어졌다.

삼백이 호실의 문이 열리고 거친 숨결을 몰아쉬며 수일이 뛰어나왔다. 그는 허겁지겁 아래층으로 내려가다가 수위실에 호구 조사차 나온 순경이 두 명이나 앉아 있는 것을 보고는 질겁을 하여 흡 숨을 들이켜고 태연하려 애쓰며 위로 위로 계단을 올라갔다. 한 층, 또 한 층, 또 한 층……. 층계엔 어둠이 깔리고 있었다.

노름하러 갔던 선생님은 여덟 시 반쯤 되어서 돌아오다가 아파트 정문 앞에 앰뷸런스가 서 있고 사람들이 구름같이 몰려 있는 것을 보았다. 그녀는 돈을 많이 잃어 속이 상해 술을 마시고 몽롱히 택시에 앉아 있다가 그 광경을 보자 뭔가 불길한 예감에 가슴이 섬뜩해졌다. 어차피 골목은 사람들로 꽉 막혀 있어 그녀는 차에서 내렸다.

“뭐예요? 무슨 일이 났나요?”

그녀는 헌 문짝이랑 떼어주었던 수위를 보자 사람들 어깨 너머로 목소리를 보냈다.

“예, 이제 오십니까. 삼백이 호에 강도가 들었어요.”

“강도!”

신문사 차가 사기를 펄럭이며 속속 모여들고 사람들도 갈수록 불어나 이제는 골목 안에 꽉 차버렸다. 순경이 호루라기와 방망이로 사람들을 갈라 길을 만들자 흰 헝겊에 덮인 것이 들것에 실려 구급차로 옮겨졌다. 삼백이 호의 불운한 인간이겠지, 물론 그는 오늘 아침만 해도 저녁에 이렇게 될 줄은 꿈에도 모르고 세수도 하고 밥도 먹고 그랬겠지, 삼백이 호라 했겠다, 그렇다면 그 남자, 그러고 보니 삼백이 호의 사람이 누군지 선생님은 알 만했다. 커다란 체구의 정정하던 칠십객, 전에 대학교수를 했다는 이, 누구든지 그의 나이를 들으면 놀라리만큼 그는 주름도 없고 혈색도 좋았지, 손에는 별수 없었지만 얼굴에는 검버섯 하나 없었지, 선생님은 그 남자와 수위실에서 편지를 찾으며 얘기해본 일이 있었다.

수위실에 단장을 짚고 떡하니 앉았던 풍신 좋은 그 남자가 수위로부터 편지를 받는 선생님에게 먼저 말을 걸었다.

“미국에 누가 있으십니까?”

“예, 우리 딸이…….”

“나도 자식 놈이 거기 가 있어요. 날 보고 자꾸 오라지만 다 늙어 뭣 때문에 거길 가겠어요.”

둘 다 자식을 먼 데 보내고 혼자 지내는 처지가 비슷하여 얘기는 그런 쪽으로 이어졌다.

마침내 그 남자는 선생님에게 방에 가서 차 한잔하자고 권유하기에 이르렀다. 사교적이 못 되는 선생님은 이 남자의 무료한 일상을 보는 것 같아 연민도 느끼면서, 한편 혹시 이 남자가 나에게 마음 있는 게 아닌가 즐거운 흥분도 가지면서 그 집에 올라갔다.

현관문을 딱 들어서는 순간 선생님은 저절로 어머나 소리가 나왔다. 조롱 속에서는 새들이 짹짹, 벽에 붙여놓은 수족관엔 열대어가 헤엄치고, 베란다엔 잘 손질된 온갖 화초가 눈을 찌르듯 아프게 했다.

"어머나, 이걸 혼자 다 가꾸십니까?"

"시간제로 식모가 오지요. 여기 앉으십시오. 마침 작설차가 있는데 맛 좀 보시지요."

커다란 남자가 솥뚜껑 같은 손으로 부산스럽게 찻잔을 꺼내고 물을 끓이고 그러는 것이 선생님 눈에는 귀엽고 우습게 비쳤다. 남자는 전축에 가서 레코드를 올려놓았다.

"음악을 틀면 카나리아가 노래를 시작합니다. 저놈도 특별히 좋아하는 노래가 있어요."

선생님은 음악을 들으며 꽃을 보며 차를 마시며 집 안의 달큰한 안락감 속에 편안히 잠겨갔다. 노곤함을 즐기며 이이가 이렇게 집을 꾸며놓았으니 자꾸 누구에겐가 보이고 싶어지기도 하겠지, 중얼거렸다.

앰뷸런스가 떠난 후 집으로 올라온 선생님은 딩동 딩동 여러 번 벨을 눌러도 안에선 인기척이 없었다. 할 수 없이 백에 항상 넣어가지고 다니는 열쇠로 현관문을 여니 얼굴에 달려드는 공기가 별써 집 안엔 아무도 없다는 감각이었다.

"기숙아, 기숙이 자니? 얘가 어딜 갔어, 구경을 나갔나?"

선생님은 대강 집 안을 둘러보았다. 별로 수상한 점은 없었다. 쌀을 씻다가 급히 나간 듯 조리가 물 담긴 쌀그릇 속에 처박혀 있었다.

"계집애, 쯧쯧."

선생님은 삼백이 호 남자의 죽음에 충격을 받아 정신없이 우선 옷부터 갈아입고 세수를 했다.

그렇게 허무하게 죽을 것도 모르고 새를 기르고 꽃을 기르고 열대어를 기르고……. 날 보고 장수하고 싶거든 흰밥을 먹지 말고 돼지고기를 먹지 말라고 그랬지. 자기는 삼이 맞지 않고 용이 맞는다는 얘기도 했었지.

세수를 마치고 콜드크림을 바르도록 기숙이 돌아오지 않자 선생님은 이상한 느낌이 들어 밖으로 나갔다. 멀리 갈 것도 없이 현관문을 열자마자 복도에 서너 명의 이웃 부인들이 수군수군 얘기하고 있었다. 들어볼 것도 없이 강도 얘기겠지.

"저, 여기 우리 집 애 혹시 못 보셨어요?"

"그 일하는 애요?"

"네."

"글쎄요."

"내가 어디 나갔다 오니까 없구만요."

"식모치고 속 안 썩이는 사람 없죠. 구경 나갔겠죠, 뭐. 그런데 걔 좀 어떻게 된 애 아네요?"

이웃 여자는 머리가 돌지 않았느냐는 시늉을 해 보였다. 그러자 딴 부인도 공감을 표시하며,

"좀 그렇지요? 치마는 어찌 그렇게 짧게 입는지 똥구멍이 다 보이

겠더라구요. 우리 애기 업어주겠다고 그러는 걸 내가 말렸다구요. 공연히 헤헤 웃고 돌아다니는 애한테 어떻게 애기를 맡기겠어요."

선생님은 기숙이 제 발로 걸어 들어오기를 기다릴 도리밖에 없다고 생각하고 현관문을 걸었다. 강도 생각이 나서 평소 쓰지 않던 빗장도 단단히 질렀다.

기차가 기적을 울리며 초여름의 어둠 속을 달려갔다. 차량이 몇 개 안 되는 화물열차였다.

수일과 기숙은 기찻길과 마을을 굽어보며 산기슭에 앉아 있었다.

"세상에서 제일 슬픈 게 뭔 것 같아요? 난 왜 이렇게 슬픈 게 많은지. 지금도 슬픈 것 같기도 하구 좋은 것 같기도 하구……. 말해보세요, 뭐가 슬픈가."

기숙의 질문에 수일은 별 반응 없이 손가락을 꺾어 불안한 소리를 냈다.

"왜 대답을 안 하세요?"

"글쎄……."

"난 커다란 나무가 바람에 몸을 맡긴 채 이리저리 흔들리며 세월아 가거라 오너라 하는 것 볼 때도 슬프구요, 또 물을 봐도 슬퍼요. 달력 그림 같은 데서 호수를 보면 내 마음이 우는 것 같아요. 또 많이 있어요. 날아가는 철새를 보면 하늘 끝이 어딘가 싶고……."

아, 나야말로 진정 슬픈 몸. 수일은 안절부절못하고 어둠 속에 눈동자를 굴려 이 낯선 고장을 이리저리 살폈다. 신작로 양 편으로 가로수가 서 있고, 슬레이트로 지붕을 덮은 인가의 창엔 따스한 불빛이 빛나고 심심치 않게 신작로엔 차들이 지나다녔다. 귀밑을 스치고 지나는 바람, 나는 새, 저기 보이는 집집에 사는 모든 사람, 가축, 심지어는 곁에서 끊임없이 주절대는 이 영문 모를 계집애조차도 지금 수일에겐 부러운 존재들이었다.

"내 얘기만 듣기예요? 범식이라 하셨죠? 범식 씨 얘기도 좀 해보세요."

기숙은 어둠 속에 떠 있는 옆 사내의 둥그런 검은 머리통을 바라보았다. 아, 드디어 내게 온 사람.

되는대로 범식이란 이름을 대준 것은 수일 자신이었는데도 기숙이 범식이라 부르자 수일은 찔끔했다.

"뭐……."

수일은 말을 잇지 못하고 계속 손마디를 찍어댔다. 그러나 이젠 소리가 나지 않는다.

"뭐…… 특별히 할 얘긴 없어."

"난 말이지요, 할 얘기가 아주 많아요. 인제 말이지만 집에서 난 거울을 보고 범식 씨에게 할 말을 미리 해보기도 했어요. 범식 씨는 앞으로 내가 어떤 사람인가, 내가 뭘 좋아하고, 자랑스럽게 생각하는 것은 뭔가, 이런 얘기를 듣게 될 거예요."

"나한테 할 얘기?"

수일은 처음부터 이상하던 이 계집애가 뭔가를 알고 있는 게 아닌가 하고 몸을 굳혔다.

"그럼요. 내가 얼마나 얼마나 기다렸다구요."

수일은 남방셔츠 윗도리에서 담배를 찾아 꺼내 물고 신경질적으로 성냥을 찾기 시작했다. 그러나 성냥은 아무 데도 없었다.

"얘기해보세요. 아무 얘기라두 좋아요."

"난 뭐 특별한 얘긴 없어. 평범한 사람이야."

끝내 성냥을 못 찾자 수일은 물었던 담배를 던져버렸다. 그는 도무지 어찌해야 좋을지 – 말을 해야 좋을지 안 해야 좋을지, 이렇게 산기슭에 앉아 있어야 좋을지 지금이라도 일어나 한 발짝이라도 더 멀리 서울로부터 떨어져야 좋을지, 이 계집애를 떼어버려야 할지 또는 그냥 달고 다녀야 좋을지, 하긴 이상한 소리를 아까부터 계속 지껄이긴 하지만 역시 있는 편이 없는 편보다 나을 것 같기도 하고 갈팡질팡 안절부절이었다.

"난 말이지요, 이렇게 만날 줄을 알고 블라우스랑 구두랑 사놨는데 그만 갑자기 나오느라고 이렇게 숭한 꼴을 보이게 됐어요."

기숙은 치마허리 지퍼가 고장 나 팬티가 보이는 것이, 그리고 그 팬티마저 걸레같이 헌것인 것이 어두운 밤이긴 하지만 여간 신경이 쓰이는 것이 아니었다.

"내가 어떤 사람같이 보여?"

뜻밖에도 수일이 말다운 말을 처음 던졌으므로 기숙은 펄쩍 뛸 듯 기뻤다.

"착한 사람 같아요."

수일은 이 대답에 이상한 안도를 느끼며

"난 자동차 정비공이야. 아침부터 밤까지 열심히 일하지, 밥 먹을 시간두 아껴가면서."

아무렇게나 말해놓고 보니 정말 자신이 그런 인간이었으면 얼마나 좋을까, 그는 팔베개를 하며 드러누웠다. 하늘엔 별도 없이 연기 같은 구름 뒤에서 창백한 달이 희미하게 빛나고 있었다. 내일 비가 올지 모르겠다. 내일, 나는 어떻게 되어 있을까, 영원히 더 어둡지도 더 밝지도 않을 것 같은 이 어둠, 차라리 어서 내일이 왔으면.

"난 말이에요, 만날 멍해 있다가 선생님한테 야단을 많이 맞았어요. 우리 선생님은 여간 까다롭지가 않아요. 소변 본 후엔 물에 손 씻고 대변 본 후에 비누에 손 씻으라고 그러고. 안 그러면 귀신같이 알아내는 용한 재주가 있어요."

팔꿈치로 좀 밀었을 뿐인데 어이없게 뒤로 나가자빠지던 삼촌의 모습이 자꾸 떠올라서 수일은 으음, 신음 소리를 내며 옆으로 누워 허리를 꼬부렸다. 그의 몸무게로 부러진 풀잎에서 짙은 풀내가 풍겼다.

"일 년쯤 전인가요. 굉장히 바람이 불고 음산한 날, 왜 그런 날 있지요? 범식 씨도 아시죠? 문짝들이 덜커덩거린. 바로 그런 날 선생님이 옥상으로부터 뛰어 내려와 옥상에 올라가려니까 마지막 계단 위쪽 후미진 곳이, 바로 범식 씨 당신이 서 있던 데 말예요, 거기 누가 서 있는 것 같아 무서워서 혼났다고 했어요. 난 전혀 그런 생각을 못 했거든요. 그다음부터 유심히 보니 정말 그 구석에 누가 꼭 서 있을 것 같은 생각이 내게도 들었지요. 난 선생님관 달랐어요. 선생님은 사람이 있을까 봐 무섭다구 그랬지만 나는 무섭긴커녕 누가 거기 서 있었으면 좋겠다고 생각했어요. 오늘 같은 날이 틀림없이 올 것 같았어요. 나는 매일 기다렸지요. 정말 지치도록 오랫동안이었어요. 범식 씨 당신이 나타날 때까지가. 나중엔 그 구석을 안 보고 지나가도 그 구석이 살아 숨 쉬는 듯 꼭 그렇게 느껴졌어요."

수일은 부르르 몸을 떨었다. 아무리 생각해도 지나간 오후의 일이 꼭 악몽같이만 수일의 뇌 속을 후벼댔다. 쫓기듯 쫓기듯 층계 위로 올라가던 일, 그리고 나타난 옥상, 그 막다른 곳.

"아!"

정말 심장이 아파서 수일은 짤막하게 소리를 질렀다.

"왜 그러세요?"

"죽는 것 생각해봤어?"

"죽는 거요?"

"음, 죽으면 어떻게 될까."

"숨이 끊어지는 거니까 몹시 괴롭겠지요."

기숙은 언젠가 꾸었던 자기가 교수형을 받으러 가던 꿈을 연상하면서 말했다.

"차라리 죽어 한 줌의 흙, 한 줌의 먼지가 되었으면 좋겠다. 난 어찌된 게 엄마가 있어도 있는 것 같지 않고 집이 있어도 있는 것 같지 않고 친구가 있어도 있는 것 같지 않고……."

"내가 있잖아요. 범식 씨, 내가 있어요."

갑자기 수일이 벌떡 일어섰다. 야숙을 하기로 했던 당초의 마음이 변했다.

"우리 일어나자."

수일은 딱딱하고 습기진 땅이 더 이상 견딜 수 없어지고 뭔가 따뜻하고 밝은 것이 그리웠다. 만난 순간부터 수일의 말에 순순히 따랐듯이 이번에도 기숙은 순순히 일어나 옷을 털었다.

"어디로 가요?"

"여관에 들자."

수일은 날쌔게 산길을 내려갔다.

"부모님이 계신다는 명경까진 아주 먼가요? 얼마나 더 가야 되나요? 나 그분들 만날 때 새옷을 입고 싶어요."

수일은 계속 침묵하고 있었으므로 기숙도 마침내는 입을 다물고 미끄러지며 고꾸라지며 빠른 걸음의 수일을 뒤따랐다.

역 근처에 내려오니까 자그마한 시골이지만 그래도 가게마다 불빛이 환했다. 수일은 어두운 쪽을 걷다가 뒤에 오는 기숙에게 시선을 던졌다.

"저 말야."

"네."

"저 말야, 저기 가서 신문 좀 사 와. 오늘 거 전부."

그는 백 원 한 장을 바지 주머니에서 쓱 꺼내어 기숙에게 건넸다. 기숙은 빠르게 역 앞 신문 판매대로 달려갔다. 가게 불빛에 비친 기숙의 모습이 낯설어서 수일은 더더욱 외로워졌다.

"여깄어요, 신문."

숨을 할딱거리며 기숙이 앞에 와 섰다. 수일은 아무렇게나 신문을 구겨 옆구리에 찌르고 여관을 찾았다.

시골 여관. 문짝도 구들장도 이불고 베개도 요도 적당히 때가 묻고 모두 얄팍얄팍했다.

"발 좀 씻고 올게요. 안 씻을래요?"

"아니."

기숙이 마당 우물께로 나간 후 수일은 문을 걸어 잠그고 신문을 펴들었다. 임시제도 확정, 억대 교포 땅 사기, 고압전선 절단, 냉동기 가스로 악취, 히로뽕 사 억대 밀조……. 어디에도 수일이 얘긴 보이지 않는다. 신문엔 내일 날 거야. 혹, 수일은 벽에 털썩 기댔다, 지금 여기 있는 나, 이게 꿈은 아니지.

방문을 열려고 덜컹덜컹 애쓰는 소리가 그의 귀에 들려왔다.

"누구요?"

"아이참, 나예요."

"음."

수일은 문을 따주었다.

"저요. 비누하고 수건 같은 거 사 올게요."

수일은 곧 바지 주머니 속으로 손을 넣어 돈은 꺼내려 했다. 그러나 집혀 나온 것은 만 원권 수표 한 장. 수일은 또 아무렇게나 주머니 속을 뒤져 오백 원짜리 한 장을 찾아 기숙에게 건넸다.

"금방 올게요."

방문을 탕 닫고 기숙이 나갔다.

수일은 또다시 방문을 걸어 잠그고 주머니 속에 쓸어 넣었던 돈들을 꺼내보았다. 수표가 대여섯 장, 돈은 오백 원짜리 백 원짜리로 만 칠천 원가량이 되었다. 그리고 딱딱히 집히는 것은 예금통장. 수일은 또 한 번 몸을 부르르 떨었다. 눈물이 두 줄기 볼을 타고 흘렀다. 손등으로 닦아내는데도 눈물은 끊이지 않고 계속 흘러내렸다. 수일은 훌쩍이며 통장을 한 장씩 뜯어 들고 떨리는 손으로 머리맡의 성냥을 그어댔다.

기숙은 역 앞 가게에서 칫솔 두 개 치약 두 개 비누 한 개 타월 한 개 그리고 참외도 두 개 샀다. 전등불이 환한 낯선 시골 가게에서 돈을 주고 물건을 사는 것이 꼭 꿈속같이만 생각되었다. 나는 오늘 다시 태어나는 것이다, 새롭게 태어나는 것이다, 사랑이 찾아왔기 때문이다, 내게 오랫동안 고대하던 사랑이 찾아온 까닭이다.

마음 한구석에 실낱같이 스미는 적막한 불안은 보려 하지 않았으므로 끝내 기숙은 그것을 깨닫지 못했다. 그녀는 오로지 행복하다는 쪽으로만 생각을 몰아가 너무 좋아 자꾸 웃음만 나려 했다.

저녁때 옥상에 올라가니까 그 구석에 수일이 서 있었다. 어두워서 잘 보이지 않았으나 기숙은 오늘은 정말 젊은 남자가 서 있다는 것을 알 수 있었다. 기숙이 들여다보니까 남자는 몸을 빳빳이 해가지고 더욱 벽 쪽으로 다가붙는 것 같았다.

"오셨군요."

기숙이 말했다. 숨을 죽이고 숨어 있던 수일은 이 소리에 너무 겁이 나서 정신이 휑 돌았다.

"오셨군요. 얼마나 기다렸는데요."

천지가 아득했던 공포의 순간이 지나가자 뭔지 잘은 모르지만 생각했던 것처럼 위험한 사태가 온 것이 아니라 이 계집애가 사람을 잘못 보았다고 여유 있는 생각이 수일에게 들기 시작했다.

"이리 오세요, 가까이."

기숙이 수일의 손을 잡아끌었다. 언제나 여자들 편이 남자들보다 그에게 친절했다. 수일은 바싹 마른 입술을 축이고 간신히 말했다.

"아가씨, 여기 현관 말고 나가는 문 있어요?"

기숙은 의아했으나 오랫동안 기다려온 이 특별한 사람의 말에 곧 성의 있는 대답을 했다.

"네, 쓰레기를 쳐 가는 뒷문이……. 지하 층계로 내려가면."

수일은 떨리는 대로 한 발 앞으로 나섰다.

"안내 좀……."

기숙은 그의 손을 잡아끌었다. 이미 층계마다 전등이 켜져 있었으나 인기척은 없었다. 그들은 아무도 만나지 않고 아래층으로 내려가는 데 성공했다. 이 아파트는 언제나 그렇게 조용하고 층계에서 서로 누구를 만나게 되는 일이 드물었다. 그들은 비상계단을 통해 오물 냄새 나는 지하실 층계를 지나 조그만 나무 문을 밀고 밖으로 나섰다. 저만큼서 달려오는 택시를 보자 수일은 허겁지겁 손을 들었다.

기숙이 칫솔 등속을 사가지고 돌아와 뵌 수일은 베개에 고개를 푹 파묻고 엎드려 있었다. 기숙은 방구석에 사가지고 온 물건들을 정리해놓고 수일의 옆에 나란히 엎드렸다.

"범식 씨, 뭐하세요?"

수일은 미동도 않고 그대로 있었다. 보통 청년보다 약간 길게 기른 머리, 둥근 머리통, 흰 목덜미. 기숙은 손을 내밀어 수일의 머리를 만져보았다.

"신문 읽어드릴까요, 참외 먹을까요. 참외는 씻어가지고 왔어요. 여기 칼도 빌렸어요."

"……."

기숙이 참외를 깎으려고 신문지를 펼치자 그 소리에 놀라기라도 한 듯 수일이 얼굴을 번쩍 들었다. 그는 기숙의 손에서 신문을 사납게 빼앗아 던진 후 영문을 몰라 어리둥절한 기숙의 옷을 잡아 찢을 듯 달려들었다.

기숙은 무슨 일이 일어나려 하고 있는지 곧 이해했다. 신문 · 잡지 · 라디오 · 텔레비전 등을 통해서 남자가 여자에게 가장 바라는 것이 무어라는 것쯤은 알고 있었다. 기숙은 누운 채 옷이 잘 벗어지게끔 허리도 들어주고 팔도 들어주었다.

모든 불안을 떨쳐버리려는 듯 수일은 양순하게 누워 있는 기숙의 몸을 밤새 몇 번이고 거칠게 침범했다. 열여덟 기숙의 몸에선 피가 많이 나 방바닥을 더렵혔다.

잠시 잠이 들었는가, 수일은 소스라쳐 놀라며 눈을 번쩍 떴다. 얼마나 잤을까. 사면은 고요했으나 고요함 그 자체에 낯선 곳, 낯선 방의 냄새가 스며 있었다.

창호지를 통해서 희미한 새벽빛이 흘러들어 신문지와 그들이 지난밤 벗어 던진 옷들이 아무렇게나 뒹굴어 있는 것을 보여주었다. 저쪽에서 숨소리를 내는 것은 아, 그 계집아이, 말도 많던 그 계집애. 모든 것은 최악의 상태 그대로 눈뜬 수일에게 덮쳐들었다. 악몽 같기만 한 지난 일은 도리질 치고 싶어도 실제의 일이었다. 수일은 벌거벗은 몸을 구부리고 기어 다니며 더듬어 바지를 주워 입었다. 손이 바들바들 떨려 단추가 잘 잠기지 않았다.

여기가 겨우 P, 서울에서 두 시간 남짓한 거리, 기껏 도망쳐 온 곳이 겨우 여기. 빨리빨리, 빨리빨리.

수일의 심장은 터질 듯 방망이질이었다. 고양이처럼 발소리를 죽여 동트기 전의 어둠 속에서 수일은 여관을 빠져나갔다.

기숙은 – 선생님 때문에 아침잠을 설치게 마련이던 기숙은 마음 놓고 꿈 같은 단잠 속에 빠져 있었다.

면 집

수업이 시작되어 미스 올슨, 운혜 선생님의 빠른 말소리가 들려오는 교실 문 앞에서 기언은 운혜의 우비를 벗긴 후 교실로 운혜를 가볍게 밀었다. 머리에 작은 꽃핀을 꽂은 다섯 살짜리 운혜는 방금 벗은 우비를 옆구리에 질질 끌며 교실로 들어갔다. 기언은 운혜의 등 뒤에서 밀빛 머리의 선생에게 한국인답게 허리 굽혀 인사를 보낸 후 학교를 나왔다. 가끔씩 뿌리는 빗발 속에 하늘은 눈썹까지 어둡게 내려앉았고 시야는 비안개로 뿌연 세계였다. 집에서 입던 옷에 우비만 걸친 기언은 한기를 느꼈다. 바쁠 건 없어. 운혜가 돌아오는 세 시 오십 분까지 해야 할 일은 없어. 예기치 못했던 홀가분한 기쁨을 느끼며 기언은 우산을 펴 들었다.

오늘 이 비 오는 궂은 일기에 그만 운혜의 학교 버스를 놓치는 바람에 기언은 노선이 처음인 시내버스를 근 삼십 분이나 기다려 타고 부족한 영어로 운전사에게 정거장을 물어가며 운혜를 학교까지 데려다주었다. 버스에서 내려서도 운혜의 가방, 자기 우산, 또 운혜의 우산

등 거추장스러운 우장을 들고 여섯 블록쯤 되는 거리를 운혜야, 늦었어, 빨리 좀 걸어, 빨리, 재촉하여 건노라면 우산은 뒤집혀질 듯 바람을 안고 운혜의 비옷은 자꾸 모자가 벗겨졌었다.

이제 운혜는 학교에 무사히 들어갔고 세 시간 후 하학하여 올 때는 학교 버스로 집 앞까지 편안히 올 것이니 운혜에 관한 한 기언이 걱정해야 될 일은 없었다. 집 근처에서 우유나 사가지고 들어가리라. 기언은 학교 문 앞에서 버스를 타고 가야 할 것인가, 걸어갈 것인가 망설였다. 기언의 우비 주머니엔 한 장의 지폐 말고 동전이 오십 센트. 버스값 삼십오 센트보다 십오 센트가 더 많은 돈이었다. 이곳 버스는 요금을 거슬러주는 법이 없으니 가지고 있는 이십오 센트짜리 동전을 두 개 내면 십오 센트가 손해다. 단 몇 센트 때문에 먼 식료품 가게를 찾아다니는 기언으로선 그것은 낭비로 생각되었다.

걷는 쪽으로 기언은 생각을 굳혔다. 버스 정류장까지도 여섯 블록은 되는 거리니까 정류장까지 걷느니 차라리 집 쪽으로 걷는 것이 낫지. 이렇게 먼 곳까지 기언이 혼자 나와본 일은 없었다. 지금 나는 커피숍에 들어가 한가히 앉아 있을 수도 있고 영화도 볼 수 있어, 오랜만에 느껴지는 이런 여유들이 기언은 새삼 고마웠다. 그런데 지금은 가진 돈이 적으니 우유나 사가지고 빗속을 걸어 집에 간 후 뜨거운 차를 마시고 레코드나 들으며 시간을 보내리라. 이때까지 나는, 오늘은 슈퍼마켓엘 다녀오고 부엌 바닥을 닦고 김치를 담가야겠다, 또는 유리창을 닦고 그릇을 닦아야겠다, 저녁엔 무슨 음식을 만들고, 주말에 청한 손님에게 대접할 음식을 생각하고, 생활비 계산을 하고, 별로 잘하는 살림도 아니건만 매일 꼬리에 꼬리를 물듯 그런 생각을 이어가며 기를 못 펴보고 마음 바쁘게 지내왔었다.

매일매일이 똑같은 생활, 죽는 날까지 이러리라, 기언은 막막했다. 그래도 작년과 올해를 비교해보면 운혜가 유치원에 입학했다든가, 또 이민이라고 비행기를 타고 트렁크 몇 개 들고 이 낯선 땅에 내렸던 일, 또 전해를 돌아보면 친정아버지가 돌아가시고 여러 가지 변화가 없었던 것은 아니었으나 그래도 기언에게는 자기가 아는 모든 하루하루는 같은 음조의 단조로운 되풀이로만 여겨졌다.

아침이면 남편이 간단히 빵 조각을 씹고 있는 동안 기언은 더 자고 싶은 기분을 누르고 일어나 잠옷 차림으로 남편의 점심인 샌드위치를 싸고(그것을 만들며 기언은 남편이 이것을 맛있어서 먹을까 의문이었다) 남편이 출근하면 오후반 운혜가 학교에 가는 열두 시까지는 하는 일 없이 서성거리다가 운혜를 먹여 학교에 보내고는 아침부터 밀린 찻잔이며 그릇들의 설거지를 하고, 운혜가 치우다 만 장난감 같은 것을 침대 밑에 납작 엎드려 주워 담고, 욕실은 하루 더 견디다 닦을까 지금 닦을까 궁리하며, 운혜 오는 시간을 기다린다. 운혜가 오면 금세 남편 퇴근 시간인 여섯 시가 되어 저녁을 짓고, 남편이 오면 둘러앉아 먹고는 텔레비전을 보거나 운혜에게 노래를 시키고 유희를 시켜보며 우리 집 아이가 얼마나 촉기 있고 귀엽고 재미있는 아이인가 남편과 공감의 자랑 속에 맘껏 웃어보기도 하다가 모두 자리에 눕는다. 잠들기 전까지 기언은 지순한 사랑의 공상 같은 것을 잠깐씩 해보기도 한다. 공상의 내용조차 기언이 소녀 시절부터 이어오는 낡은 것이었다. 이제는 학생들의 모습도 없어진 조용한 거리에 조금 전 운혜를 데리고 학교로 들어갈 때 보았던 노란 우비의 여자 순경이 기언을 보고 웃었다.

예쁜 주택가가 넓지 않은 십자로 길을 타고 정연히 늘어서 있었다. 주부들은 자기 집을 케이크를 장식하듯 예쁘게 꾸며 품평회에 내놓듯

거리에 놓아둔 것 같았다. 지금은 겨울이라 잔디밭은 쓸쓸했지만 그곳에 놓인 석고로 만든 소년이며 장식 마차, 현관께에 걸린 등, 창가에 놓인 조그만 꽃화분들 – 조작적인 것이 눈에 걸릴 정도로, 자기가 즐기며 산다는 것보다는 남을 보라고 한 것 같게 주부의 손길이 정히 느껴지는 집들이었다.

기언은 집 방향을 향해 걷기 시작했다. 기언이 사는 곳만 해도 전부 아파트 거리이건만 얼마 떨어지지 않은 같은 뉴욕에 어쩌면 이렇게 한가하고 조용한 주택가가 늘어서 있는지. 부슬부슬 내리는 비는 봄비인가. 지금이 이월 말이니 서울이라면 벌써 봄기운이 스며들 때인데 이곳은 아직도 두꺼운 털코트가 활보하는 겨울이었다. 아직도 나만 겨울인 듯 느끼지 다른 사람들 가슴속엔 봄이 움트고 있는지도 몰라. 얼음장 겨울인 기언의 마음은 혹시 가까이 와 있는 봄을 혼자만 놓치는 것이 아닌가 하여 주위를 더듬었다. 장화를 신은 어린아이 셋이 물웅덩이에서 일부러 절벅거리며 놀고 있었다. 그들의 옅은 머리카락이 비에 젖어 때 묻은 실타래같이 이마와 뺨에 눌어붙어 있었다. 집 방향을 가늠하여 기언은 ㄱ자로 굽은 길로 들어섰다. 어느 곳으로 향하건 기언의 눈에 보이는 것은 단정한 집들의 연속이었다. 기언이 사는 아파트 거리에는 길 양편으로 자동차들이 주차해 있지만 이곳은 각각 차고가 있는 탓인지 넓지 않은 길이 거침없이 뻗어 있었다.

어느 집이건 반쯤 열린 창가에는 빨간 꽃, 보라 꽃, 분홍 꽃, 덩굴꽃 화분들이 좌로 나란히 앉아 있고 그사이로 촛대라든가 노래 부르는 천사, 석고상 같은 것들이 놓여 있었다. 기언은 그런 집들을 곁눈으로 보며 빨리빨리 걸어갔다. 빨리 걷는 것은 몸에도 좋다지. 그러나 그보다도 언젠가 남편 친구가 한 말 때문이었다.

"미국엔 집집마다 총이 있어요. 대문도 없고 담도 없으니까 구경한다고 공연히 들여다보고 그러면 누구냐고 물어보지도 않고 댓바람 총을 쏘지요. 경찰한테는 낯선 사람이 집 마당에 들어와서 그랬다고 하면 그만입니다. 여긴 오십 달러만 줘도 얼마든지 총을 사거든요."

저 예쁜 집집마다 총이 있다고? 기언은 집집의 창 화분 너머에서 누구들인가가 파란 눈, 노란 눈, 실눈을 뜨고 총구멍을 자기에게 대고 있는 것 같았다.

친구의 말에 남편이 웃으며

"그런 엄청난 말 마라. 지금 이 사람은 오자마자 무서운 소리를 너무 많이 들어서 대낮에도 집 밖에 나가는 걸 겁낸단 말이야."

기언은 그때 남편의 웃음이며 말소리를 생각해내고 곤두섰던 마음이 놓이는 듯했다. 정말 아무리, 집집마다 총이 있을라구. 처음 미국에 오자마자 기언이 이곳저곳에서 이구동성으로 들은 말은 밤거리에 나가는 것은 목숨을 내놓는 것이나 다름없고, 누가 따라와 돈 달라거든 얼른 지갑째 주고 엘리베이터도 위험하고 지하철도 위험하고 지하철 화장실은 들어가지 말며, 보석 반지 같은 건 끼고 다니지 말고, 누가 길을 물어도 대답을 말라. 심지어는 밖에 나간 동안 누가 집 안에 들어와서 기다리고 있을 수 있다는 얘기까지 해서 기언은 아래층에 잠시 편지 가지러 갈 때도 잠근 문 꼭대기에 성냥개비를 자기만 알도록 끼워놓고 나갔었다. 미국 생활 여덟 달이 되어가는 지금 기언은 그토록 걱정하고 무서워할 것은 아니지 않은가 생각도 한다. 지난 팔개월 동안 어떤 위험의 징조도 자기에게는 비치지 않았으며, 같은 아파트의 여자들을 보아도 손가락에는 결혼반지를 끼고 더우면 현관문을 열어놓기도 한다. 엘리베이터에서 총 맞아 죽은 중국 노파나 세탁실에서 강간당하고 자살한 일본 여자 등 사람들이 얘기하는 사건들이 나에게도 일어나지 말란 법은 없지만 모든 사람들 마음속에 평화를 희구하는 마음과 어떤 소망이 불타고 있다는 것을 믿기로 하자. 나를 위해 나 자신의 화평을 위해. 한기가 가시고 젖은 우비 밑으로 땀이 흐르는 듯했다.

기언은 빨리빨리 걸어갔다. 어쩌면 이렇게 인기척 없이 조용할 수가 있나. 서울에도 이런 골목이 있을까. 기언은 자기가 살던 집, 신혼살림을 꾸미고 운혜를 낳았던 조그만 집을 떠올려보았다. 아무리 비 오는 날이더라도 담 밑을 지나는 발소리며 과일 장수나 고물 장수의 외침 소리가 있었던 것 같았다. 혹시 인적이 끊어졌다 하더라도 어느 집 창문 너머 흘러나오는 라디오 소리나 그릇 소리들도 들렸던 것 같고 집 밖에 나가서 두 발짝 가면 구멍가게, 또 두 발짝 가면 문방구……. 가슴을 치미는 그리움을 느끼며 기언은 빨리빨리 걸어갔다.

어느 사이엔가 사람의 모습은 보이지 않지만 오고 가는 차들 때문에 시야가 약간 활기를 띠는 것 같다고 느낀 순간 저만큼 환히 트인 주유소가 보이고 버스 한 대가 가로 지나갔다. 기언은 그 앞머리에 적힌 번호를 보고 자기 아파트 앞을 지나는 버스임을 알았다. 버스는 저만큼에서 잠시 섰다가 뚱뚱한 중년 여자를 내려놓은 후 떠나갔다.

기언은 멈춰 서서 버스가 안 보일 때까지 바라보았다. 이곳에서 버스를 타고 갈까, 그냥 갈까. 다시 주머니 속의 동전 오십 센트가 떠오르고 버스를 탄다면 십오 센트가 그냥 없어진다는 데 생각이 미쳤다. 기언은 두 개의 동전을 땀이 밸 때까지 만지작거렸다.

주유소 쪽으로 노란 우비를 입은 여자 순경이 길가에 나와 섰다. 여순경은 기언을 보고 웃었다. 아, 여기서 또 만났군요 하듯이, 학교 앞에서와 똑같이 여순경은 따뜻이 미소 지었다. 기언은 버스도 보았고 여자 순경도 만났다는 안도감에서 걷기로 결심하고 주유소 쪽으로 길을 건넜다. 저 순경은 학교 앞이 한산해졌기 때문에 이제는 이 거리에 와 있는 걸 게다. 조금만 걸어가면 알 만한 곳이 나올 것만 같았다.

언젠가 동생 미언이 말했다. 언니야, 밥 한 숟갈씩 먹어서 한 그릇 다 먹고 한 발짝씩 한 발짝씩 걸어서 아주 먼 데도 가고 그런 거 우습지? 동생의 말에 겹쳐 갑자기 한 걸음 한 걸음 떼어놓는 자기 다리가 느껴져서 기언은 참지 못하고 웃어버렸다. 그렇게 우스운 소리도 잘하고 장난기 많은 기언의 동생도 지금은 어린 아줌마가 되어 쌍둥이 아기를 기르느라고 바쁘다.

서울에서 살 때, 동생은 시부모 밑인 데다 서로 살림을 하느라고 바빠서 기언이 형제는 시간을 정해서 목욕탕에 같이 가곤 했다. 뜨거운 김 속에서 서로 등을 밀어주고 화장품 같은 것도 나누어 갖고 그랬다.

"언니야, 나 요전 날은 시어머니한테 혼났다. 넌 몸 파는 여자도 아닌데 목욕탕에 가면 그렇게 오래 있다 오느냐구 그래. 정말 크면 연애하나는 잘해볼 줄 알았더니 이게 뭐니."

목욕탕에서 헤어지며 동생은 말했다.

주위는 다시 인적 없이 죽은 거리가 되었다. 이제는 둘러보고 싶은 마음조차 없어진 비슷비슷한 집들. 쭈욱 뻗어 나간, 비에 젖는 아스팔트.

조금 전의 예감과는 달리 가도 가도 비슷한 거리, 기언이 살고 있는 동네 또는 적어도 기언이 다니는 슈퍼마켓이나 지하철 정거장 근처의 분위기나마 비슷한 곳이 나타날 낌새는 없어 기언은 더럭 겁이 나기 시작했다. 아까 순경이 있던 곳에서 버스를 탈걸 그랬어. 그곳으로 갈

수만 있다면 지금이라도 기언은 가고 싶었다. 집 방향을 가늠하느라 적당히 ㄱ자 혹은 ㄴ자로 구부러지며 걸어온 것이 전혀 잘못된 것이 아니었을까.

그 자리 근처를 뱅뱅 돌고 있는 것이 아니었을까.

하늘은 더욱 흐려 이제는 기언의 코에까지 내려앉았다. 아무리 세상천지에 이렇게 오래 걷도록 사람 기척이 없는 동네가 있을까. 더구나 여기는 세계 도시 중의 도시인 뉴욕이지. 아까 여순경이 있던 데서 버스를 탈걸 그랬지. 십오 센트 때문에 그곳을 지나친 후회는 갈수록 짙어만 갔다. 버스비가 아까워 십 리를 걷는 할머니들과 내가 뭐가 달라. 우비 밑으로 끈적하게 배어나는 땀을 기언은 느꼈다. 집에 가면 더운물에 목욕하고－그런데 정말 집에 가서 목욕을 할 수 있을까. 내가 이 미로만 같은 거리를 벗어나 집에 가서 더운물에 몸을 담그는 순간이 있을까.

빨간빛 소형자동차 한 대가 기언의 등 뒤로부터 스르륵 소리도 없이 나타나더니 기언을 지나 시야 저 끝에 가서 멎고 그 차에서 하늘빛 점퍼를 입은 젊은 여자와 체크무늬 오버를 입은 아장걸음 작은 계집아이가 내렸다. 젊은 여자가 차 뒷문을 열고 사가지고 온 식료품을 꺼낸 후 바로 집 현관의 열쇠를 돌리기 시작했다. 여보세요, 기언은 그 여자를 붙잡고 싶었다. 여기서 메인 스트리트 가는 길을 가르쳐주세요. 거기서라면 기언은 집을 찾아낼 자신이 있었다. 영어를 할 때면 늘 그러듯 기언은 마음속으로 말을 만들어보았다. 그냥 메인 스트리트라고만 해도 저 여자가 알아들을 수 있을까. 지금 여기는 아주 엉뚱한 데라서 그냥 메인 스트리트라고 그러면 다른 메인 스트리트를 가르쳐줄지도 몰라. 뛰어가며 큰 소리로 불러도 들릴까 말까 한 그 여자와의 거리를 가늠하며 기언은 자신 없이 여보세요 하고 불러보았다. 소리는 가슴 안에 꽉 차며 바로 옆사람에게도 들릴 것 같지 않게 나오는 듯했다. 어쩌면 입술도 안 떨어졌을지도 몰라. 마침내 그 여자는 계집아이를 앞세워 집으로 들어가버렸다.

다시 시야엔 빗속에 젖은 질서 정연한 집들과 아스팔트, 그리고 가시만 앙상한 가로수들뿐이었다. 이제는 ㄱ자, ㄴ자로 꼬부라지지 말고 곧게 곧게 한길로만 향해 나가보리라.

"너 미국 가면 이런 사람 있단다. 아무 이유 없이 취미 삼아 살인을 하는 사람이 있대. 내가 저 노라탱탱이를 한번 죽여봐야겠다, 그러면 죽이는 거래."

송별연이라고 저녁을 먹으며 친구 세옥이 말했었다. 그때는 노라탱탱이라는 표현이 우스워서 웃었는데 정말 지금 어느 창문이나 다락방 같은 곳에서 총을 청소하던 사람 중의 하나가(여긴 집집마다 총이 있다지 않아) 음, 저기 노라탱탱이가 하나 걸어가는구나, 어디 죽나 안 죽나 보자 하고 방아쇠를 당기려는 찰나에 있는지도 모를 일이었다. 기언은 목이 움츠러드는 듯했다. 죽으면 억울해서 안 돼. 아직 제대로 살아보지도 못했는데, 제대로 살아보긴커녕 아직 내 인생을 시작도 안 한 기분인데. 우선 운혜가 먹은 점심 그릇이 그대로 식탁에 어질러져 있고 빨래통 속에 벗어놓은 속옷이며 침대도 정돈하지 않고 나왔는데 부끄러워서라도 죽을 순 없어. 내가 죽으면 학교 버스에서 내린 운혜는 울겠지. 연한 뺨, 그 우는 얼굴이 실제인 듯 기언을 가슴 아프게 했다. 운혜는 울면서 집에 왔다가 잠긴 문을 보고 새롭게 또 울겠지. 울다가 울다가 엄마를 찾는다고 자꾸자꾸 걸어갈지도 몰라. 자꾸자꾸 걸어서 이 낯선 땅의 국적도 모르는 고아가 되어버릴 거야. 이제 다섯 살인걸. 지금 고아가 되면 아무것도 기억 못할 거야. 나면서부터 고아라고 그렇게 느낄 거야. 생각만 해도 기언은 괴로웠다. 아니, 이곳이 낯선 땅이라고 내가 너무 과민해 있는 걸 거야. 한국에 왔던 미군들도 한국 사람은 죄다 도둑놈이라면서 반지 끼고 있으면 손가락 잘라 가고, 시계 차고 있으면 팔목 잘라 가고, 사진기 메고 있으면 팔 잘라 간다고, 그래서 거리에만 나가면 무서워서 죽을 뻔했었다고 스티븐이 말했었지. 그런 것과 같은 피해망상이겠지, 기언은 생각을 돌리려 애를 쓰며 걸었다.

그렇지만 백 명 중 아흔아홉이 선한 소망을 품고 산다고 하더라도 단 한 명이 마약중독자로(여긴 또 마약 천지라고들 그러지) 돈이 없어 지금 막 마약 기운이 떨어져 생사의 고통 속에 부들부들 떨고 있다가 나를 보고 돈 달라고 쫓아 나올지도 몰라. 아니, 지갑도 안 가지고 잠시 학교 버스에 아이 태우러 나왔던 소홀한 차림의 나를 뭐 돈 있다고 보지는 않겠지. 그보다도……. 기언은 또 다른 상상을 떠올렸다. 지금 저 창문 속 어딘가에 에로 잡지나 또 그런 영화를 보고 한껏 에로틱한 환상에 몸을 꼬는 사내가 있을지도 모르는 것이었다. 그는 주체 못할 욕망으로 서성이다가 마침 고요한 거리를 지나는 한 계집을 발견하고……. 매일 신문마다 실리는 강간 살인 사건의 여러 가지 참혹한 실례들이 기언의 머릿속을 휙휙 달려갔다(왜 강간을 하고는 죽여버리는 것일까). 욕정에 눈먼 사내가 달려 나온다면(지금이라도 당장 달려 나올 수 있는 일이지) - 그렇다면 우선 이 우산으로 후려쳐야지. 기언은 자기가 쓰고 있는 이인용 빨간 우산의 완강히 뻗은 방사선 우산살을 조심스럽게 올려다보았다. 그렇게 후려치려면 우산을 접어 드는 편이 낫겠어. 비쯤 그대로 맞기로 하고 만일의 경우를 위해서 기언은 우산을 접었다.

우산으로 치한을 우선 사정없이 후려친 후 아무 집의 초인종이나 누르고 구원을 청해야지. 그런데 그 집이 만일 빈집이라면……. 내 우산이 빗나가 눈두덩이나 어깨 쨤을 맞은 사내가 이제는 동물적인 본능보다도 노여움으로 내게 죽일 듯 달려드는데 내가 초인종을 부리나케 누르는 집이 모두 외출해버린 빈집이라면……. 빈집이 아니더라도 주인이 낯선 나에게 문을 열어주지 않는다면……. 길가 집집의 번들번들한 유리창마다 자기를 쏘아보는 눈초리가 숨어 있는 것 같고 어느 순간 총알이 날아와 뒤통수를 부수고 말 것 같은 공포 속에서 기언은 텅 빈 죽음과 같은 거리를 빨리빨리 걸어갔다.

내리는 비가 그대로 기언의 머리를 적시며 몸을 타고 우비 속으로 흘러들었다. 습기 찬 기언의 몸은 기분 나쁘도록 후덥지근해졌다. 아까 거기서 버스를 탈걸. 살아날 가망이 없는 사람의 심정이 되어 기언은 과거의 아까운 그 한순간을 뉘우치고 또 뉘우쳤다. 웃어주던 순경까지 있던 그곳. 갑자기 한 가지 생각에 기언은 발걸음을 딱 멈추었다. 아까 운혜 학교 앞에 서 있던 여자 순경과 주유소 앞의 순경은 같은 사람이었다고 이제까지 기언은 생각해왔었다. 똑같이 미소 짓던 얼굴. 노란 우비에 노란 비 모자를 쓰고 화장기 없던 중년 여자의 얼굴. 그런데 걷는 걸음으로는 자기 이상 빨리 걸을 수는 없을 텐데 어째서 학교 앞의 순경이 나보다 앞서 주유소 쪽에 와 있는 것일까. 텔레비전 영화에서 보았던 대로 내가 마귀 찬미자의 주문에 걸려든 것일까. 어안렌즈에 찍힌 풍경처럼 기언 앞의 길들이 곤두서고 양쪽의 집들이 기언에게 덮쳐드는 것 같았다. 여순경의 미소가 음산하게 귀기를 띠며 기언에게로 확대되어 달려들었다.

그때 머리 위에서 푸드드덕 날개 치는 소리가 들려 혼이 나간 기언은 까무러치듯 고개를 들었다. 나뭇가지가 덤불처럼 앙상한 근처의 겨울 가로수에서 수십 마리의 새 떼가 까맣게 하늘로 날아올랐다가 다시 그 나무에 내려와 앉는 소리였다. 깃을 치며 날아오른 새 떼는 기언의 가슴을 뚫고 날아올라 짙은 잿빛 하늘을 꽉 덮었던 듯한 잔상을 기언에게 남겨주었다.

새 떼가 날아오른 나무 옆으로는 커다란 공원 같은 것이 펼쳐져 있었다. 그러나 둘레를 나직하게 담같이 둘러친 것이라든가 정문 앞에 초소와 같이 서 있는 고풍스러운 자줏빛 기와의 이층집, 기언의 눈에도 그것은 여느 공원과도 좀 다른 분위기로 보였다. 공원 같다는 미국 부잣집들이 바로 이런 집인가, 그런 경황 중에도 말로만 듣던 전설적인 미국 부잣집에 대한 호기심으로 기언은 발돋움을 하고 말라붙은 잔디와 상록수로 덮인 그곳을 바라보았다. 상록수 사이로 반듯반듯 다듬은 돌들, 그 앞에 놓인 시들지 않은 조그만 화환, 땅에 꽂힌 조그만 성조기, 앗! 이건 분명한 묘지. 기언은 숨을 들이마셨다. 이 이방의 원혼들이 음산한 대기를 가르고 이리저리 슬프게 또 무섭게 날고 있는 듯했다. 이제까지 쌓여왔던 모든 공포가 기언에게 덮쳐들어 그 몸을 딱딱히 굳은 박제로 만들어버렸다.

묘지에서 얼마 멀지 않은 곳에 하이웨이가 지나고 있었다. 보통 때의 기언이었다면 그곳에 서서도 하이웨이를 달리는 젖은 자동차 바퀴 소리를 들을 수 있었을 것이었다. 그러나 공포로 박제가 된 기언은 정신없이 걷고 걸어 빗물에 젖은 발이 하이웨이를 디뎠을 때에야 그 사실을 깨달을 수 있었다. 기언은 그곳에서 오십 센트를 주고(십오 센트를 더 얹어주고) 버스를 탔다. 메인 스트리트까지는 두 정류장이었다.

늪 같은 잠 속에서 몇 번이고 저녁을 지어야지, 까물까물 의식하다가 다시 잠 속으로 허위적 빠져들어 가 결국은 남편의 초인종 소리가 났을 때야 기언은 잠을 깰 수 있었다.

"엄마, 아빠 왔어. 빨리 문 열어주자."

어두컴컴한 방 벽에 심심함에 지친 운혜가 기대앉아 있다가 계집아이의 높고 맑은 음성으로 기쁜 생기를 머금고 기언을 흔들었다. 어쩌나, 밥도 안 했는데. 아까 운혜를 학교 버스에서 데리고 들어와 빵 한 조각 주고는 그만 잠이 들어버렸다. 기언은 정신없이 일어나 앉았다. 자는 동안 또한 심장도 잠들었었는지 기언이 일어나자 심장이 후두둑 둑 불규칙하게 뛰었다. 창문으로 비 오는 저녁 쓸쓸한 어둠이 크레용과 장난감, 도화지며 책들로 한껏 어질러진 방 안에 가득 차 있었다.

"운혜야, 혼자 놀았어? 불도 안 켜고."

"딩동 딩동."

"응, 빨리빨리. 아빠 왔다니깐."

앞서 뛰어나가는 운혜를 따라 기언은 몇 개의 장난감을 발바닥이 아프도록 밟아가며 방과 거실의 전등 스위치를 켜고 정신없이 문간으로 뛰어갔다. 밖의 습기 찬 저녁 공기를 묻혀가지고 침침한 복도 불 밑에 선 남편 품으로 늘 하듯 운혜가 반가운 강아지같이 뛰어들었다.

"어쩌지, 깜박 자느라고 아직 밥을 못 해서. 지금 막 자다가 깼어, 배고프지요?"

비쭉 웃으며 기언은 남편에게 말했다.

"응, 배고픈데, 뭐 아무거나 우선 먹겠어. 라면이나 아무거나."

기언이 급히 가스 불에 라면 물을 앉히고 고기를 구우려고 오븐에 스위치를 넣는데 옷 갈아입으려 운혜를 안고 침실로 들어갔던 남편의 목소리가 들렸다.

"어휴 이게 뭐야, 장남감이 이게. 아빠가 올 때는 다 치우랬잖아."

집 안은 어질러질 대로 어질러놓고 밥도 안 해놓은 기언은 야단맞는 어린 딸에게도 야단치는 남편에게도 가스레인지 앞에 선 채 오로지 죄송하고 미안할 따름이었다.

"매 맞아야겠는데, 정말."

남편은 집 안의 어수선함에 화가 치미는 듯했다. 기언은 음식을 만들고 식탁을 차리며 운혜가 통통통 굴러다니면서 장난감 치우는 소리, 남편이 내는 욕실의 물소리를 들었다. 세면대나 욕조가 혹시 더럽지 않을까, 수건 한 귀퉁이에 묻은 운혜의 코피 자국을 남편이 발견했을까, 수건을 바꿔 건다면서 깜박 잊고 있었다. 기언은 자기가 낮잠자고 그냥 빠져나온 어지러운 침대도 마음에 걸렸다.

라면이 다 끓어 그릇에 담을 때쯤 세면을 마친 남편이 운혜를 안고 부엌으로 왔다. 남편의 태도가 누그러진 것에 안도를 느끼며 저녁을 못 해놓은 자신에 대한 두둔으로 기언은 한마디 했다.

"어쩌면 그렇게 정신없이 잤는지. 내가 자는 동안 이 운혜 말이지, 한 번도 방해 안 하고 아주 잘 놀았어요. 이제 다 컸어."

"음, 그래도 장난감은 조금씩 꺼내가지고 놀아야지, 그렇게 다 쏟으면 되나."

이제 세 식구는 기언이 부리나케 만든 음식을 앞에 하고 둘러앉았다. 남편은 배가 고팠던 듯 두 사람분의 라면에 찬밥을 말더니 깍두기 김치를 집어넣어 한눈도 안 팔고 먹고 있었다. 항상 먹는 일에는 별로 흥미가 없는 운혜에게 고기 조각을 잘라주며 기언은 남편이 먹는 그 음식이 과연 맛이 있는지, 어떤 맛으로 그 혀에 닿는지 조마조

마했다. 기언의 시선을 느꼈는지 문득 남편이 라면 김이 서린 얼굴을 들고,

"왜 안 먹구 있지?"

"금방 깼더니 지금 정신이 없어. 고기도 좀 들어요. 이젠 밥도 거반 되어갈 거야."

"운혜 우유나 좀 주지, 너무 뻑뻑하잖아."

"우유가 떨어졌어요. 오늘 사려고 했는데……."

한 가지도 제대로 해놓은 일이 없는 것 같아 기언은 부끄러웠다.

"또 비가 오나?"

귀를 세우던 남편은 식탁가의 커튼을 들치고 어두운 창밖을 내다보았다. 그러고 보니 젖은 포도를 미끄러지는 자동차 소리가 기언의 귀에도 들리는 듯했다. 기언도 자기 쪽의 커튼을 조금 들치고 밖을 내다보았다. 바람마저 세게 부는 듯 ㄱ자로 꺾어진 키 큰 가로등이 바람에 흔들리고 불빛에 사나운 빗발이 보였다. 건너다보이는 아파트들은 내려진 커튼 탓인지 창마다에 희미한 불을 밝히고 찬바람 부는 늦은 밤에 우는 듯 비에 젖고 있었다.

"아빠, 나 오늘 학교 가는데 학교 버스가 지나갔어. 늦게 나가서."

"뭐?"

남편의 물음에 기언은 창으로부터 눈을 떼었다.

"버스가 오늘은 일찍 왔는지 나갔더니 벌써 갔어요."

머뭇거리는 기언의 말을 얼른 운혜가 받았다.

"그래서 말이야, 엄마가 학교까지 데려다 줬다. 버스 타고."

기언은 오늘 낮의 끝도 없이 미로만 같던, 인적 없이 비에 젖던 거리들을 불가사의한 느낌으로 떠올려보았다. 꿈이었던가 몰라. 노란

우비를 입은 똑같이 생겼던 두 명의 여자 순경이며, 그렇게도 사람 사는 기척이 없던 죽은 듯하던 거리, 걸어도 걸어도 비슷비슷하기만 하던 미궁만 같은 길들.

"당신 요새 정신 어디 딴 데 두고 다니는 것 아니야? 집에서 팡팡 놀면서 애 학교 하나 시간 맞춰 못 보내고."

팩 쏘는 남편의 말이 기언의 가슴에 굴욕스럽게 와 박혔다.

"사무실에서 하루 종일 일하다가 나오면 얼마나 고단한지 알아? 양놈들하고 섞이기도 어렵고 모래 위의 생활 같은 거라 어떤 땐 하루 종일 가야 말 한마디 안 하는 날도 있으니깐. 생각해봐, 이 넓은 천지에 쉴 곳이 집밖에 더 있겠는가. 그런데 간단한 집안일 하나 왜 스무스하게 못하지?"

걷잡을 수 없도록 분노가 치솟는 듯 남편은 수저를 든 손을 부르르 떨었다.

남편의 말소리 저 건너로 검은 새 떼들이 푸드덕 날아오르던 나무 - 묘지 근처 풍경이 기언의 눈앞에 떠올랐다.

나무도 새도 칠흑 같은 어둠 속에 잠겼는데 찬비가 쏟아져 아까 낮보다 한층 더 무섭고 쓸쓸했다.

바로 그 나무 밑에 밤늦게 아직도 집을 못 찾아 미아가 된 자신이 우산을 받쳐 쓰고 유령같이 우두커니 서 있는 것을 기언은 보는 듯했다.

어떤 시작

푸른 파도에 둥실 실려 윤자는 태양을 향해 누워 있었다. 몸을 담글 때는 선뜩하던 바닷물이 이젠 정감 있는 온도로 살아 있는 듯 기분좋게 윤자의 몸에 닿았다. 귓가에 찰랑이는 물결, 젖은 코끝을 스치는 바람, 멀리 시야 한 귀퉁이를 빠져나가는 돛단배며 모터보트의 단조로운 기관 소리, 아이들의 웃음소리, 사람들의 말소리, 영어, 남미어, 또따또따, 쏼라쏼라, 웨익웨익, 가려들을 수조차 없이 지껄이는 말들의 꿈결 같은 소리……. 태양이 눈부셔 윤자는 파도에 씻긴 눈썹을 잠에 취한 사람처럼 겨우 열었다 닫았다 했다.

정일은 어디 있나. 윤자는 몸을 일으켜 정일을 찾았다. 정일은 비치파라솔 밑에 앉아 무언가를 마시느라고 몸을 뒤로 썩 젖히고 있다. 먼데서 보니 스물일곱 정일의 몸은 보이스카우트 소년 같다. 한국동란참전 용사 사진에 같이 찍힌 하우스보이 비슷한 것도 같다.

오늘이 지나면 새로운 날이 시작될 것이다. 부인 잡지에서 보니 이혼을 하여 여자가 혼자 되면 오랫동안 바라고 바라오던 성취인 경우에도 여자는 패배감, 고독감을 느끼게 마련이니(사회는 행복한 결혼을 사회적인 성공으로 보기 때문) 이혼한 여자는 생활 습관을 과감히 바꿔야 한다고 했다. 항상 일어나는 시간에 일어나서 옷을 갈아입고 아침을 먹고 하는 데서 벗어나 자고 싶을 때까지 자고, 먹고 싶은 음식을 먹고, 주중에라도 파티를 열고, 사회 활동에 참가해야 한다는 얘기였다. 경우는 다르지만 윤자는 내일부터 또 다른 자기의 생활을 열어야 할 것이다. 어떻게? 어떤 것이 다른 생활일까, 윤자는 자기가 어떻게 아주 다른 생활을 할 것인지 막연했다. 달밤에 체조를 해본다 한들 자신이 하는 일이니 무엇이 달라질까. 아침부터 밤까지의 의미 없이 지루한 시간이 흐르고 겨우 잠이 들면 다음 날 날이 밝고……. 아무런 경계도 없이 나날이 흘러가리라. 혼자 먹는 밥이 맛은 없고 씹는 소리가 다시 자기 귀에 들리는 것이 견딜 수 없을 것이다. 전에는 이렇지 않았던 것 같다. 내일부터 정일이 안 온다 하니 앞으로의 나날이 지루하고 의미 없이 윤자 눈에 다가오는 듯했다.

며칠 전 윤자의 단칸 아파트 방에서 사가지고 온 콩나물과 두부로 된장국을 만들던 정일이 소파에 앉아 뜨개질 손을 놀리고 있는 윤자에게 "미시즈 리, 우리 결혼하면 축하의 의미로 비치나 갔다 올까요? 신혼여행이라는 것 있지요, 왜." 말했을 때 윤자는 웃음소리로 대답을 대신했다. 윤자와 정일 사이엔 결혼처럼 농담 같은 말은 없었다. 깨끗한 농담이란 표시로 정일도 윤자의 웃음에 자기 웃음을 더했다.

정일이 결혼하는 날이란 그가 영주권을 타는 날이었다. 그들은 지금 법적으로 신혼부부이고 결혼에 따라 얻어지는 정일의 소망인 영주권을 얻는 날을 정일은 결혼하는 날이라고 말했다. 윤자가 천오백 달러를 받고 형식상의 결혼을 해주기 전까지 정일은 미국 이민국으로부터 쫓기는 몸이었다. 유학생의 신분으로 아르바이트를 했기 때문이었다.

"미국은 요새 인플레니 뭐니 해도, 그래도 세계의 대국이 아녜요? 그런데 유학생을 이렇게 대우하는 건……."

처음 만난 날 정일은 눈물까지 글썽하며 윤자에게 말했다. 두 달이 가까운 지금, 정일은 영주권을 얻고 윤자는 돈을 다 받고, 그들의 관계는 끝을 맺게 되었다.

정일이 천천히 물가로 오고 있었다. 이곳에선 백인이 별로 희어 보이지 않듯 한국에 살 땐 윤자는 동양인을 - 황인종이라고는 그러지만, 뭐 별로 노랗다고 생각해보지 않았었다. 정일이 웃으며 뭐라고 윤자에게 소리 지르는 것 같은데 잘 들리지가 않는다. 우리 시합할까요 한 것도 같고, 물이 차지 않아요, 같기도 하다.

같이 차이나타운의 피복 공장에서 일을 하는 기영 엄마로부터 돈을 받고 순전히 비즈니스로 결혼을 하지 않겠느냐는 제의를 받았을 때 윤자는 기뻤다. 유학생인데 말이오……. 서울에선 형이 살 만큼 사는 집이긴 한가 봅니다만……. 출국령을 받고 지금 다른 주로 도망가려고 짐이랑 죄 꾸렸대요……. 미국 온 지 겨우 칠 개월 만에……. 남들은 다 잘 견디는데 재수도 없지……. 결혼쯤 못 해줄 게 무얼까 윤자는 생각했다. 중국 처녀와 같이 쓰고 있는 햇볕 들지 않고 바퀴벌레가 우글우글한 맨해튼 지하실 방만 면할 수 있다면, 게다가 심한 미싱 일로 허리는 판자처럼 뻣뻣했다. 고저가 강한 중국 말의 소용돌이, 박아내는 개수로 계산되는 임금, 불이 나게 돌아가는 빠른 미싱의 소리, 뿌옇게 떠 있는 먼지 속에 하루 종일 미싱을 밟아대면 집었다 놓았다 하는 헝겊조차 무거웠다.

천오백 달러가 생긴다면, 햇볕이 방 안에 들이밀리고 창을 열면 거리를 볼 수 있는 방을 얻고 싶었다. 소원이 이루어져 윤자는 뉴욕 서부 지하실 종점에서 이십 분쯤 걸리는 곳에 단칸방을 얻고 정일을 기영 엄마가 한국말 속에 섞어 쓴 영어대로 비즈니스 손님으로 맞아들였다. 윤자는 지탱하기만도 힘겨운 자기 인생에 한 번쯤 방학을 주고 싶었다.

윤자는 아침에 눈을 떠 누운 채 거리를 지나가는 차 소리를 들을 수 있게 되었다. 저녁이면 정일이 임시로 얻은 직업인 회계 일을 마치고 돌아왔다. 윤자는 하숙집 아줌마가 하숙생을 맞듯 지어놓은 저녁을 그와 같이 먹었다. 윤자의 하루는 정일이 오기 전과 온 후로 나눠졌다.

저녁을 먹는 대신 정일도 마음속에 계산을 하고 있는 듯 신세 지지 않을 정도로 장을 봐 오고 손수 음식을 만들기도 했다.

"오래 물속에 계시는데요."

정일이 파랗게 변한 입술로 웃으며 헤엄쳐 왔다.

"뭐 마실 것 남았어?"

"콜라도 좀 있고, 물도 방금 떠다 놓고 왔어요."

오늘 해변 나들이는 정일의 주최하에 이루어진 것으로 불고기, 통조림부터 종이 냅킨에 이르기까지 그의 비용이며 준비였다.

"미시즈 리, 여기 조개가 많이 있다는데 우리 캐가지고 갑시다. 얼마나 큰지 두 개만 먹으면 배가 부르대요. 이따 집에 가서, 고단한데 간단히 밥하고 먹으면 좋겠지요?"

윤자가 선뜻 대답을 못하고 물 위에 수박 공같이 넘실넘실 움직이는 정일의 얼굴을 바라보았다. 이 애는 우리 집에 들를 생각인가. 우리 집에 들러 마지막 날인 오늘도 열한 시 반에 떠날까. 방에 있는 소지품들을 가지고 가려면 들어오긴 해야겠다. 윤자는 아까 점심을 먹으며 정일이 집 앞에 차를 대면, 새 학기가 되면 바쁘겠다라든가 기숙사로 들어갈 것이냐, 그런 말로 끝을 맺겠다고 생각했다.

정일과의 관계에서 나이 많은 여자가 젊은 남자에게 치근거리는 것같이 보이지 않도록 윤자는 조심했다. 아파트 층마다 있는 공동 샤워장에서 샤워를 한 정일이 젖어서 들어서면 윤자는 타월이나 로션을 건네주고 싶지만 정일이 자신이 열쇠로 방문을 여는 것조차 모른 체하고 앉아 있었다.

윤자와 함께 저녁을 먹은 후 정일은 말도 없이 식탁 의자에 앉아 책이나 신문을 보다가 밤 열한 시만 되면 두 블록 떨어져 있는 친구 집으로 자러 내려갔다. 출국령을 받은 사람이 결혼을 했다고 영주권을 신청하면 이민국에서 조사를 나올 것이니 주위 사람들에게까지 그들이 부부라는 인상을 주도록 같이 들락거릴 것이며, 저녁 늦게까지 정일이 윤자의 집에 있을 것, 윤자의 방에 정일의 잠옷과 헌 구두 등 소지품을 갖다 놓을 것을 변호사는 말했다.

재깍 재깍 재깍.

윤자는 뜨개질을 하거나 레코드를 들으며, 정일은 책을 읽고 편지를 쓰기도 하며 – 두 사람은 무슨 일인가에 열중해 있는 체하며, 시계를 자주 들여다보았다.

재깍 재깍 재깍.

열한 시 반, 정일은 풀어놓았던 시계를 주워 차며 자리에서 일어났다. 정일이 나갈 때 윤자는 배웅하지 않는다. 정일은 자기 몫의 아파트 열쇠를 절렁거리며 '안녕히 주무세요', '저 갑니다' 그런 말을 달싹달싹 했다. 키가 크고 소년 같은 그의 모습이 문을 열고 사라지기까지 윤자는 일에 몰두하는 체했다.

처음에는 그러지 않았다. 만나면 한국 소식이며 이곳 사회의 이야기, 미국의 이민정책, 물가고, 직업난 같은 세상 얘기를 하고 헤어질 땐 윤자가 문간까지 나갔었다. 침묵의 저녁은 윤자가 정일에게 같이 살자고 말한 이후였다. 그날은 정일이 맥주를 사 와 두 사람은 술을 마시고 아는 노래들을 동요부터 유행가까지 불렀다.

시끄럽다고 옆집에서 벽을 두드리면 조심해서 소리를 작게 내다가 다시 큰 소리가 되었다. 윤자는 정일에게 말했다. 뭐라고 말했나. 뭣하러 정일은 밤 열한 시 반만 되면 반기지도 않는 친구의 아파트로 자러 내려가나, 이곳 한구석에 그냥 자며 누이처럼 동생처럼 살면 좋지 않나. 그러자 방금까지 노래를 부르고 죄수들이 지문 찍을 때의 표정을 흉내 내어 윤자를 눈물이 고일 정도로 웃겨주었던 정일이 얼굴을 굳혀, 윤자는 자기가 실수했음을 깨달을 수 있었다. 그 이후로 정일은 반찬거리는 사 오지만 캔맥주는 없었고 노래는 물론 얘기조차 길게 건네지 않았다.

정일이 시계처럼 일어나 나가면 윤자는 모욕감을 느끼며 "자식, 누가 잡아먹는다나." 열쇠 소리를 향해 입술을 삐죽했다. 줄다리기 싸움이야, 내 마음에 들려고 살살 눈치를 살피며 내가 결혼을 못 해주겠다고 할까 봐 애태우고 있겠지. 사실 그렇지, 이제 와서 내가 싫다고 하면 제가 어떻게 할 거야. 어디서 나같이 영주권이 있으나 독신인 여자를 찾든지 다른 주로 뺑소니치든지. 그러나 그 두 일이 다 아득하기만 하겠지.

후회스러운 '동거' 말을 꺼낸 다음 저녁, 윤자는 정일이 오는 시간쯤에 지나다니며 보기만 하던 근처 놀이터로 나가보았다. 정일이 오는 것을 죽치고 기다린 것 같은 인상을 피하기 위해서였다. 석양빛에 아이들이 놀고 있었다.

동양 아이들도 두엇 있었다. 정작 나와놓고 보니 집을 지키지 않고 나온 것이 더 그들의 관계를 이상스럽게 만드는 것이 아닌가 싶었다. 전날, 같이 살자고 얘기한 것은 대단한 의미를 가진 것이 아니었다고 정일에게 할 말을 만들어보려 했다. 이제 와서 윤자는 결혼 같은 걸 할 생각은 없었다. 어느새 자기 나이 같지도 않게 낯선 마흔. 정일이 스물일곱 나이 때문이라기보다도 윤자는 결혼에 대한 환상 같은 것을 가지고 있지 않았다.

대학을 졸업하자 결혼한 남편은 사업이 번창하여 칠 년 후 윤자와 이혼할 때쯤에는 자가용과 화곡동 근처에서 제일 좋은 집을 가진 부자였다. 남편은 어느 날 말했다. 우리 이혼하자, 이 집은 네가 갖고. 윤자는 너무 놀랐다. 뭣 때문에요? 여자가 있어요? 아니, 없어. 난 결혼이 맞지 않나 봐. 그렇다면 삼 년 동안 마음대로 지내다 오세요, 집에 들어오지 않아도 좋아요. 그러나 남편은 이혼을 우겨대다가 세면도구와 옷가지만 들고 나가버렸다. 윤자는 매일 울며 남편에게 새 여자가 생긴 것이라고 생각하고 퇴계로의 남편 사무실이 있는 곳에 숨어 지켜 서 있었다. 정말 남편에겐 그때 여자가 없었나. 단순히 사는 데 진력이 나서 이혼을 하자고 했나. 그들의 아이는 인큐베이터에서 크고 나중까지 건강치 못하여 아프기만 하다가 죽었다. 엄마 경험이 없는 자기는 허둥지둥하기만 했던 것 같다. 그래서 진력이 난 것일까, 아니면 남편이 늦게 돌아오는 저녁 같은 때 자기에게도 찾아들던 – 살림을 부수고 먼 데로 가고 싶은 것 같은 마음이 남편에게도 든 것이었을까. 후에 남편은 재혼하여 살고 있다는 소문을 들었다.

"한국 사람이여?"

누군가 앞에 와 서서 윤자는 올려다보았다. 뒤통수에 송편만 한 쪽을 단단히 달고 있는 쪼그려 붙은 듯한 한국 노파였다. 반갑기도 하고 주위의 시선이 느껴져 부끄럽기도 한 나일론 갑사 치마저고리.

대답하기도 전에 노파는 윤자 옆에 몸을 던지듯 앉더니 치마 밑에서 빨간 갑의 담배를 꺼냈다.

"색시두 필라오?"

"아니요."

노파는 담뱃불을 붙이며 싸움을 걸듯,

"아, 이곳이 어디 사람 살 데여? 짐승이나 살 데지. 뜨뜻한 장판방에서 살다 오니 마루랑 시커멓고 죄 신발 신고 다니고."

"집에 가시지 그러세요?"

"아, 아들 놈들이 보내줘야 말이지. 난 죙일 애 보는 게 일이여. 저눔의 비행기만 보면 눈물이 난다니까. 내가 어쩌다가 저눔의 걸 타고 여길 왔나 싶어서."

노파는 매일 울고 있는 듯 눈이 짓물러 있고 그 눈에 다시 새로운 눈물이 고여왔다. 윤자는 고개를 들어 머리 위를 낮게 떠가는 비행기를 바라보았다. 근처에 비행장이 있는 까닭에 비행기는 막 이륙을 시작한 자세로 하늘을 향해 떠오르고 있었다.

비행기 몸체에 붙은 빨간 불 초록 불이 저녁 하늘 속에 깜박이며 떠갔다.

나는 할머니처럼 그리운 고향도 없고, 비행기를 보고 눈물을 흘릴 기분도 아니고－고국은 수치의 고장이었다. 그곳으로부터의 탈출, 그

것만이 유일한 살길같이 생각되었다.

놀이터에서 일곱 시쯤 돌아와보니 정일이 와 있었다.

"어디 가셨댔어요?"

문을 열고 정일이 선생 앞에 선 중학생같이 말했다. 먼저 말을 걸어 준 정일에게 그녀는 안도를 느끼며

"방금 한국 할머니 한 분을 만났어."

"그 한복 입고 다니는 할머니 말이지요? 미국 나쁘다고 그런 소리를 미시즈 리에게도 해요?"

"알아?"

"그 할머니 유명해요. 한국 사람만 봤다 하면 줄줄줄이거든요."

이렇게 평범하게 시작된 저녁이 그 이후로 줄다리기 같은 팽팽한 침묵의 대결로 이어졌다.

정일이 "미시즈 리, 우리 결혼하면 비치에나 갈까요."라고 성큼 농담을 던질 수 있었던 것은 이민국의 정식 허가가 내려 변호사에게 사인하러 갈 일만 남았을 때였다. 오후 여섯 시라고 해도 여름 해라 한낮같이 밝은 팔월의 무더운 저녁이었다. 창문에 달아놓은 조그만 환기용 선풍기가 붕붕 소리를 내며 아파트 꼭대기 층의 열기 속에 허덕이듯 돌아가고 있었다.

윤자는 농담인 줄 알면서도 뜨개질 손을 멈추고 전축에 레코드를 얹었다. 싸구려 전축은 얄팍한 소리로 정감 있는 남자의 노래를 풀어냈다.

이제는 우리 헤어질 시간
다시 한 번 내 손을 잡아줘요…….

노래의 가사가 저의가 있는 듯 정일에게 들릴 것 같아 윤자는 "노래를 틀면 더 덥고……." 하며 전축을 곧 꺼버렸다.

그때의 약속대로 영주권을 받아 든 정일은 차를 빌려 윤자를 해변으로 데리고 나왔다. 일종의 사례 같은 거겠지. 해산 후의 산모가 의사에게 드리는 꽃이나 술 같은 것(윤자는 그렇게 사례했었다), 졸업 때 선생님에게 드리는 기념품 같은 그런 거겠지.

주말 러시아워의 혼잡을 피하기 위해 그들은 늦게까지 해변에 남아 있었다. 저녁이 되어갈수록 바람이 쌀쌀해서 물속에 들어가지 않고 식어가는 모래 위에 앉아 있었다. 야외인 탓인지 마지막 날이어서인지 오늘은 두 사람 사이의 줄다리기 시합이 완화된 기분이었다. 그러나 앞으로 서로 어떻게 살아갈 것인지, 가끔 전화하라든가 편지하라든가 그런 인사말 같은 것은 쏙 빠졌다. 얘기를 많이 한 쪽은 정일로, 그는 들어도 그만 안 들어도 그만인 얘기들을 싱싱한 분위기로 했다. 학교 때 운동하러 다니던 얘기, 아홉 살 때 홍역 치른 얘기, 미국에 가서 아르바이트 하겠다고 운전면허 따러 서울의 삼복더위에 돌아다니던 일, 그런 경험담부터 책을 읽은 얘기 – 『빠삐용』이란 책을 보니 바로 빠삐용 같은 의지로만 산다면 이 미국 천지에서도 못할 게 없겠습디다. 또 이곳 사람들이 모이면 흔히 나오게 마련인 염전 근성 – 중국 사람들은 일 대째는 지하철 공사에서 막노동자로 일하며 한 푼 두 푼 모아 이 대째에 가서 조그만 세탁소나 우동 가게를 내고 삼 대째 가서야 집도 짓고 교육도 하고 그런다는 거라. 그 얘기 듣고 보니 나도 그렇지만 우리나라 사람은 성미가 급해 일이 년 안에 결산을 보려고 그러는 것 같아요……. 떠날 때 친구며 형님께 말했어요. 우표값이 없어

편지를 부치지 못할지도 모르니 섭섭해하지 말라고요. 형님이 새 만년필 하나를 주시며, 이게 제법 비싼 건데 미국 가서 정 배고프면 팔아서 밥 한 끼 사먹으라고, 또 누이는 금반지를 만들어줬어요. 내 그놈의 걸 끼고 새옷을 위부터 아래까지 쫙 뽑아 입고 비행기 안에서 하나도 먹지 않고 정말 아무것도 안 먹었어요—그러구 앉아 있었으니 스튜어디스가 벌써, 아, 저놈은 지금 처음 비행기 탄 놈이구나, 알았을 거란 말예요. 참, 그눔의 반지는 왜 꼈는지.

윤자는 공원에서 만난 한국 노파 얘기를 좀 자세히 하고(왜 나는 그 할머니 생각을 그리도 자주 하게 되는가), 자기 신상 얘기도 조금 했다. 얘기를 안 해도 정일은 기영 엄마를 통해 자기가 의지가지없는 이혼녀라는 것쯤은 알고 있을 것이었다.

태양이 엷어질수록 바람이 세어져서 그들은 수영복 위에 옷을 걸쳐 입었다. 정일의 옷이 거꾸로 되어 목 뒤에 붙은 '거북표'라는 상표가 선명하게 보였다.

"셔츠를 뒤집어 입었어."

정일은 윤자의 꾸준한 시선에 반발하듯 난폭하게 옷을 벗었다가 다시 입었다.

좀 떨어진 곳에 길게 누워 애무에 열중하고 있는 젊은 연인들과 몇 그룹뿐, 사람들이 거의 떠난 해변엔 갈매기 떼가 모여들기 시작했다. 억센 듯 보이는 날개며, 믿지 못하겠다는 듯 날카롭게 쉴 새 없이 움직이는 눈초리, 뾰족한 부리가 곧장 눈이나 심장을 파먹을 듯싶은 무서움을 느끼며 윤자는 깔았던 타월을 개켜놓고 일어났다.

"그만 가."

차들이 거의 빠져나가 운동장같이 넓은 주차장 한편에도 수많은 갈매기가 내려앉아 있었다.

정일은 차의 시동을 걸며

"저 갈매기밭 가까이로 가볼까요?"

"날아가겠지."

"살짝 가면 괜찮을 거예요. 수천 마리는 되겠는데요."

차는 갈매기 떼 곁을 천천히 미끄러지듯 굴러갔다. 정일의 말대로 날아오르지 않는 갈매기를 윤자는 두려움 없이 창밖으로 보았다.

차는 바다를 뒤에 두고 하이웨이로 들어섰다. 대규모 노을이 성난 듯 검푸른 하늘에 짙게 깔리고, 먼 산과 나무들의 검은 형체가 뒤로 돌아가며 물러나고 있었다. 차는 헤드라이트를 켜고 있었다.

"고단하시지요. 뒤로 편히 기대세요."

더 이상 말이 없는 때문인지 엄격하고 조용한 정일의 질서를 차의 스피드에서 느끼며 윤자는 오늘 집에 같이 들어갈까, 정일의 소지품을 다음 날 어디에서 정일을 만나 줄까, 그러면 또 한 번 더 만나게 되지……. 바닷물이 나가지 않아 조개는 못 잡고 말았다. 이제까지 내가 정일에게 만만하게 보인 것은 아닌가, 돈에도 정에도 굶주린 여자로 보인 것은 아닌가. 정일은 언젠가 말했었다. 나는 여기서 학위를 따고 책도 두어 권쯤 써서 이름을 낸 후 한국에 가고 싶어요. 요샌 박사가 너무 많거든요. 그냥 갔다간 실업자 되기 알맞지. 그런 너의 인생에 내가 하찮게 입에 올려지겠지. 미국서 출국령을 받았을 땐 막막하더군. 그래서 돈 주고 마흔 살 난 아줌마하고 결혼했지. 그동안 혼났다. 그 여자 같이 살자고 뎀비잖니. 미래에 나타날 그의 연인에게 구혼을 하며, 고백할 것이 있습니다, 제가 한 번 결혼을……, 하고 지껄일지도 모른다. 정일은 조용히 차를 몬다. 핸들 위에 얹힌 그의 손이 정결하게 윤자의 눈에 비쳤다. 공부하는 손. 윤자는 그 손을 끌어 잡고, 아니면 이빨로 꽉 물고 그를 자기편으로 만들고 싶었다. 그 손을 꽉 물고서 이다음, 아주 이다음까지라도 어디 가서 윤자의 이야기를 함부로 하지 못하도록 할 수만 있다면 하고 싶었다.

얼굴에 닿는 윤자의 시선을 느끼고 정일은 윤자를 곁눈질해 보았다. 조그마한 얼굴이 비스듬히 정일 쪽을 향했다가 앞으로 향한다. 이 여자는 미인은 아니지만－마른 탓인지 시들어 보이기도 하지만－어떤 때는 굉장히 예뻐 보인다. 특히 더울 때면 살결이 꿀빛으로 윤이 나고 속눈썹은 더욱 짙어지는 것 같다. 정일은 한 번도 이 여자의 얼굴을 거북해서 자세히 본 일이 없다.

"미시즈 리, 아기는 없었어요?"

"죽었어."

정일은 담배에 불을 붙였다. 죽었어, 하는 메마른 윤자의 음성이 산뜻하게 그의 귀에 남아 있다. 이 여자는 감각이 없는 여자 같다. 무표정해 있고 남에게는 관심이 없고, 아이의 죽음조차 아무렇지도 않은 것 같다. 하긴 그동안 세월이 흘렀으니. 자기도 어머닌 대학 다닐 때 돌아가시고 아버진 어려서 돌아가셨지요, 그런 말을 슬픔 없이 하지 않는가. 그런 거겠지. 그러나 아이를 잃은 여자는 좀 달라야 하지 않을까. 그냥 간단히 죽었어, 할 수만은 없는 게 아닐까.

그는 기영 엄마로부터 윤자가 가난한 독신 여자인 것을 처음부터 들어 알고 있었다. 이름조차 흔한 윤자여서 그는 그 여자가 여자라는 것조차 염두에 없이 기영 엄마를 통해 선금을 지불했다. 자기와 법적 결혼을 해주려는 여자는 고생을 지독히 하는 가난한 사람으로, 용모는 그저 막연히 기영 엄마 비슷하게 짧은 파마머리에 종아리까지 내려오는 통자루 원피스를 입고 흰 샌들을 신고 다니는 사십 대의 어색한 양장 차림 아줌마로 생각하고 있었다. 그러던 정일은 기영 엄마 집 버스 정류장까지 형님의 친구인 기영 아빠와 마중을 나가서 숏커트 머리에 소매 없는 원피스를 입고 서 있는 자그마하고 마른 여자를 발견했다. 쌍꺼풀이 밭고랑같이 깊고 눈썹이 짙고 피부는 윤이 나게 가무잡잡하여 동남아 지방 여자 같은 인상이었다. 마르고 긴 팔에 기다란 백이 걸리고 손에는 선글라스가 들려 있었다.

함께 기영 엄마의 집으로 걸어가며 정일은 자기 어깨에밖에 키가 안 차는 여자에게 측은한 죄스러움을 느꼈다. 거북해지는 정일과 달리 윤자는 아무 생각도 없는 듯 산뜻하게 굴었다. 학생이시라구요? 아파트는 이제 얻었어요, 사흘 후에 이사를 할 텐데요, 이따 같이 가서 집을 알아놔야지요, 아주 조그매요, 욕실도 부엌도 따로 없고. 마흔이나 된 여자의 몸이 열여덟 소녀 같은 느낌을 주었다. 이 여자가, 마흔이나 된 여자가 돈 때문에 나랑 결혼을 한다. 늙은 창녀를 대한 듯 그는 죄송스러웠다.

"아주 그냥, 정말로 결혼을 하시지."

저녁 먹을 때 웨딩마치를 불러가며 기영 엄마가 놀릴 때도 정일은 쥐구멍을 파고 싶었으나 윤자는 웃고만 있었다.

시내로 들어가며 차가 밀려 그들의 차는 가끔씩 멈춰 섰다. 보트를 뒤꽁무니에 매단 차, 자전거를 실은 차, 지붕 꼭대기에 텐트며 삽을 실은 차들도 눈에 띄는 자동차의 행렬이었다.

정일은 거리의 문 닫은 상가를 바라보며 영주권 때문에 국제전화에 매달려 형님의 어려운 돈을 긁어 온 일이며(형수가 그것을 알고 있을까?) 이번 학기는 돈이 없어 등록을 못할 것을 우울하게 생각했다. 그러나 곧 힘을 냈다. 이제 영주권이 있으니(그는 가슴을 쭉 폈다) 취직을 못할 리야 없었고, 다음 학기 쉬며 부지런히 벌면 그다음 학기엔 등록을 할 수 있겠지. 영주권이 있으니 학비도 반으로 싸지겠고, 그의 머리는 집세와 식비 같은 것을 줄일 대로 줄이면 얼마나 될까 산수 놀음으로 바빠졌다. 그렇지만 먹는 걸 너무 줄이진 말아야지, 건강 때문에 공부를 못하고 공부뿐 아니라 인생이 그냥 병고에 시드는 예를 정일은 듣고 보아서 알고 있었다. 이 여자의 인생은 얼마나 쉬운가. 공부를 안 해도 되고 매일매일 먹고살아가면 된다. 정일은 지성인이라고 생각하고 있는, 젊은 자기가 아무런 생각 없이 이곳에서 살고 있는 것에 수치감을 느꼈다. 고국에 돌아간다고 하면 무조건 애국자, 이곳에 뼈를 묻겠다 하면 미국화되었다고 비난하는, 그런 사람들의 의견을 떠나 아무런 편견 없이도 자기가 조국에 대해 가지는 감정이 부끄러웠다. 나는 무엇 때문에 기를 쓰고 이곳에 있으려 하는가, 나의 학문이 그다지도 위대한가. 싫증이 난 애인을 의리상 도덕상 어루만지고 돌봐줘야 되는 입장에 있는 사내처럼 자신이 부끄러웠다. 그는 미국에 대해서도 한국에 대해서도 비평의 안목으로 대할 때 별 의견이 없었다. 학생 시절 영어 시간에 앉아 막연히 동경했던 대로 미국에서 공부하고 싶었다. 공부 자체보다 공부했다는 소리가 듣고 싶었다. 더욱이 부끄러운 것은 이곳에서 살아버릴까 하는 충동이었다. 이곳에 살고 있는 다른 나라 사람들은 어떨까, 그 사람들도 이곳에 살며 조국에 대해 죄의식을 느낄까. 더러운 미국 물질문명을 개탄하는 글들을 읽을 때면 무엇이 더러운 것인지 모르겠는 그는 가슴을 쥐어뜯으며 스물일곱 한국 청년이 세상과 가지는 연관을 바로 깨닫고 마음에 활활 타는 분노를 가지고 싶었다. 사람들에게 인정받는, 똑똑한 인간이 되고 싶었다. 그런데 이 여자는 한국인이라는 의식조차 없이 살아가고 있다.

차가 윤자의 아파트에 와 멎었다. 육 층 높이의 바랜 벽돌 빌딩들이 늘어선 아파트 거리이다. 시멘트 바닥의 인도를 아이들이 자전거를 타고 달리고 손에 손을 잡은 노인 부부가 주말의 늦은 저녁을 산보하고 있었다. 정일이 차에서 내려 아이스박스와 타월 등의 짐을 어깨에 멨다. 엘리베이터 문이 닫히고 엘리베이터 안에 정일과 윤자 두 사람이 되었다. 저녁 무렵 낯선 동네 안에 썩 들어섰을 때 같은, 허전한 정이 흐르는 기분이었다. 윤자는 엘리베이터 벽 승강하는 속도에 몸을 기댔다. 어렸을 땐 모든 것이 자기 것 같았는데 갈수록 없어지더니 이즈음엔 하나도 없는 것 같다. 누구를 만나든 헤어질 땐 실연을 당한 듯 가슴이 쓰려왔다. 기영 엄마와 헤어질 때도 그렇다. 남편이 집을 나가고 싶어 하도록 나는 누구에게 기대는 성미인가. 모두 내 무게를 견디기 싫어서 내 곁을 떠나가나, 아이조차도. 놀이터에서 만난 한국 할머니는 도로 한국에 갔을까, 아직도 양담배를 피워 물며 아무 한국 사람에게나 넋두리를 퍼부어댈까. 나는 늙어서 그 할머니 비슷이 될지도 모르겠다. 이미 생긴 신경통으로 고통스러운 몸을 이끌고 아무나 붙잡고 넋두리를 늘어놓을지도 모르겠다.

윤자가 아파트의 열쇠를 돌리고 불을 켜자 작지만 네모반듯한 방이 오늘따라 아늑하고 정답게 그들 눈에 비쳐왔다. 낯익은 방의 따뜻한 냄새가 났다. 소파 위에 놓인 트렁크는 윤자가 싸놓은 정일의 소지품이다. 거기에 눈길이 가자 겸연쩍어 정일은 그것들을 풀어 있던 자리에 도로 갖다 놓고 싶었다.

"샤워하고 와요, 끈끈하지?"

윤자가 시키는 대로 정일은 샤워장에서 소금기 밴 몸을 씻고 돌아왔다. 윤자는 정일이 보아 알고 있는 낡은 노란 원피스로 갈아입고 구부리고 앉아 문간에 흘린 모래를 쓸어 담고 있었다. 그들이 들고 갔던 아이스박스는 깨끗이 비워지고 타월들도 치워져 있었다. 윤자는 그동안 머리를 감았는지 젖은 머리에 빗자국이 깨끗했다. 뭐라 말해보려다 정일은 발끝걸음으로 소파에 가 앉았다. 자기가 샤워를 하는 짧은 동안 어느새 머리를 감고 옷을 갈아입고 모래를 쓸어 담고……. 부단히 움직이는 윤자가 정일의 눈에 신선하게 비쳤다.

모래를 쓸며 윤자는 생각한다. 정일에게 저녁을 먹으라고 할까 말가, 오늘 하루 차까지 빌려 와서 대접했으니 따뜻한 저녁을 지어 먹이는 것이 예의일 것도 같고, 뭣보다도 정일이 굶고 나가면 어디 가서 밥을 먹을 수 있을까. 빵 조각이나 먹고 말겠지. 그런데 밥을 하는 것이 치근대는 것 같지 않을까. 사례받은 의사나 학교 선생님은 보답을 하지 않았다.

"노래나 들읍시다."

우물우물 말하며 정일은 허리를 구부리고 전축에 가서 무엇인지도 모르고 얹혀 있는 판에 바늘을 놓았다. 스페인 계통의 기타 선율이 방안에 퍼졌다. 그 음악이 그 음악 같기만 한 정일의 귀에도 이 판은 새로 산 것임을 알 수 있었다. 어째서 나는 이 여자를 두려워했는가, 마녀를 겁내는 뱃사공같이. 정일의 친구는 누구이든, 기영 아빠까지도 "그 여자에게 붙들리면 네 일생은 그만."이라고 충고했다.

"오늘도 무사했냐?"

친구 집에 자러 내려가면 피카소처럼 팬티만 입고 지내는 친구는 놀렸다.

"중년 부인은 그런 면으로 한창인데 잘 먹고 서비스 부디 잘해줘라."

하기도 했다.

아이들이 떠드는 소리, 비행기 소리, 지나다니는 차들의 소리, 그것들을 누르고 방 안에 퍼지는 기타 소리. 무엇인가 더위에 썩어가기도 하는 여름밤이었다.

정일은 얼마 되지 않는 돈으로 이 여자를 이용해먹고, 한 가닥 생명의 줄마저도 거머쥐고 도망치려는 비루한 인간으로 자신이 느껴졌다. 근 두 달 동안 이 방에서 지내던 나날이 아까워진다. 나는 어째서 그 시간을 즐기지 못했는가. 레코드도 제대로 들은 일 없고 변호사 말을 따라 같이 들락거리기 위해 저녁 먹고 근처 공원으로 산보 나갈 때도 마음은 조마조마하고 윤자에게 죄송스럽기만 했었다.

모래를 쓸어 담은 윤자가 동그란 식탁 의자에 가서 앉았다.

"배고프면 어제 먹던 상추도 있고 된장도 있고 밥도 있으니 갖다가 먹어요."

젖었던 앞머리가 말라 두어 가닥 앞으로 늘어진 윤자는 정일의 눈에 예쁘게 보였다.

"고추장아찌도 있어요."

정일은 몸을 굳혔다. 이젠 가보라고 하는 말이다. 일어나야겠지. 정일은 자리에서 일어났다. 뭐라고 말해야 할 것이었다. 그동안을 결산하는 인사, 그의 모든 피가 뇌 속으로 몰리는 듯 얼굴이 화끈 달아올랐다. 그는 무슨 말을 하는지 알지 못하며 우물우물

"제가 결혼을 하자고 한다면…… 어떻게 하시겠습니까?"

말을 마친 정일은 쫓기듯 문을 열고 나가느라고 문간에 있는 윤자

의 샌들 한 짝을 가스레인지 쪽으로 차버렸다. 문이 탕 닫혔다. 의자 위에 앉았던 윤자는 너무 놀라서 벌떡 일어섰다. 정일이 방금 뭐라고 했던가. 온몸의 피가 아우성치고 오줌이 마려운 듯했다.

나는 결혼을 믿는 여자가 아니오. 남자에게 되게 혼이 난 여자요.

윤자는 문으로 달려갔다. 문을 열고 정일을 쫓아 나가는 대신 그녀는 방문객을 확인하기 위한 조그만 유리 구멍을 통해 밖을 내다보았다. 눈 하나 크기의 동그란 유리는 정일이 엘리베이터 단추를 성급히 눌러보다가 기다리지 않고 층계 쪽으로 껑충껑충 뛰어 내려가는 모습을 보여주었다.

나는 젊은 그의 구혼을 감사히 받아들여야 하리라. 고목에 물이 돌듯 윤자의 말라붙었던 혈관 속을 더운 피가 윙윙거리며 달려 돌아갔다. 오랫동안 잊었던 뜨거운 피의 감각, 이제 와 생각하니 처음부터 이러기 마련이게 된 일이 아니었나. 순전히 비즈니스로 정일을 만나러 간다고 하던 날, 나는 화장을 하며 즐거웠었다. 보지 않았을 때부터 결혼은 아니라 하더라도 나는 벌써 즐거운 기대를 그에게 걸었던 게 아닐까.

그녀는 몸을 돌려 새삼 방 안을 둘러보았다. 소파 위에는 정일의 트렁크가 그냥 놓여 있었다. 정일도 내 곁을 지나가리라, 언젠가는. 갑자기 윤자 자신의 모든 약점이 윤자를 엄습했다. 나이 많은 이혼한 여자라는 경력부터 눈가에 지는 주름살 하나하나, 잘 때 가끔씩 침을 흘리는 작은 버릇까지 전부 그녀에게 무섭게 달려들었다. 나는 모든 결점들과 최선을 다해 싸워나가리라. 윤자는 자신에게 다짐했다. 버틸 수 있는 데까지 한번 힘껏 버텨보리라.

알마덴

그 젊은 남자는 대개 저녁 다섯 시경 여자의 가게에 들러 알마덴 샤브리만 한 병씩 사 갔다. 가게는 뉴욕 맨해튼 서부에 위치하고 있었다. 하루 종일 한가하다가도 바로 그때가 퇴근길의 손님이 밀리는 때이므로 거의 매일같이 들르는 그 남자를 다른 단골손님들을 거의 익힐 때까지도 여자는 특별히 구분해내지 못했다. 가게를 시작한 지 얼마 안 된 때여서 술병의 위치와 가격 같은 것을 파악하지 못하고 있던 때라 거의 매일 남자는 술병을 집어다 카운터에 놓건만 여자는 번번히 가격표를 들여다보고 세금 계산을 했다. 늘 한 가지를 사는 경우 대개는 손님 편에서 가격을 말해주기도 하는데 이 남자는 그러는 법도 없었다.

남자는 얼굴과 몸이 아울러 탄탄했다. 굽슬 굽이진 녹슨 빛깔의 머리털, 단단히 빛나는 이마, 완강히 뻗은 코, 힘찬 입술의 윤곽, 크지 않은 키, 딱 벌어진 가슴. 그런 그의 용모는 여자의 눈에 깔끔한 멋쟁이로 비쳤다.

여자가 처음 그를 의식하던 날 남자는 포도주 진열대 앞에 서서

"여기 알마덴 다 나갔습니까?"

좀 높고 딱딱한 목소리였다. 장부를 들여다보던 여자가 고개를 들었다.

"자리를 바꿔 진열했어요, 이쪽으로요. 알마덴은 전부 그쪽으로 모았어요."

여자의 손끝을 따라 방황하던 남자의 눈길이 알마덴 병을 찾아냈다. 남자의 행동에는 꼭 필요한 만큼의 동작만을 정확하게 해내는 긴장감이 있었다. 남자가 술병을 여자 앞에 딱 놓을 때 여자는 검은 공단 재킷을 입은 그의 팔목에 세 줄의 가느다란 금사슬이 채워져 있었으며 배꼽까지 단추를 풀어 헤친 털이 부얼부얼한 가슴에도 한 줄의 금사슬이 늘어져 있는 것을 보았다. 배우인가, 여자는 생각했다. 근처에는 극장이 많이 있었다.

여자는 그날도 가격표를 보고 세금을 붙여 계산을 했다. 무심한 눈길이겠지만 남자가 조금도 움직이지 않고 딱 마주 서서 여자를 보고 있으므로 여자는 행동의 불편함을 느꼈다. 그래서 돈을 내고 남자가 뚜벅뚜벅 일정한 박자의 걸음으로 걸어 나갔을 때 여자는 자신도 의식하지 못하는 새 큰숨을 쉬었다. 그 이후로 여자는 그 남자가 오직 알마덴만을 사 가며 그 가격은 세금 포함해서 이 달러 삼십이 센트라는 것을 저절로 외우게 되었다.

가게일이라는 것은 겉으로 보면 그냥 서서 손님에게 물건이나 내주고 돈이나 받는 것 같지만 그 이면에는 여러 가지 물건을 골고루 주문하고 그것의 수량을 검사해서 받고 청구서를 지불하고 세금을 내야 하고 면허증 갱신을 해야 하고……. 한 가지라도 실수로 잘못하면 리

쿠어오소러티에 보고가 되었다. 밤에 누워 생각하면 그 모든 일들은 공포에 가까운 근심으로만 여자에게 다가왔다. 그 무서운 리쿠어오소러티라는 곳은 몇 사람이 앉아서 어떤 형벌을 준비하고 있는가 오히려 그렇게 생각해보면 마음이 좀 가벼워졌다.

"이 계산서 좀 보세요. 이거 전에 우리가 냈다고 수표 번호가 여기 적혀 있는데 또 청구서가 왔어요."

남편은 다가와 여자의 어깨 너머로 들여다보고

"이건 딴 거야, 이거 봐. 여기 번호가 틀리잖아."

번호를 틀리는 게 자신에게 이로울 게 없건마는 남편은 의기양양히 여자에게 말했다. 어머, 그럼 이상해요 하다가 여자는 남편의 말이 맞는 것을 알고 입을 다물었다.

청구서를 서류철 속에 집어넣으며 여자는 왜 남편과는 늘 얘기가 되지 않는가 생각했다. 생각나는 재미난 얘기가 있어 해보려 해도 남편은 집에 가서 찌개나 좀 끓여놓지 말을 잘랐다.

가끔 여자는 다정한 남자와 나뭇잎이 거칠게 설레는 숲속을 걸어가는 공상을 했다. 아름다운 풍경 사진 속의 한 장면과 같이 공상 속에 나타난 숲길은 짧았다. 그 길의 끝에 무엇이 있으며 그 길의 입구는 어떠했던가 여자는 그것이 자기 머릿속에서 지어낸 공상임에도 생각해볼 수가 없었다. 어떤 남자와 오로지 그 장면에 나타나 있는 그 길 위에 서보는 것이었다. 꿈조차 메말라간다고 여자는 생각했다. 배려 깊고 신중한 남편을 만나서 살리라 어려서부터 여자는 마음먹고 있었다. 그러다가 만난 남편은 나이 차이가 많이 지고 감자같이 생긴 용모 때문이었을까 바로 그런 사람으로 보였다. 오로지 그런 점에 유의하여 결혼한 남편이 그런 사람이 아닌 것을 이제 와서 여자는 이상히 여겼다. 착각인가, 아니면 남편이 그런 남자가 된 것은 내가 그를 그렇게 만든 것인가. 가끔 남편이 다른 사람과 얘기할 때 여자는 귀 기울여 남편의 음성을 들었다. 자기에게는 늘 갈라지는 목소리로 말을 반쯤만 내뱉는 남편이 다른 사람에게도 그런 목소리로 얘기하는가. 미간 언저리에 지는 구름장 같은 신경질이나 입 근처에 서리는 못마땅한 표정은 오로지 나에게만 보이는 얼굴인가. 여자는 전혀 모르는 낯선 사람을 보듯 다른 사람들과 앉아 있는 남편의 모습을 냉정히 살폈다. 여자가 자기 시중을 잘 안 들어준다고 남편은 남들에게도 여자에게도 말하고 있었다. 여자가 먹고사는 얘기 아닌 다른 얘기를 하면 남편은 고개를 외로 꼬았다. 남편 가슴속 깊숙이에는 쨍그장대는 거지가 하나 들어가 있는 것 같다고 여자는 생각했다. 남편에게는 무엇으로도 채울 수 없는 굶주림이 있어 보였다. 어느 날인가는 헤어진다고 생각하기 때문에 오늘을 산다고 여자는 생각했다. 우리는 서로 받기만을 바라는 거지 부부인가 하고 생각해보면 해답을 찾은 기분이 들었다.

여름철이 되었다. 근처의 대학도 방학에 들어가고 가게의 단골 고객들은 휴가를 떠나 거리가 비는가 싶더니 다른 나라 다른 지방에서 온 관광객들이 카페와 거리를 채웠다. 레스토랑이나 기념품 가게가 아닌 여자의 가게는 불경기 시즌으로 접어들었다. 갈론짜리 포도주를 사 가던 매일매일의 손님들은 현저히 줄고 그 대신 데이트 나온 연인들이 저녁이면 레스토랑에 들고 가서 마실 포도주를 샀다.

그 밤의 데이트에서 남자가 선사한 한 송이 장미꽃을 들고 여자들은 연애하기 때문에 황홀히들 빛났다. 여자가 거스름돈을 셈하는 동안에 그들은 키스도 했다. 여자는 거스름돈을 손에 쥐고 시선을 피해 여자 손님 손에서 시들어가는 꽃송이에 눈을 주었다. 저같이 아름다운 사람이 이제 술까지 사가지고 나가니 얼마나 재미있을까. 멀거니 서서 여자는 자신과 남편을 열등하게 느꼈다. 피부 빛깔 같은 것이 어느 순간은 종이 한 장 차이도 나는 것 같지 않다가 거리낌 없는 애정 표현이라든가 검지만 않아도 되는 유리구슬 눈알, 검지만 않아도 되는 머리털에서 그들이 선남선녀로 느껴지는 순간이었다.

공원이나 지하철 같은 데서 포옹하는 연인을 보면 애정을 반드시 저와 같이 전시해야만 할까 생각했던 때도 있었건만 이제 여자는 그들의 그런 행동을 자유롭고 정직하게 보았다.

날씨가 더워지자 알마덴을 사가는 남자는 공단 재킷을 벗고, 배꼽까지 단추를 풀었던 셔츠도 벗고, 그 벗은 웃통에 아무것도 걸치지 않고 여자의 가게에 같은 시간대에 들렀다. 머리털빛과 같은 곱슬곱슬한 녹슨 털이 그의 근육 좋은 가슴을 덮고 있었다. 그의 젖은 카운터에 선 여자의 젖과 거의 크기가 같았다. 뿌루퉁한 남자의 젖꼭지가 눈에 들어오면 여자는 가슴속이 간질간질해졌다. 육체의 아름다움을 주무기로 삼고 있는 듯한 그 같은 타입의 남자를 여자는 경멸해왔었다. 남자의 가슴 털이라든가 젖꼭지 같은 육체 자체에서 성적 매력을 느껴본 일도 없었다. 진지한 음성이라든가 시계를 찬 팔목, 옷깃, 공부하는 손, 싱긋한 미소, 유머 센스 같은 데서 스쳐 가는 이성의 매력을 느꼈었다. 전에는 보이지도 않던 알마덴의 육체 같은 것이 눈에 들어오면 가슴 크고 둔부 큰 여자를 핀업걸로 바라보는 남자들과 나는 다름없지 않은가 하고 여자는 부끄러움을 느끼며 시선을 밑으로 향했다.

알마덴값이 이 달러 삼십이 센트에서 이 달러 오십사 센트로 올라갔다. 그것을 사가는 남자와 파는 여자 사이에 말 없는 긴장이 날로 깊어갔다. 서로 마주 섰을 때의 긴장 자체를 그가 떠난 후에 여자는 가끔 이상하게 느꼈다. 공상 속 오솔길의 시작과 끝을 알 수 없듯 여자는 그가 없을 때 그를 생각해본 일이 없었으며 눈에서 멀어지면 마음에서 멀어진다는 속담처럼 여자에게 있어서 그는 없는 사람이었다. 저녁때가 되어 이제 그가 올 시간 하고 생각해보는 일조차 없었다. 그러다가 검은 덮개와 노란 빛깔의 차가 가게 앞에 머물고 그가 뚜벅뚜벅 걸어 들어와 알마덴을 진열대에서 뽑아 가지고 와서 카운터에 딱 놓으면 여자는 갑자기 어찌해야 좋을지 몰라지는 것이었다.

어느 날 가게에 왔던 어떤 고객의 아이가 마미 하고 저의 엄마를 불렀다. 이 여자에게 아이가 있었던가 하듯 그때 알마덴을 집던 남자의 시선이 재빨리 아이에게로 돌려지던 것을 여자는 놓치지 않았다. 그 아이 엄마 되는 여자가 얼굴이 강파른 포르투갈 여인이라는 것을 알고 알마덴의 안도하는 듯한 기색도 여자는 느꼈다.

그다음 날 알마덴을 사는 남자는 여자가 다른 손님을 대하고 있으므로 여자의 남편 쪽에 가서 섰다.

"왜 냉동해놓은 것으로 가져가지 않으십니까?"

남편은 물었다. 남편은 아직도 그가 매일매일의 단골손님이라는 것을 모르는 듯했다.

"요리할 거니까요. 찰 필요도 없고 비쌀 필요도 없습니다."

여자에게는 단 한마디 말도 않던 알마덴은 남편에게는 수월히 대답했다.

"아, 뭘 요리하십니까?"

"오늘 저녁은 닭 요리, 음식에다 집어넣고 나머지는 마십니다."

알마덴은 때마침 잔돈을 계산기에 넣는 여자 쪽에 힐끗 시선을 주며

"참 좋은 누이동생을 두었습니다."

그의 어조는 반드시 누이동생이라고 생각하지 않으며 나이 차이가 좀 많아 보이기는 하지만 저 여자가 당신 마누라인지 궁금해 묻는 기색이 있었다. 더운 피가 얼굴로 몰림을 여자는 느꼈다. 잔돈 통에 넣은 손을 여자는 움직일 수 없었다. 정말 알마덴의 말처럼 자기가 남편의 여동생이 아닌 것이 여자는 유감스러웠다.

낮에 고단하게 일하건만 여자에게는 불면의 밤이 잦았다. 그런 밤이면 포도주를 한 잔쯤 마시고 누워 여자는 알마덴과 함께 식탁에 촛불을 켜고 그가 만든 음식을 먹는 공상을 했다. 배가 고프면 와이프란 건 제길 뭐하는 거야 하고 재까닥 와이프에게 불평이 가는 남편과 달리 알마덴은 아, 배가 고프구나, 뭘 먹어야겠다 그러겠지. 오솔길의 공상처럼 알마덴과의 공상도 어떤 경로를 거쳐 여자가 빨간 촛불을 켠 그의 식탁에 마주 앉을 건지 전혀 생각이 없었다. 여자의 추측에 의하면 알마덴은 비교적 싼 술을 사는 것으로 보아 돈이 많지 않으며 혼자 사는 남자였다. 요리를 손수 한다는 것도 그러려니와 장보기도 손수 하고 세탁물도 손수 찾아가지고 갔다. 아름다운 여자들이 그의 아파트에 드나들리라. 여자는 알마덴의 약간 몽탕한 손가락이 여자의 살을 쓰다듬는 것을 생각했다. 공상의 사이사이에 돈 걱정, 날쌘 도둑들, 남편의 냉대 같은 것이 여자를 괴롭혔다. 도깨비와 씨름하듯 생각의 갈피를 헤매느라 베개 위에서 머리를 뒤척이는 동안 불면의 밤은 허옇게 밝아지고는 했다. 아침이면 자신에게 성을 내며 여자는 일어났다.

어느덧 가을이었다. 낮이 짧아져 저녁 여섯 시만 되면 어두웠다. 여자는 빨랫감이 든 세탁 자루를 안고 세탁집으로 가고 있었다. 가로등이 저녁 어스름 속에 빛났다. 열쇠 꾸러미와 기계에 넣기 위해 가져온 동전으로 여자의 스웨터 주머니가 처졌다. 길을 건너기 위해 여자는 길모퉁이에서 신호등을 기다렸다. 그때 알마덴이 차를 몰고 오다가 여자를 발견하고 깊이 허리를 꺾어 여자를 내다보았다. 신호등이 깜박깜박 신호를 보냈다. 여자가 길을 건너갈 때까지 알마덴은 움직이지 않고 차 속에 앉아 있었다. 나를 태워다 줄까 망설인다고 여자는 기쁘게 생각했다. 그날 스무 대의 빨래 기계가 무섭게 돌아가는 세탁집의 소음 속에 서서 여자는 그가 혹시 어디서 만나자고 하면 뭐라고 대답해야 할까 생각해보았다. 내일 당장이라도 그는 그런 제안을 할 것 같아서 급류 앞에 선 듯 어찔어찔했다.

여자의 가게는 신문 와인란(欄)에 실린 포도주들을 사고 선물 포장지와 리본, 카드 같은 것을 준비하고 오색의 깜박 전구로 쇼윈도를 장식하는 것으로 크리스마스 준비를 마쳤다. 스프레이로 쇼윈도에 뿌린 인공 눈[雪]으로 인해 가게는 술병을 가슴에 안고 포근히 서 있는 듯했다. 눈이 오면 여자는 마음이 설레어 라디오 음악을 크게 틀어놓았다.

이제 여자는 알마덴이 올 시간쯤이면 가끔 거리 쪽을 바라보기도 했다. 그날 그가 내리는 눈발 사이로 차를 몰고 나타나 찬 눈을 맞으면서 여느 날과 다름없이 뚜벅뚜벅 걸어 들어왔을 때 여자는 그를 향해 처음으로 웃었다. 용감할 수 있었던 것은 굵은 눈발 때문이었다. 자연은 인간과 인간을 더욱 가깝게 만들었다.

늘 하듯 그는 병을 집어다 여자 앞 카운터에 딱 놓았다. 털이 무성

한 그의 가슴은 회색 터틀넥 스웨터로 깊이 감추어져 있었다.

"날 믿을 수 있습니까?"

그는 여자에게 평시보다 한 옥타브는 높아 보이는 떨리는 음성으로 말했다. 이 남자가 무슨 얘기를 하려는가, 여자는 띵 흐려오는 골통으로 서서 남자를 바라보았다. 남자의 머리 위에서 눈이 녹고 있었다. 그의 눈동자가 잿빛에 가까운 녹색인 것을 여자는 처음 알았다.

"날 믿을 수 있겠습니까?"

대답 대신 여자는 말라붙은 입술로 애매하게 웃었다.

"내가 마침 지금 돈이 없는데, 이 술을 가져가도 됩니까? 내일 지불할게요."

네, 여자는 간신히 대답했다. 그의 주소도 이름도 모르므로 그가 떠난 다음 여자는 외상 공책에다가 알마덴 2.54 하고 적어 넣었다.

그 겨울 몇십 인치씩 쌓이도록 눈이 내리고 가게 앞에 제설용 소금을 부대로 사다가 뿌리고, 날이 풀리는가 하더니 다시 눈이 오고 강추위가 몰아치고, 마침내 훈훈한 바람이 불고 봄이 왔다. 눈 내리던 그날 이후 남자는 여자의 가게에 모습을 나타내지 않고 있었다. 그 작은 돈을 위해 그가 계획적이었다고 여자는 믿고 싶지 않았다. 알마덴은 이제 이 달러 육십구 센트가 되었다.

외상 공책을 들출 때마다 '알마덴 2.54'라고 적힌 곳에 눈이 머물면 아무리 그의 모습이 생생하고 그의 자동차가 낯익어도 그가 가게에 나타나지 않는 한 그를 볼 길이 없음을 여자는 느꼈다. 이 세상은 한없이 넓고 인간들은 한없이 많았다.

시간과 강물

1

흑인 두 사람이 맨해튼 다운타운에 있는 술 상점 문을 밀고 들어섰을 때 점원인 도혜는 뜨개질을 하고 있었다. 힘든 인생이 작은 백성에게 어떤 영향을 미치는가는 도혜의 까칠한 얼굴이 잘 말해주었다. 서른 중반도 되지 않았건만 도혜의 젊음과 여성다움은 바래가고 자존심은 매일 조금씩 찢어지고 있었다.

누군가가 상점 안으로 들어선 것을 문소리로 알았건만 도혜는 뜨고 있던 뜨개질의 한 줄을 마저 마치고야 고개를 들었다. 마흔 정도로 나이가 들고 턱 밑으로 바로 네모난 가슴이 튀어나와 숨이 차 보이는 흑인과 이십 대 후반으로 키가 크며 얼굴에 사선으로 칼자국이 날카롭게 그어진 흑인이 서 있었다. 젊은 흑인의 얼굴에 난 상처 자국은 앗 하고 소리치고 싶도록 도혜에게 아파 보였다. 이 두 흑인으로부터 도혜는 섬뜩한 느낌을 받았다. 도혜는 자기의 느낌을 믿지 않으려 했다.

괜한 사람을 무서워하고 보면 늘 부끄러웠다.

도혜는 일어나서 카운터 앞에 섰다. 급히 일어나는 바람에 대바늘이 바닥에 댕가당 떨어지며 뜨개질의 칠십육 코가 스르륵 빠졌다.

"반 파인트짜리 고든 진을 주시오."

카운터에 배를 바싹 붙이고 젊은 흑인이 말했다. 나이 든 흑인은 객장 복판쯤에 서서 지루하다는 듯이 하품을 했다. 고객이 달라는 술병은 카운터 안, 도혜의 등 뒤에 진열되어 있었다. 도혜네도 다른 술 상점같이 와인은 고객이 직접 고를 수 있도록 객장에 진열하고 그 외 하드리쿼라고 부르는 스카치나 진, 위스키, 버본 등은 카운터 안쪽에 두었다.

도혜가 고든 진 병을 집으러 돌아선다면 금전 계산기와 그 계산기 앞에 서 있는 흑인을 등지게 되어 있었다. 무서운 마음과 사람을 무서워하는 데 대한 미안함으로 갈팡질팡하며 도혜는 진열 선반에 등을 납짝하게 붙이고 서서 옆으로 손을 뻗는 이상스러운 모습으로 술병을 집었다. 이렇게 무서운 사람이 들어오는 경우에 도혜는 아저씨나 친구에게 전화를 걸고는 했다. 전화로 한국말을 하고 있으면 그들이 모르는 말로 외부와 연락이 닿아 있는 상태이므로 수상한 분은 그냥 나가라는 것이 도혜의 바람이었다. 지금은 전화기를 잡기에는 너무 늦었다. 사나운 기를 풍기는 이 고객들의 비위를 상하게 할 우려가 있기도 하거니와 괜찮은 사람일 수도 있는데 손님을 세워놓고 전화 다이얼을 돌리는 것은 무례하게 여겨졌다.

카운터에 바싹 다가섰던 흑인이 돈 찾는 행동으로 홀쭉하게 재단된 검은 코트의 주머니를 뒤졌다. 거기 돈이 없는 듯 손을 빼고는 다시 안주머니를 뒤졌다. 흑인의 키가 훌쩍 커서 도혜는 굽어보는 탑 밑에 선 것 같았다. 돈 찾던 흑인이 일순간 카운터로 통하는 허리 높이의 쪽문을 발길로 콱 차고 카운터 뒤로 들어섰다. 쪽문이 발길질 힘의 여세로 요란한 소리를 내며 여러 번 열렸다 닫혔다 하더니 바닥에 닿고는 움직이지 않았다. 쪽문 하나를 망가뜨리고 들어선 흑인은 호주머니에서 권총을 꺼내 도혜에게 겨누었다. 이거였구나. 이걸 보려고 내가 이 사람을 무서워했구나. 도혜는 해답을 본 것 같고 무섭다가 미안했다가 두 갈래로 찢기던 마음이 정리되었다. 몸이 훅 뜨거워지며 아뜩해지는 정신으로 도혜는 금전 계산기로부터 물러섰다. 학교에 가 있을 아이가 생각났다.

–제아무리 잘난 놈도 이 세상을 살아서 빠져나갈 수는 없는 노릇이다. 따라서 이 세상을 하직하기 전까지 누가 봐도 사려 깊은 가치감각으로 모든 일을 풀어나가는 것이 급선무다. 도혜는 신문에서 읽어두었었다.

나이 든 흑인은 길 가던 행인들이 안을 들여다볼 것에 대비한 듯 뒷짐 지고 되도록 자연스러운 자세를 짓고 객장 복판쯤에 서 있고 권총 든 흑인은 금전 계산기로부터 돈을 쑥쑥 빼냈다. 강도질하는 방법도 강도에 따라 다름을 도혜는 알았다. 작년에 들어왔던 칼 든 강도는 지문을 남기지 않으려는 듯 카운터 주변에 놓여 있던 봉투를 집게처럼 손가락 사이에 쥐고 돈을 집어냈었다. 그때 강도는 흉기를 도혜 목에 대고 있었으므로 도혜는 가까운 거리에서 그 방법을 생생히 보았다. 도혜는 지금 권총을 처음 보는 중이었다. 장난감 총과 다를 것이 없었다. 보잘것없는 동그란 저 구멍에서 정말 총알이 나올까? 총알이 곧 날아올 것도 같고 강도가 실수하여 방아쇠라는 것을 당길까 두렵고, 장난감같이 생긴 총이니 정말 장난감인지도 모른다고 도혜는 생각했다.

그때 이웃에서 식품점을 하고 있는 신혼기에 있는 한국 남자가 은행에 입금하러 가기 전 일 달러짜리 잔돈을 바꿔주러 술 상점으로 오는 것이 보였다. 이웃 남자는 이 시간에는 누가 근무하는가 하고 문손잡이를 잡고 상점 안을 기웃이 들여다보며 들어섰다.

들어오지 마세요, 도혜는 한국말로 그에게 말해야 될 것 같았다. 아무것도 모르고 위험한 이곳으로 들어서는 그에게 그렇게 말하는 것이 도리일 듯했다. 도혜는 말한 듯했으나 실제로는 아무 소리도 내지 않았다. 말하기는커녕 도혜는 강도 마음에 들고자 시키지도 않았는데 바닥에 동그랗게 폴싹 주저앉아 버렸다.

길게 빠진 얼굴을 더욱 기다랗게 만들어 침통, 냉정, 침착하던 총든 강도는 밖에서 누가 들어온 것에 충격을 받은 듯,

"화장실로 가랏! 화장실로 가!"

설쳐대기 시작했다.

"빨리빨리, 허리 업."

강도는 발길질까지 했다. 도혜는 날카로운 그 발길에 맞을 새 없이 앉았던 자리에서 용수철이 튕기듯 일어나 화장실로 향해 한달음으로 달렸다.

이웃 상점 주인도 객장에 서 있던 다른 흑인에 의해 화장실 문 안으로 떠밀려지고 있었다. 찬 와인을 넣어두는 냉장고 옆에 있는 나무 문을 열면 오른쪽에 상점 바닥과 같은 높이로 세면대와 변기가 있고 왼쪽으로 지하 창고로 통하는 좁고 가파른 층계가 있었다. 화장실에는 청소용 물걸레와 물통, 빗자루 등을 두어 복잡했다.

이웃 남자와 도혜는 가파른 층계를 공이 구르듯 내려갔다. 이웃 남

자와 도혜를 몰아넣고 강도는 문을 닫았으므로 한 줄기 빛도 들어오지 않아 축축한 먼지내 나는 어둠은 고체같이 짙었다. 전등 스위치를 올려 불을 켠다는 것은 생각할 수도 없었다. 몸을 숨길 수 있는 어둠은 오히려 다행이었다.

층계 끝나는 곳에 상점과 비슷한 면적의 지하실이 있었다. 술 상자들이 현대 도시같이 통로만 남기고 반듯반듯 쌓여 있었으며 상점과 상점 위의 네 세대 아파트를 상관하는 보일러와 수도 계량기, 전기 미터기가 그 안에 있었다.

이웃 상점 남자와는 고개인사나 하고 지내던 처지인데 이제 이곳에 갇혀 인간의 존엄성은 간 곳 없이 벌거벗긴 듯 무력하고 수모당하는 모습을 서로 보이고 보는 것이 도혜는 부끄러웠다.

"여기가 막혔습니까?"

이웃 남자가 어둠 속에서 말했다.

도혜는 지하실 입구를 더듬어보는 중이나 찾을 수가 없었다. 덩치 큰 어른이 술 상자를 안고서도 수월히 드나들던 입이 큰 통로가 감쪽같이 없어졌다. 도혜는 강도들이 어느 순간 화장실 문을 열고 시커먼 계단 아래쪽을 향해 총질할 것만 같아서 지하 창고로 들어가 높이 쌓인 물건 상자들 속에 몸을 숨기고 싶었다. 그 입구를 찾는 일이 초를 다투며 죽고 사는 일같이 절박했다. 지난 추수감사절 즈음에 물건을 많이 쌓던 때 물건 정리하는 청년이 잘못해서 입구를 막도록 물건을 쌓아버렸다고 도혜는 생각했다. 입구 찾기를 단념하려니까 도혜에게 절망감이 거꾸러지듯 엄습했다. 도혜는 계단 밑바닥 흙먼지 속에 얼굴을 박았다. 층계 한 칸밖에 안 되는 면적에 물건 상자가 버티고 높이 막았으므로 도혜의 엉치는 들려 있게 되었다. 모래 속에 대가리를 박은 타조 모양이 되었다.

"엎드리세요."

도혜가 말했다. 한국말이 통해 편했다. 이웃 남자는 도혜보다 두어 칸 위층쯤 되는 계단에 서 있는 듯했다. 이웃 남자가 입은 스웨터를 도혜는 포근히 그 어디쯤 되는 어둠 속에 느꼈다.

"엎드리세요."

도혜는 이웃 남자에게도 자기처럼 하도록 간곡히 권했다. 엎드린 면적이 서 있는 면적보다 작지요. 깜깜해서 아무것도 안 보이니까 흉하게 구세요.

이웃 남자는 움직이는 기색 없이, 어이 참 나쁜 놈들, 혼잣말같이 했다. 이웃 남자는 도혜에게 무례하지 않으려고 마음 쓰는 것 같았다. 일부러 쓴다기보다 부인네와 있다고, 한국적 교양이 걸리적거리며 작용하는 것 같았다.

권총이 장난감이라면 강도들이 그렇게 무서운 게 아닌데 필요 이상 무서워하고 있다는 생각과 강도짓하는 것은 나쁜 일인데 악에 대항해 싸우지 않고 비위 맞추는 태도는 비겁하다는 생각과 아, 이래서 강도랑 싸우는 사람도 있는 거였구나 하는 깨달음과 나는 이 상황에서 어떻게 살 것이라는 예감 같은 것들이 도혜 머릿속에 명멸했다. 총이 무엇인지 구체적인 생각이 없이 아이가 어렸을 때 도혜는 여러 가지 모양의 장난감 총과 플라스틱으로 만든 죽어 넘어진 군인과 사격 자세의 군인, 죽어 넘어진 카우보이와 총 든 카우보이 장난감들을 사주었다. 장난감을 순진한 한갓 놀이감으로만 볼 것이 아니고, 어린 시절부터 우리를 길들여가는 것이므로 잘 선택했어야 한다고 도혜는 깨달았다.

상점 마룻바닥에서 투다닥투다닥 구르던 발소리가 멎고 조용해진 것 같았다. 심상찮게 고요했다. 빛은 어디서도 새어들지 않았으므로 그토록 오래 있어도 눈앞에는 짙은 어둠뿐 자신의 손 윤곽도 잡히지 않았다. 눈알이 빠져나간 듯 아무것도 안 보였다.

"갔나 봐요."

이웃 남자가 말했다. 몸도 좀 움직였다.

이웃 남자가 뛰어나갈 것 같아서 도혜는 짐작으로 그를 꽉 잡았다. 도혜 손아귀에는 북실북실 그의 스웨터만이 무게 없이 가득 잡혔다.

"나가지 마세요."

도혜는 말했다. 화장실에 갇혔다가 한발 먼저 나가는 바람에 도망가던 강도 총에 희생된 한국 사람 이야기가 생각났다. 평소에 무엇을 많이 봐두고 읽어두고 생각해두는 것은 중요했다. 눈앞에서 사라지고 귓바퀴를 스쳐 간 것들로부터, 체육 시간에 손 한번 들어보았던 것, 수학 시간에 자 들고 줄 그어보았던 것, 조회 시간에 벌섰던 것 같은 실제의 모든 경험과 더불어 상상으로만 했던 경험까지 활발히 깨어났다.

"보세요, 갔나 봅니다."

이웃 남자가 고집부렸다.

"아직, 아직요."

말하며 도혜는 잡았던 이웃 남자의 스웨터를 놓아주었다. 여자인 도혜가 남자인 이웃보다 더 뻔뻔스럽고 실력을 행사하는 것 같았기 때문이었다. 도혜는 금년 봄에 이화여대를 졸업했다는 그의 부인을 떠올리곤 그 남편을 자기가 곤경 치르게 하는 것 같아 부인에게 미안했다. 새댁은 남편이 이렇게 있는 줄도 모르고 밝은 세상에서 지금 바쁘게 상점을 돌보고 있을 것이다. 도혜는 바깥에서 일상적인 일을 하고 있는 무심한 사람들이 전부 부러웠다. 이웃 식품 상점은 주인을 비롯해 종업원 모두가 쉴 새 없이 움직였다. 한가할 때면 도혜는 쇼윈도 너머로 그 상점을 구경했다. 개미처럼 쉼 없이 과일을 쌓아 올리든가 상점 입구에 놓인 화사한 꽃다발들에 물을 뿌려대든가 한 상자에서 나온 과일을 생김새에 따라 두 가지 값으로 갈라놓는 것을 보는 일은 재미있었다.

"보세요, 누가 부르고 있어요."

이웃 남자가 말했다. 도혜는 귀를 기울였다.

"헬로우, 헬로우."

구김 없고 의심 없는 남자 목소리가 도혜 귀에도 들렸다.

"헬로우우? 애니바디?"

나가도 될 것 같았다.

두 손을 헛짚어대며 도혜는 깜깜하고 가파른 층계를 올라갔다. 그 뒤에서 이웃 남자도 올라왔다. 화장실 쪽에 올라서니까 상점에서 부르고 있는 목소리가 더욱 뚜렷해졌다. 도혜는 화장실 문을 살며시 밀어보았다. 꿈쩍 안 해서 도혜는 이번에는 두 팔에 꽤 힘을 주었다. 뒤따라온 이웃 남자가 도혜를 비켜서게 하고 한쪽 어깨와 한쪽 다리를 문에 대고 온몸으로 밀었다. 그제야 문이 마지못해 밀리며 열렸다. 강도들이 상점 안에 놓여 있던 뜯지 않은 술 상자들을 문 앞에다 쌓아놓았음이 드러났다. 층계 아래층에서 도혜는 강도들이 총을 쏠까 두려워었는데 강도들은 강도들대로 도혜들이 나올까 겁이 났던 듯했다. 싱겁게 끝났다는 기분도 들었다.

"유우후우우 — . 헬로우."

휘파람 불듯 둥근 얼굴을 천장으로 향하고서 점원을 불러대던 초로의 신사는 거의 매일 들르는 단골손님이었다. 낙타 코트에 두 손을 찌르고 섰던 손님은 도혜와 이웃 남자를 보자 반색을 했다.

"대체 어디 있다들 오시오?"

도혜가 카운터 뒤쪽으로 돌아서니까 강도들이 상점 안을 철저히 뒤진 것이 한눈에 드러났다. 금전 계산기 밑 선반에 넣어둔 봉투들이 쏟아져 나와 있고 서류를 두는 캐비닛 서랍도 전부 뽑혀져 있고 도혜 핸드백도 뒤집혔으며 도혜가 손 씻고서 만지던 뜨개질도 구둣발에 밟힌 채 나뒹굴고 있었다.

"무슨 일이 났었소?"

손님이 물었다.

대답하면 손님이 깜짝 놀랄 것이 확실해서 도혜는 절로 웃음이 나려 했다. 도혜의 상점이니까 도혜 소관이라는 듯이 이웃 남자는 나서지 않고 한쪽 벽에 서 있었다. 이웃 남자가 우아히 있으므로 도혜는 사지에서 살아났다고 해해해 무용담을 펼치고 싶은 마음을 눌렀다.

"강도가 들었어요."

도혜는 간단히 말했다. 같은 한국 사람 앞에서 문법도 악센트도 이상스러운 영어를 지껄이기도 주저되었다.

"아, 그래서 지하실에 있었소?"

머리숱이 적은 갓난애 같은 손님의 얼굴에서 핏기가 가셨다. 얼굴에서 핏기가 가신다는 것은 표현하기 위한 말로서의 말이 아니라 정말 핏기가 그림자 지듯 싸악 가셔가는 것이 다른 사람의 눈에도 뜀을 도혜는 알았다. 손님이 늘 사는 반 파인트짜리 버본 병을 도혜는 집어 들었다.

"이거지요?"

도혜는 손님에게 그것을 그냥 주려 했다. 사람한테 지옥 구경을 시켜주고 막 가져가는 판에 꼭꼭 돈 내고 사갔던 단골인 이 손님에게 거저 주지 못할 게 무언가. 도혜가 손바닥 안에 드는 납작한 술병을 봉투에 넣기 전에 손님은 뒷걸음질로 상점을 나갔다. 크게 놀란 듯 그 사이에 입술이 하얗게 말라 있었다. 또 오겠소, 손까지 저어 보였다. 손님이 그러니까 도혜는 푹 느긋해지며 자신이 허풍쟁이같이 생각되었다. 강도가 들고 온 총도 장난감같이만 생각되었다. 그 총이 장난감이 아니라면 왜 쏘지 않고, 도혜들이 지하실에서 못 나오도록 화장실 문 앞에 술 상자로 성을 쌓았을까.

손님이 나간 뒤 입을 봉하고 섰던 이웃 남자가

"돈을 많이 잃으셨어요?" 물었다.

"금방 문 열어서 얼마 없었어요."

도혜는 이웃 남자 얼굴을 바로 쳐다보지 못했다.

"주인께 알리셔야죠."

이웃 남자가 말했다. 그가 말하지 않아도 도혜도 그러려던 참이었다. 술 상점의 주인은 한 블록 떨어진 곳에 또 하나의 상점을 열고 있으며 도혜 어머니의 동생이므로 도혜에게는 외삼촌이었다. 외삼촌은 도혜를 누님한테 하나 있는 일점혈육이라면서 잘 보살펴주고 있었다.

도혜는 외삼촌에게 전화를 걸었다.

"강도가 들었어요."

"어, 언제?"

외삼촌은 얼떨떨해했다.

“방금요, 지하실에 갇혔다 나왔어요.”

이웃 남자가 듣는 앞에서 그를 무어라고 불러야 좋을지 몰라서 도혜는 이웃 남자도 같이 있었다는 얘기를 미처 못했다. 그러고 나니까 도혜는 또 혼자 야단스러운 것 같았다.

“지금 가게에 나 혼자 있는데 문 잠그고 곧 갈게. 다친 덴 없는 거지?”

오 분도 못 되어 외삼촌이 셰퍼드를 앞세우고 상점으로 들어왔다. 셰퍼드는 가쁜 숨을 토해내며 상점 안을 뛰어다녔다.

“어떻게 된 거야?”

외삼촌이 물었다.

“은행에 가기 전에 잔돈이나 바꿔드릴까 하고 들르지 않았겠어요. 그런데 들어오면서 보니까 시꺼먼 놈이 돈통 앞에 서 있더란 말이에요.”

도혜를 혼자 두고 가기가 그랬는지 조용한 태도로 그때까지 남아 있던 이웃 남자가 외삼촌에게는 수월히 설명했다.

“분위기가 이상했어요. 그래서 도로 나가려고 하지 않았겠어요. 그런데 여기 서 있던 한 놈이 내 목덜미를 잡더라구요.”

도혜를 참여 안 시키고 남자와 남자가 정면으로 서서 얘기했다. 그동안 도혜는 강도들이 어질러놓은 상점 안을 치웠다.

“가게 쇼윈도에 물건을 너무 많이 진열하지 마시고 밖에서 안이 환하게 보일 수 있게 하시지요. 여자분 혼자 계신 게 위태로워 보였어요.”

이웃 남자가 말했다.

“참 세상에 안전하게 벌어먹고 살 도리란 없나?”

외삼촌이 말했다.

"경찰에 신고할까요?"

도혜가 물었다.

두 남자가 잠시 얼굴을 마주보았다. 입을 연 것은 외삼촌이었다.

"관두지, 경찰차가 요란스럽게 와서 쭉 늘어서면 창피스럽기만 하고 범인 사진 보러 불려 다닐 시간이 어디 있나?"

이웃 남자도 그 결정에 동의하는 수긋한 모습이었다.

"전 그럼 가보겠어요."

이웃 남자가 말했다.

"잘 오시지도 않더니 어쩌다 오셔가지고는……. 괜히 와서 욕보셨습니다."

외삼촌이 말했다.

"부인이 얼마나 놀라실까요."

도혜가 말했다.

문을 열고 두어 발짝 걸어 나갔을 때, 이웃 남자가 상점 안으로 도로 들어섰다. 상점 문에 매단 종이 한참 쟁강거렸다.

"여기 잔돈 두고 가겠습니다."

이웃 남자는 바지 주머니에서 일 달러짜리로 오십 달러 묶음을 건넸다.

"이거 드리려고 들렀던 거니까 드리고 가겠습니다. 이거라도 있어야 장사를 하시지요."

"네."

도혜는 그가 건네는 돈을 받아 동전만 묵직히 앉아 있는 금전 계산기의 일 달러짜리 두는 칸에 넣었다.

“거봐, 개를 데리고 있으라니까. 이놈만 있었어두.”

외삼촌은 개를 자랑스럽고 사랑스러운 눈길로 바라보았다. 네 눈의 시선을 한 몸에 받고 개는 델롱델롱 고추를 흔들면서 상점 구석에 가서 스핑크스같이 위엄 있게 앉았다.

“복동이 얼굴이 왜 저래요?”

높이 치켜든 개 얼굴의 눈썹 근처가 잔디 풀 뜯긴 마당같이 허옇게 드러나 있었다.

“고양이한테 물려서 그래.”

외삼촌은 개를 도혜 상점에 남겨두고 갔다. 외삼촌의 부인인 외숙모는 병원에 출근하고 낮에는 외삼촌 혼자 상점을 돌보았다.

떠난 주인의 발길을 도로 잡으려고 상점 문간에서 개는 길길이 뛰며 맹렬히 짖었다. 상점 문 안에서 짖는데도 몇몇 행인은 질겁하며 차도로 내려섰다. 도둑이고 손님이고 아무도 상점에 근접을 못하게 생겼다.

짖는 개를 내버려두고 도혜는 사다리로 쓰이기도 하는 동그란 나무 걸상에 높이 올라앉았다. 무엇을 어떻게 해야 좋을지, 어떻게 느끼는 감정이 옳은 것인지 도혜는 혼란스러웠다. 어머니의 별로 도로 갈 수 없는, 실수로 이 땅에 떨어진 외계인 같았다.

두어 번 목에다 감고도 한 자락은 허리까지 늘어지도록 털목도리를 두른 남자가 개가 짖어대는 상점 문간에 바싹 붙어 섰다. 그러나 그는 들어오지 않고 두 손으로 컵을 만들어 담배에 불을 붙이고 떠나갔다.

바람이 심하게 불고 있음을 도혜는 알았다. 건너편 인도 레스토랑의 차양이 팔락팔락 쉼 없이 들까불고 있었다.

죽기 싫은데도 죽어버리는 이 육체는 무엇일까. 사람들은 내 입에 넣는 음식이 암을 일으키나, 내 몸속에 혹이 생겼나, 내가 몇 년이나 더 살겠나 하고 제 몸에 대해서 궁금해한다. 육체는 정신을 배반하고 정신은 육체를 믿지 못해서 끊임없이 걱정하고 염려하는 것만 같다. 이상하게 여겨졌다.

도혜에게는 자기라는 것이 자연스럽고 익숙한 것이 아니고 버르장머리 없고 교활하고 성욕에 시달리는 덩어리이며 살아가려면 자기 몸속에 있는 이런 동물성을 길들여야 한다고 생각했다. 못 견뎌서 스스로 파괴되고 말 것 같기도 하고 반대로 다른 사람에게 큰 해를 끼칠 것 같기도 했다. 자칫 판단만 잘못하면 아까 들어왔던 강도같이 될 것도 같았다. 속에 있는 것들이 부끄러워서 도혜는 저 자신을 세상으로부터 파묻고 고요한 구석에 숨어서 자기를 고치려고 했다.

도혜는 얼굴 없고 이름 없는 하나의 느낌이었다. 느낌으로 의자에 앉아 도혜는 홀연 의문을 품었다. 조금 전 지하실에 갇혔을 때 층계 밑바닥에 있어야 할 지하실 입구가 찾고 찾아도 없었다. 정말 일하는 청년이 어린아이라도 안 할 짓으로 거기를 다 막아버렸을까?

도혜는 화장실로 가서 전등 스위치를 올려 지하실의 불을 켰다. 밝은 형광등 불빛 속에 지하실 입구가 환히 드러났다. 술 상자로 반만 막히고 입구는 엄연히 있었다. 저 넓은 공간을 아까는 왜 못 찾았나 도혜만 못 찾은 것이 아니고 이웃 남자도 못 찾아냈다. 우리가 서 있던 곳은 대체 어디였어? 개 짖는 소리를 들으며 지하실 층계 위에 도혜는 홀로 서 있었다. 여러 가지 생각들이 도혜 마음속을 지나갔다. 도혜가 못 찾아도 지하실 입구가 거기 있듯이 도혜가 못 보고 못 들은 어떤 것들도 없는 것이 아니라 거기 쭉 있을 것이었다. 모든 것들이 다른 차원의 세계에서 일어나고 있는 듯 도혜는 유리되었다. 자기 감각과 느낌의 불확실성에 놀라고 나는 누구인가 하고 열등감을 느끼며 도혜는 다시 동그란 의자로 돌아와 앉았다.

2

과수원은 몽롱한 달빛으로 가득 차고 꽃 피어나는 배나무는 희미하게 빛났다. 남쪽에서 불어오는 바람기 많은 바람에 설레며 열여덟 살인 도혜는 잠들 수가 없었다. 시간은 순서대로 흐르지 않고 멀리 갔던 것이 되돌아 현재에 흐르기도 했다. 과거의 자신, 현재의 자신, 미래의 자신, 어떤 자신은 깨달아지고 있으며 어떤 자신은 오로지 가능성일 뿐이었다. 도혜에게 분명한 것은 육체가 여자의 형체를 갖추었으므로 여자이고, 세상이 여자같이 생긴 도혜에게 여자의 역할을 기대하고 요구한다는 사실이다. 여성이므로 남자를 그리워하고 배꽃 피어나던 밤에 임신이 안 되는 방법을 몰라서 아이를 갖게 되자 도혜로부터 새로운 도혜가 나타났다. 아이 곁에 있으면 도혜는 어머니인 자신이 낯설게 느껴졌다. 앞서 살고 간 할머니들과 어머니들의 흐름 속에 합류하여 도혜 안에서 어머니는 강해졌다. 다른 어머니들도 누군가의 딸이었다가 아이를 낳고, 그 자신 안에 있는 꿈을 종종 배반했으리라고 도혜는 생각했다. 그들도 나처럼 남자들의 사랑을 받으며 돈 걱정 없이 실컷 놀고 싶었으며 그들도 나처럼 자식을 사랑했으리라. 옛날 봉건시대 어머니들은 천성을 숨기고 많은 일을 하다가 긴장과 억제가 점점 커져서 어마어마한 육체적인 부담이 되던 어느 날 뚝 그 심장이 멈추었으리라.

3

강도당하던 날 오후 늦게 오십 달러가 모이자 도혜는 이웃 식품점에 오십 달러를 갚았다.

그해 마지막 날에 이웃 새댁과 도혜는 내년에는 고통을 모르라고 축복의 말을 주고받았다.

4

1984년은 이미 지나버렸다는 사실을 받아들일 만큼 설날로부터도 여러 날이 지났다. 아이는 매일 학교로 가고 상점 지키라고 데려다놓은 개는 동네 도둑고양이들과 싸움에만 골몰하여 지하실에 붙어살고 강도당했던 날 들어왔던 첫 고객은 밖에서 상점 안을 살펴보고서야 문을 들어섰다. 혹시 길에서라도 강도가 알아볼까 봐 강도당하던 날 입었던 옷을 도혜는 입지 못했다. 돈을 조금 늦게 내거나 코트 자락을 휙 들추고 안주머니에 손을 가져가는 손님을 보면 도혜는 반사적으로 자지러졌다. 신문은 하루도 빠짐없이 범죄 사건을 보도했다. 집단 살인같이 대서특필되는 사건도 있지만 소소한 사건들은 실리지조차 않아서 큰 고기가 작은 고기를 잡아먹고 사는 바다를 연상시키는 세상은 말 그대로 고해(苦海)인 듯했다. 도혜는 엄연한 이 현실에 적응하려 노력했다. 도혜는 아이를 등에 지고 절벽에 매달린 것 같았다. 두 생명을 유지하기 위해서는 있는 힘껏 매달려야 했다. 거기 매달리기 위한 육체적인 노력은 도혜의 에너지를 다 소모시키는 것 같았다.

그러던 어느 날 이번에는 이웃 식품점에서 강도를 당했다.

5

같은 한국인이므로 잘 알리라 생각하고 이웃 사람들이 식품점에서 일어난 강도 사건에 대해서 도혜에게 물어보았다. 그렇게 하여 오전 열한 시경 상점 문을 열자마자 도혜는 이웃 상점에서 강도를 만난 것을 알았다.

물어보는 사람마다 하는 말들이 달랐다. 상점 사람이 강도에 죽었다고도 하고 사람이 다쳐서 병원에 갔다고, 두 발로 걸어 치료받으러간 듯 말하기도 했다.

창으로 바라보는 이웃 상점의 모습은 평상시와 다름없었다. 체격이나 옷으로 보아 새댁임이 분명한 여자가 다른 여자와 함께 카운터에 서서 손님을 대하고, 손님들은 상점용 플라스틱 바구니를 들고 한가히 물건을 고르고 있었다. 강도 사건이 있었던 상점 같지가 않았다. 도혜는 식품 상점에 가서 직접 물어보고 싶기도 했으나 상점을 비우기도 그렇고, 재미에 가깝게 솟구치는 자신의 호기심을 누르고 싶었다.

한 쌍의 할머니가 팔짱을 끼다시피 하고 상점 문을 들어섰다. 그들은 죽은 사람이 프리티 걸(pretty girl)의 남편인가 안경 낀 여자의 남편인가를 알고자 했다. '이쁜 여자'란 새댁을 지칭하는 것 같았다. 누구누구가 식품 상점에서 일하는지 도혜보다 할머니들이 더 잘 아는 듯했다.

"사람이 죽었어요?"

도혜가 물었다.

"그럼, 그 사실도 몰랐어?"

도혜는 전혀 몰랐다고 대답했다. 자세히 듣고 싶은 마음도 있고 할머니들에게 아양 떠는 마음도 있었다.

"맨(man)이 죽었어, 코리언 맨. 가게에 가서 물어보면 아무도 말 안 해. 난 그 심정을 이해해. 이해하구말구."

할머니들이 나간 뒤 도혜는 더 이상 못 참고 식품점에 전화를 걸었다.

"헬로우."

가느다란 목소리로 새댁이 전화를 받았다.

"어떻게 된 거예요?"

도혜도 새댁같이 구슬픈 목소리를 내고자 했다. 아무나 가서 물어봐도 대답을 안 했지만 도혜에게만은 무슨 설명이 있으려니 하니까 도혜는 자신이 중요한 사람 같은 기분이 들었다. 도혜는 죽었다는 사람이 새댁의 남편인가, 그리고 정말 사람이 죽긴 했나, 그런 것을 알고 싶었다.

"큰일 났어요."

새댁이 꺼져가는 목소리로 말했다.

"남편한테 무슨 일이 있었어요?"

"아니요."

새댁이 울기 시작했다. 가느다란 울음소리를 듣다가 도혜가

"무슨 부탁 있으면 저한테 하세요." 하니까,

"네, 그런데 누구세요?"

새댁이 물었다.

목소리로 으레 알려니 하고 있던 도혜는 창피했다.

"저어, 술 상점 여자예요."

"네에, 고맙습니다."

곧이어 〈데일리 뉴스〉의 여기자가 들렀다. 도혜에게도 바쁜 날이 될 듯했다.

사람을 둥둥 띄우는 듯한 오리털 코트를 입은 여기자의 뺨은 차가운 기온 탓에 빨갛게 얼어 보였다. 턱선에 맞춰 깔끔히 자른 금발을 쓸어 넘기며 자신을 소개한 후 여기자는 오늘 희생된 한국 사람인 미스터 리에 대해서 알려달라고 말했다. 그래서 도혜는 이웃 상점에서 이씨 성을 가진 한국 사람이 살해당했음을 확실히 알게 되었다. 새댁도 남편은 아니라고 했지만 여기자도 미스터 리는 주인이 아니고 종업원이라고 말했다. 여기자는 34가에 가서 미스터 리의 친구를 만나고 오는 길인데 눈 근처에 총알 두 발을 맞고 오늘로 세상을 마친 미스터 리는 서른일곱 살이라고 했다. 여기자는 캔자스 어느 신문사에 있다가 뉴욕에 온 지 한 달도 채 못 되었는데 하루도 빠짐없이 살인강도 사건을 대하고 있다고 했다.

여기자는 도혜에게 선망의 마음을 불러일으켰다. 여기자는 이 땅에 뿌리박힌 백인이며 젊은 데다가 입사 경쟁이 심했을 큰 신문사에서 이런 강도 사건을 취재하는 입장에 있었다. 아무 소리 못하고 강도의 총 앞에 무력히 무릎 꿇은 도혜네와는 다른 처지였다.

죽은 미스터 리에 대해서 도혜는 아무것도 몰랐으므로 여기자에게 도움을 줄 수 없었다. 식품 상점의 사람들이 모두 열심히 일한다고 말하니까 의외로 여기자가 수첩에 그 말을 적었다.

도혜는 여기자를 아주 의로운 어떤 것으로 생각하고 의지했다. 경찰관이나 재판장이나 대통령 같은 무엇, 구체적인 육신을 가진 인물을 넘어서 더욱 정의로운 그 무엇으로.

여기자는 떠날 무렵 도혜의 이름을 물었다. 도혜는 사기꾼같이 어떤 이름을 댈까 망설였다. 한국의 여자 이름 중 어떤 것이나 대도 좋을 것 같고 어떤 이름이 붙든 간에 여기자 눈에 도혜는 답답하게 생긴 한 명의 동양인일 것 같았다. 도혜가 얼른 말 못하니까 여기자는 시원히 웃으며 오케이 하고 수첩을 탁 접었다.

여기자가 가고 조금 후에 도혜 외삼촌이 들어왔다.

"아, 총 두 방에 생명이 가는구나."

외삼촌이 말했다. 외삼촌의 목소리를 듣고 깜깜한 지하실에 죽치고 앉아 도둑고양이 들기만을 기다리던 개가 헐떡헐떡 올라와서 반갑다고 길길이 뛰었다.

"저어, 〈데일리 뉴스〉에서 기자가 왔었어요."

도혜가 말하니까 외삼촌이 대뜸 긴장했다.

"뭣? 우리 가게 사진이랑 찍어 갔어?"

"아니요, 그냥 죽은 사람 아느냐고 물었어요. 모른다고 했어요."

말하면서 도혜는 양심의 가책을 느꼈다.

〈뉴욕판 한국 신문〉

교포, 히스패닉 강도에 피격 사망

8일 오전 7시쯤 맨해튼 그리니치빌리지 중심가에 있는 교포 식품점에 강도가 침입, 근무 중이던 교포 종업원에게 총상을 입히고 현금을 빼앗아 달아났다. 왼쪽 눈 언저리에 두 발의 총을 맞은 이영수 씨는 인근 병원으로 급히 이송해 수술을 받았으나 오전 11시에 숨졌다.

사건이 발생한 업소는 톰슨 스트리트 4가의 교차로 부근에 위치한 '해피 마켓'(업소주 김경환)으로서, 이날 오전 현재 경찰이 입구를 차단, 영업을 중단하고 있다.

사건 당시 피해자 이 씨와 함께 있었던 종업원 송근인 씨는 경찰 신문을 통해 침입한 강도가 히스패닉계이며 2명 이상일 것으로 추측된다고 진술했다.

송 씨에 따르면 이날 오전 7시 15분쯤 업소 내 뒤편 싱크대에 있던 송 씨에게 강도가 들이닥쳐 송 씨의 머리에 권총을 겨누고 엎드리라고 명령했다.

송 씨가 이 말대로 바닥에 엎드리자 강도는 송 씨의 호주머니를 뒤지기 시작했는데, 갑자기 앞쪽에서 총소리가 들리자 강도는 달아났다는 것이다.

송 씨가 자리에서 일어나 앞쪽으로 가보니 동료 이 씨가 머리에 피를 흘린 채 계산대 옆에 쓰러져 있고 현금이 없어졌다고 한다.

송 씨는 경찰에 연락을 취하려 할 때 마침 부근을 지나가던 경찰차를 발견, 사건 발생을 알리고 이 씨를 근처의 세인트 빈센트 병원으로 옮기게 했다.

현장에 나온 6경찰서 소속 카펠로 형사는 송 씨가 총으로 위협을 받고 있을 때 이 씨가 총상을 당한 점으로 미루어 강도는 2명 이상일 것이라고 말했다.

6경찰 당국은 현재 범인의 인상착의를 파악하지 못하고 있다고 밝혔다.

사건이 발생한 업소는 오전 8시 30분과 오후 8시 30분의 2교대로 밤에는 송 씨와 이 씨 등 2명, 낮에는 남자 종업원 3명과 여자 종업원 2명이 일하고 있다.

동료 종업원들에 따르면 피해자 이 씨는 나이는 약 40세로, 이 업소에서 3년째 일해왔으며 부인 염영애 씨와 플러싱에 거처를 정해두고 있다.

이 씨가 다니던 퀸즈 한인 교회 교인들은 병원을 방문, 그의 임종 소식을 알았다.

그리니치빌리지에는 사건이 발생한 '해피 마켓'을 비롯하여 교포 상점이 다수 있다.

그리니치빌리지에서 총기 사건이 일어난 사례는 더러 있었지만 교포가 인명 피해를 당한 것은 이번이 처음이다.

미드타운 일대 한인 상점 탐문 수사

맨해튼 그리니치빌리지의 교포 식품 업소에서 히스패닉계 강도의 총에 맞아 사망한 이영수 씨 사건을 수사하고 있는 맨해튼 6경찰은 범인들이 밤늦게까지 영업하고 있는 맨해튼 미드타운 한인 상점을 노리는 불량배들로 추정, 범인 수사에 한인들의 협조를 요청했다.

맨해튼 6경찰 강력반의 모나코 형사와 에델란 형사는 사건 당시 목격자가 없으며, 현장에서도 단서를 잡지 못했다고 밝히면서 이같이 말했는데, 수사 협조를 자청한 한인회와 함께 미드타운의 삼십여 개 한인 상점을 선정, 탐문 수사에 들어갔다.

한편 가게주인 김경환 씨는 가게 일을 제쳐두고 수사에 적극 협조하고 있으며 한인회도 이 씨의 부인 염영애 씨가 근무하고 있는 봉제 업소의 주인 신일수 씨 등과 함께 범인 체포에 최선을 다해 경찰을 돕고 있는데, 범인 체포를 위한 현상금으로 천 달러를 모금했으며 유가족을 돕기 위한 대책을 강구 중이다.

플러싱 아파트에서 비보를 듣고 눈물을 감추지 못하는 이 씨의 부인 염영애 씨는 이 씨가 다니던 퀸즈 교회 한길만 목사의 도움으로 오는 11일 이 씨의 장례식을 치르기로 했는데, 앞으로 서울 성북동에서 이 씨의 어머니와 함께 살고 있는 세 딸을 데려와 미국에서 살기를 희망했다.

지난 1981년 도미, 이 씨의 뒤를 따라 1983년 도미한 부인 염영애 씨와 한 달에 단 하루만을 쉬며 억척스럽게 일해온 이 씨는 불법체류자였던 것으로 알려졌는데 맨해튼 6경찰은 "경찰이 이민관계와 무관하다."고 전제하고 이 씨 주변 교포들이 수사에 적극 협조해줄 것을 바랐다.

한편 소식을 전해 들은 청과상조회는 9일 헌츠 포인트에 나온 교포 청과상들에게 각별한 주의를 당부하고 이 씨의 유가족을 위한 기금 모금에 들어갔다.

이영수 씨의 장례식 날은 조용하고 포근하게 눈이 내렸다. 인도 옷 상점의 차양은 눈이 소복이 덮이고 자동차들은 천천히 흐르고 거리에 나다니는 사람은 드물었다.

도혜는 창가에서 건너 식품 상점을 보며 이영수 씨는 죽어서 장례식장에 있을 테니까 식품점 카운터에 없다는 생각을 했다. 이영수 씨가 살아서 거기 서 있으나 죽어서 거기 못 서 있으나 다른 것이 무엇일까, 도혜 자신이 술 상점에 서 있으나 죽어서 안 서 있으나 무엇이 다를까, 모습도 어슴푸레한 이영수 씨의 자유로운 영혼이 마침내 도혜와 의사소통이 되었다. 도혜는 이영수 씨 안에 있는 자기 자신을 보았다. 강도 손에 도혜가 죽었다면 무덤 속에 들어가는 것은 도혜였을 것이며 그 소식을 듣는 것은 이영수 씨였을 것이었다(죽은 이가 키 큰이야? 전라도 말씨 쓰던 사람? – 대신에 – 죽은 이가 애 데리고 살던 눈물점 박힌 여자? 근데 그 여자 남편은 뭐 한대? 남편은 통 안 보이지? 아리송한 여자지? 아이만 가엾지). 육체를 떠난 이영수 씨의 영혼은 지금 옷을 입지 않고, 어디 한 군데만 머물지 않고, 여기 서 있는 도혜 자신보다 훨씬 더 무엇을 아는 순수한 정기일 것 같았다.

6

이번 사건이 났을 때 제일 힘들었던 것이 기자들 대하기였다고 새댁은 말했다.

"글쎄, 사람이 죽은 집에 어떻게 알고 금방 기자가 여섯 명이나 몰려 왔어요."

"우리 가게에도 〈데일리 뉴스〉에서 왔던데요."

"여자지요? 그 여자가 여기 와서 사진이랑 찍더니 거기루 건너갔구나. 저 건너도 한국 사람 가게라고 하던데 그 가게는 괜찮았냐고 해서 난 모른다고 했어요. 꼭 한국 사람만 당한다는 듯이 물어서 기분 나쁘더라구요."

도혜는 속이 뜨끔했다. 자기가 여기자를 만나 여러 가지 얘기한 것이 처신을 잘못한 일 같았다.

"강도가 총을 떨어뜨리고 갔어요. 경찰이 주워가지고 보여주는데 꼭 장난감 같아요. 우리 집 이가 그런 총에 맞았으면 안 죽을 텐데 어떻게 머리를 맞아서 죽었나 보다고 그래요."

새댁이 말했다.

"아니요, 진짜 총이에요. 보니깐 장난감이 여간 잘 만든 게 아니에요."

도혜가 말했다. 자기 상점에 들어왔던 강도의 총이 진짜였는지 장난감이었는지 몰랐으며 식품 상점에서 이영수 씨를 죽게 한 총을 본 일이 없으면서도 도혜는 힘 있는 소리로 아는 척했다.

"범인이 잡혔대요. 형젠데 동생이 열다섯, 형은 열일곱 살이래요."

새댁이 말했다.

"그럼 애들 아녜요? 우리 집 애 같은 애들."

도혜가 말했다.

아이가 없는 새댁은 열다섯이나 열일곱짜리가 어린애라는 느낌이 없는지 거기 대해서는 별말이 없었다.

범인들은 항상 강도가 아니고 보통 아이들같이 친구하고 놀기도 하고 상점에서 돈 내고 물건을 살 때도 있고 밥 먹으며 얘기할 때도 있고 공원에서 공치기하며 놀기도 했을 것이었다. 도혜 상점을 털었던 강도도 범행을 마친 후에 흉기를 숨기고 거리 속에 태평스레 섞여들었을 것이다. 햇살 속에 드러난 거리가 도혜 눈앞에서 수상스러운 모습으로 변했다. 수많은 권총이 수많은 사람 손에 이미 들어가 있었다.

7

〈주택과 정원〉 같은 주택 잡지 화보에 나옴 직하게 좋은 집의 이 층이었다. 창문이 큼직큼직 시원히 나 있고 벽과 가구들은 호사스러운 흰빛이었다. 커다란 유리 어항이 있고 잎이 커다란 화분들도 이 구석 저 구석에 놓여 있었다. 무도장같이 널따란 나무 마루는 왁스칠이 잘 되어 깊은 윤이 흘렀다. 유리 창문 밖으로 키 큰 나무들이 정연히 정돈된 정원이 한눈에 내려다보였다. 바람에 나무들이 쓰러졌다 일어났다 했다. 도혜는 샤워를 마치고 막 욕실에서 나온 참이었다. 푸른색 타월로 된 목욕옷을 입고 있었다. 도혜가 걷는 데 따라 마루에 젖은 발자국 자리가 났다. 젖은 머리를 타월로 문지르다가 도혜는 지금 누가 오고 있다는 것을 생각했다. 자기는 오고 있는 사람을 기다리고 있는 중이므로 빨리 머리도 말리고 옷도 갈아입어야 했다. 아래층 현관문이 잠겼을까 도혜는 생각했다. 그것을 확인하기 위해 층계를 내려가는데 도혜는 깜짝 깨달았다. 지금 오고 있는 누구는 자기를 해치러 오는 무서운 것이었다. 그 무서운 것이 이 집을 향해 쳐들어오고 있었다. 그것이 오기 전에 문을 잠가야 했다. 계단을 내려서니까 놀라라, 안 내려와봤으면 어쨌을까, 벽을 돌아가며 나 있는 창문들은 활짝 활짝 열린 채였고 그로부터 바람이 무섭게 들이치고 있었다. 아래층 전체가 바람을 탱탱히 품은 북 같았다. 현관문도 닫혀 있기는 했으나 잠겨 있지 않음을 도혜는 알았다.

눈을 떠보니 도혜는 초라한 가구가 놓인 낡은 아파트의 조그만 방에 누워 있었다. 몸에 땀이 흘러 있었다. 꿈속에서는 사소하고 일상적인 장면들에 왜 숨이 막히고 몸을 움직일 수도 없이 격렬하고 엉뚱한 감정이 동반되는지, 다른 사람들이 꾸는 꿈은 어떨까, 그 빛깔은? 형태는? 소리는? 도혜는 다른 사람이 꾸는 꿈속으로 들어가보고 싶었다.

도혜는 일어나서 부엌으로 갔다. 꿈속의 도혜는 도혜의 취향과 다르게 꾸며진 좋은 집에서 값비싼 욕의를 입었지만 지금의 도혜는 아이의 낡은 운동복을 잠옷으로 입고 있었다.

부엌은 어둠 속에 부드럽게 가라앉아 있었다. 도혜는 냉장고 문을 열고 찬 보리차를 꺼내 마셨다. 찬물은 목구멍을 꽉 채우며 넘어갔다.

나는 꿈을 꾸었으며 꿈속에서 살았던 경험과 현실에서 산다는 것은 같지 않았다. 꿈속의 나는 지금의 내가 아니며 꿈속에서 보았던 집과 가구와 나무는 내 주위에 있는 사물들이 아니었다. 꿈이 지속되는 동안 그것들은 현실이었다. 도혜는 우리의 인생도 꿈일 수 있다고 생각했다.

마시던 컵을 도혜는 싱크대에 놓았다. 더듬더듬 침대로 돌아가다가 도혜는 아이의 방으로 들어섰다. 아이의 방은 철야로 영업하고 있는 길 건너 카페의 불빛과 가로등 빛 때문에 연극 무대의 밤 장면같이 푸른빛을 띠며 꽤 환했다.

도혜는 아이가 덮고 있는 이불 한 자락을 들추고 곁에 누웠다. 아이는 잠결에 몸을 움직여 자리를 넓게 해주었다.

"엄마가 죽거든 이모한테로 가라. 이모가 야단치는 말은 꼭 들어라."

잠든 아이는 대답이 없었다.

인생은 꿈이다, 공수래공수거다, 풀잎에 맺힌 아침 이슬이다, 하고 여러 가지로 정의를 내려봐야 시원해지는 것은 하나도 없고, 일 많이

해야 하고 돈 낼 데 많은 인생은 전과 다름없이 끝이라곤 보이지 않는 망망대해 같은 침묵으로 도혜를 누르고 있었다. 나를 이끌고 가는 것은 기억과 막연한 직관뿐, 꿈꾸다가 몇 번이나 더 깨어날지, 언제 어느 꿈속 갈피에 그냥 파묻힐 것인지, 기진맥진 완전히 항복하고 도혜는 순종의 태도로 잠을 청했다.

좀 누워 있으니까 잠이 왔다. 잠이 들자마자 시간의 강물이 도혜를 덮었다. 도혜는 아이 곁에서 시간 속에 가라앉아 모든 것을 잊어버렸고 또 모든 것으로부터 잊혀진 바가 되었다.

다음 날 아침 일곱 시에 도혜는 뻐꾹 시계 소리에 눈을 떴다. 시간 속에서 떠오른 도혜는 곧바로 눈앞의 삶을 살기 시작했다.

낙원 같은 집

물결조차 사나운 저 바닷가에
부서진 배 조각 주워 모으는
저 아낙네 풍랑에 남편을 잃고
지난밤을 얼마나 울며 새웠나

타신 배는 바숴서도 돌아오건만
한번 가신 그분은 올 길 없구나
오늘도 바닷가에 외로이 서서
한 옛날의 생각에 울다가 가네

빠른 것은 세월이라 삼 년이 되니
어느새에 유복자 키워 데리고
바닷가에 이르러 타이르는 말
어서 커서 아버지 원수 갚아라[1]

어느 산골 마을에 배 사고로 졸지에 남편을 잃고 유복자를 막내로 하여 삼 남매를 홀로 기르며 사는 어머니가 있었다. 어머니의 눈은 가버린 남편과 지냈던 날들을 기억하려고 잠겼다. 눈만 감으면 남편의 다정함이 어머니를 감싸고 귀는 남편의 목소리로 찼다.

> 내 사공이라면 아무도 안 가본 새 바다로 내 배를 몰겠고
> 내 소 치는 아이라면 아무도 안 가본 산골로 내 소를 이끌리라.
> 내 본디 성미 모든 것에 새것을 좋아하건만
> 그대만은 일생 두고 이대로, 옛 맘 옛 양자대로 꼭 지키고저.[2]

어머니는 남편이 했던 이런 정다운 말들을 노래로 만들어 두고두고 부르고 싶었다.

어머니는 어린아이들을 부드럽고 다정하고 조용하게 대하다가 참아낸 것이 무섭게 터져나왔다. 금방 눈물이 고이고 처음에는 흐느껴 울다가 아이들이 다 듣도록 큰 소리로 울었다. 그러다가 강철 같은 결심으로 어머니는 땅에 곧게 섰다. 몸속에 박힌 모래가 걸리적거려서 그것을 좀 덜 걸리적거리게 하려고 애쓰는 중에 조개가 몸속에 의도와 달리 귀한 진주를 만들어낸 것과 같았다. 불행한 마음에다 문을 닫으니 어머니는 행복했다. 행복은 어머니의 습관이었다.

어린 시절부터 어머니는 특별한 일들이 일어날 인생이 자기를 기다리고 있는 것만 같고 이유없이 기뻤다. 그 특별한 일들은 자기를 찾아오든가 아니면 자기가 그것을 찾아낼 것이었다.

이제 어머니는 자기가 찾을 것이 무엇인지를 알았다. 낙원 같은 집이었다. 집은 인간처럼 마음이 있었다. 행복한 집과 슬픈 집이 있었으

며 어떤 집이든지 들어서자마자 어머니는 알았다. 어떤 집은 금방 떠나고 싶고 어떤 집은 영원히 있고 싶었다.

어머니는 아이들에게 더 맛있는 음식, 더 좋은 옷, 더 튼튼한 집을 주고 싶었다. 이제 어머니는 혼자서 낙원을 찾아야 하며 거기에는 반드시 세 아이들이 있어야 했다. 낙원이라고 해도 혼자 있으면 그것은 낙원이 아니었다. 돈은 늘 없었다. 돈이 없는 것은 의사소통을 하고 싶은데 목소리가 없는 것과 같이 불편했다.

"엄마가 없는 동안에도 너희들은 싸우지 말고 먹을 것을 의좋게 나누어 먹고 웃고 재미있게 지내거라. 제각기 다르게 생기고 제각기 다른 성격을 가졌지만 너희들은 다 같은 살이요, 같은 피이다. 엄마가 이따 저녁때 떡을 가지고 올게 모르는 사람한테는 절대로 대문을 열어주지 말어, 응?"

아이들에게 말하고 어머니는 아직 동이 트기도 전인 이른 새벽에 열두 고개 산 고개 너머에 있는 부잣집으로 일을 하러 떠났다. 걷고 있으니 해가 떠올라 어머니의 옥색 저고리와 남빛 치마를 비추었다. 간밤에 내린 비에 씻겨 언덕은 초록으로 살아나고 산 여기저기에 날카롭게 산 그림자가 졌다. 아침 햇살이 간지러워 꽃은 웃으며 피어났다. 아이들에 대한 사랑으로 어머니는 빛이 나도록 행복했다. 햇볕 속에서 행복하기는 쉬웠다.

산모퉁이를 돌아설 때마다 새로운 경치가 펼쳐졌다. 풍요하고 깊이를 알 수 없는 정적은 아직 말을 배우지 못해 침묵으로 어머니를 기다리고 있었다. 어머니는 저세상으로 먼저 간 남편과 선조들이 영원한 마음과 영원한 시간으로 자기를 지켜보고 있는 것만 같았다. 가끔씩 사람들이 지나갔다. 지나가고 나면 다시 주변은 만져질 것 같은 고요함 속으로 빠지고 평화로웠다.

> 깔 때 보던 장승님은 비 오는 날도
> 동구 밖에 외로이 서서 기다리는데
> 물이라고 한번 가면 올 줄 모르오,
> 금년도 장태엔 벌써 단풍잎[3]

아침 일찍 집을 나선 어머니는 부잣집에 가서 하루 종일 그 집 손주의 돌떡을 만들었다. 일하는 동안에 어느덧 해는 뉘엿뉘엿 져가는데 부잣집 마나님은 돌이 어멈 요것 하나만 더, 돌이 어멈 조것 하나만 더 하고 일을 부탁하여 그것을 하는 동안에 꼴깍 해가 지고 말았다.

어머니가 부잣집에서 준 떡 열두 덩이를 이고 산 고개를 넘을 때는 이미 밤이 이슥했다. 달빛은 산천초목 위에서 부드럽게 빛나며 어머니의 얼굴을 뽀얗게 만들었다. 모든 생명을 잉태해내는 자궁 속같이 눈에 보이는 것은 모서리가 없고 뚫고 들어가볼 구멍도 없는 둥그런 세상이었다.

달은 은어같이 고운 손길을 내밀어 어머니의 어깨를 잡아서는 뒤로 뒤로 뒤로 끌어당겼다. 어머니는 맑고 깨끗하고 빛처럼 가벼웠다. 달빛에 이끌려 과거로 가서 어머니는 지금은 이 세상에 없는 자신의 어머니를 만났다. 그녀의 어머니는 툇마루에 앉아 콩깍지를 까다 말고 어떤 총각이 보낸 편지를 웃으며 읽고 있었다.

꿈을 따라갔더니

옛날의 터전이 보이고요,
호박 넝쿨 거두던 따님도 보입데다.

꿈을 따라갔더니
어릴 때 놀던 금잔디벌이 놓이었구요,
도라지 캐러 다니던 마을 색시도요.

나는 어찌도 반가운지 꿈 같아서
휘파람으로 고요히 따님을 부르니
그는 호박 넝쿨을 안고 달아나고요,
색시를 따르니
도라지 괭이를 던지고 돌아섭데다.

아하 옛날은 가고요 꿈만 깃구요,
이 꿈조차 마저 간다면
나는 어쩌리.[4]

호박 넝쿨을 안고 달아났던 '따님'은 이제 그 '총각'의 세 아이를 낳아 기르며 이와 같이 혼자 살고 있는 중이었다. 어머니는 그녀의 어머니를 그리워하며 여자에서 여자로 이어지는 흐름을 보았다. 그것은 반드시 용서와 이해와 화평으로 얽어지고야 마는 사랑의 고리였다.

걷다가 길을 잃으면 어머니는 별을 보고 방향을 잡았다. 밤은 하루의 끝이었으나 아주 끝은 아니었다. 아침에 품었던 희망과 기대를 다

이루지 못한 채 밤이 되었으나 내일이 이어 따라옴을 어머니는 알고 있었다. 아이들에게 말랑말랑한 떡을 먹이고 싶고 맛있게 먹는 모습이 보고 싶어서 걸음을 재촉하는데,

"어흥."

하고 숲에서 호랑이가 뛰어나와 어머니 앞을 막았다.

"에그머니나."

어머니는 머리에 이고 있던 떡함지를 떨어뜨렸다. 호랑이가 달려들어 그 떡을 먹는 동안에 어머니는 걸음아 날 살려라 하고 도망을 갔다.

다음 고개에 이르니 호랑이가 떡을 다 먹고 지름길로 앞질러 가서 입을 벌리고 앉아 있었다. 죽음의 검은 아가리를 보고 어머니는 외쳤다.

"나는 죽을 수 없다. 나는 살아서 집에 가야 한다. 나는 아직 아이들을 다 사랑하지 못했다."

"서낭당에다가 절을 할 때 어멈은 늙어 빠진 고목나무에다가 대고 절을 하나? 아니면 나무가 나타내고 있는 신령님한테다가 절을 하나? 응, 대답해봐. 어멈이 아이들을 사랑한다고 할 때 어멈의 건건찝찝한 근육과 살덩이로 어멈은 사랑하나? 아니면 어멈의 전 인생으로 어멈의 전 마음으로 온전히, 그리고 완전히 사랑한다는 말인가? 설마 살덩이가 사랑하는 거라고는 못하겠지. 그러니 어멈, 그 의미 없는 살일랑 나에게 주려므나. 나는 배가 고프다."

호랑이는 다시 입을 벌렸다.

인간은 세상에 태어나는 순간부터 이미 죽기 시작하는 거라고, 나는 너의 충실한 친구로 항상 너와 함께 있어왔다고 죽음은 어머니의

귓전에서 속삭였다. 죽음과 삶은 너무도 가까웠다. 가까운 정도가 아니라 같은 것이었다. 삶이 아니다 하니까 곧바로 죽음이었다. 그러나 죽음의 목소리는 어머니의 꿈이나 생각이나 방향과 아주 달랐다. 어머니는 죽음에 잡히지 않으려고 죽자고나 하고 싸웠다.

"너는 먹을 것도 많은데 하필이면 나를 먹겠다고 이러느냐. 나를 살려다고. 저 고개 다섯 개만 넘으면 복숭아꽃 살구꽃이 구름같이 핀 집에서 지금 어린 삼 남매가 이 엄마를 기다리고 있다. 아이들을 생각하니 목이 메이고 눈물이 난다. 나는 집에 가서 이 눈으로 아이들을 봐야겠다."

"그럼 어멈, 팔이나 한 짝 주고 가구려."

"옛다, 내 팔이다."

팔 한 짝을 잃은 어머니는 나머지 팔을 내두르며 막 달렸다. 다음 산 고개를 넘으려는데 호랑이가 또 나타났다.

"뭐야, 또 왔어."

"나는 아직도 배가 고파."

"오른팔을 줄 테니 날 보내줘요."

호랑이는 오른팔을 먹고 어머니를 가게 했다.

아침에 건강한 육신으로 희망과 기쁨에 차서 걷던 이 길을 이제 어머니는 두 팔을 잃고 가고 있었다. 아침에 생각했던 대로 오후를 살 수는 없었다. 아침에 괜찮은 것으로 생각되던 것들이 밤이 되니 의미가 없었다. 그래도 두 다리가 있어서 집으로 간다 하며 가고 있는데 다음 고개에 이르니 호랑이가 입맛을 다시며 기다리고 있었다.

"어멈아, 두 다리 중에서 한 짝은 어멈이 갖고 한 짝은 날 주려마."

호랑이는 어머니의 다리 한 짝을 잘라 먹고 숲 속으로 사라졌다.

어머니는 한 다리만으로 톡톡 뛰며 집으로 갔다. 외롭고 무서웠다. 다음 고개에 이르니 또 호랑이가 있었다. 어머니는 눈으로 호랑이를 본 것이 아니었다. 호랑이의 실체를 보기 전에 호랑이의 소리와 빛깔과 기운을 멀리서부터 그냥 알아보았다.

"너 또 거기 있느냐. 너는 하나만 하나만 하면서 나를 야금야금 먹어갔다. 이제 이 한 다리로 나는 힘들게 가고 있다. 나는 정말 가고 싶은 곳으로 가고 있는데 이렇게도 날 놓아주지 않느냐. 나는 노엽다."

"이제 그 다리 하나 주면 다시 안 올게."

그래서 어머니는 호랑이에게 다리를 내주었다.

팔다리를 다 잃고 어머니는 집을 향해 떽데구루루 굴렀다. 이 아름다운 산에 무서운 호랑이가 있다고 내 빨리 가서 아이들한테 말해야지, 하면서 굴러가는 어머니 앞에 호랑이가 또 나타났다.

"먹을수록 맛이 있어서 내가 너를 다 먹어야겠다."

"진작에 다 먹어버릴 것이지 왜 여기까지 날 끌고 왔어. 삶에 대한 한 가닥의 희망을 붙들고 나는 이 순간까지 왔다. 나를 살려다고."

"세월이 너의 눈에서 빛을 빼앗아가고 건장한 몸에서 기운을 빼앗아가고 이빨을 빼앗아가고 머리카락을 하얗게 만들고 귀에서 소리를 가져가는 동안에 몸은 쪼그라든다. 땅에 묻힐 자리를 되도록이면 작게 차지하겠다고 너는 겸손하게 몸을 쪼그라뜨려 가지고서 죽음을 맞이한다. 그렇게 세월에는 항복하면서 어멈은 내게 왜 이리 잔말이 많아? 죽음은 원래 이렇게 야금야금 달려드는 것이다."

"수시로 걸어다녔던 이 길이 사망의 음침한 골짜기일 줄을 나는 일찍이 알지 못했다."

어머니의 목구멍에서 피를 토하는 듯한 부르짖음이 새어 나왔다.

집에서 기다릴 세 아이들의 모습과 더불어 어머니의 모든 것들이 살아나서 극도로 선명해졌다. 어머니의 눈에는 공포가 어리고 이렇게 죽는구나 하는 점에 집중되면서 모든 것이 얼어붙었다. 달빛도 공기도 산천초목도 안으로 짙어지며 응고되어 마침내 고체가 되었다. 죽음 외에는 아무것도 없었다. 요지부동한 절대 시작이자 절대 끝이었다.

호랑이는 휘익 몸을 날려 어머니를 단숨에 삼켰다. 호랑이는 너무나 자신이 있어서 어머니가 자기 입속으로 들어갔는지, 입에 넣은 것이 혹시 다른 것이 아닌지 확인해보지도 않았다. 그런 순간은 드물었으나 가끔씩 그렇게 모든 것이 정확하게 모여 성취되는 순간이 있었다. 호랑이의 목구멍 속에서 어머니가 한 번 심하게 몸부림을 쳤으므로 호랑이는 간지러워서 웃었다.

어머니가 없는 한낮에 삼 남매는 재미나게 놀았다.

바람은 남풍
시절은 사월
보리밭 역에
종달새 난다.

누구가 누구가
부르는 듯
앞내 강변에
내달아보니

하얀 버들꽃
웃으며 손질하며
잡힐 듯 잡힐 듯
날아버린다.

바람이야 남풍이지,
시절이야 사월이지,
온종일 강가서
버들꽃 잡으러 오르내리노라.[5]

어머니가 만들어놓고 간 음식으로 점심과 저녁을 먹고 깜깜해졌는데도 어머니는 돌아오지 않았다. 아이들은 마루에 앉아 어머니를 기다렸다. 이제부터 열 사람만 지나가면 우리 엄마다. 아이들은 집 앞의 길을 지나가는 사람들의 수를 세었다. 한 사람 두 사람 세 사람 네 사람 다섯 사람……. 열 사람 열한 사람 열두 사람……. 서른여섯 사람……. 밤이 깊어지고 이제는 지나다니는 사람들도 없었다. 이웃집 창호지 문을 비추던 불빛들도 꺼졌다.

아이들은 방 안으로 들어와 베개를 베고 나란히 누웠다. 마당에 나무 그림자가 춤을 추고 팥알과 마른 꽃잎을 넣어 만든 베개에서는 움직일 때마다 좋은 소리가 나고 좋은 냄새가 났다. 눈에 보이는 모든 것은 어머니였으며 어머니의 마음이었다.

방바닥에는 직사각형으로 푸른 달빛이 들어와 누웠다. 마당의 나무는 소리를 내어 바람이 있음을 알려주고 그 소리는 산 너머 먼 곳에 일하러 간 엄마가 고갯길을 홀로 걸어오는 모습을 생각나게 했다.

“오빠야 언니야, 엄마는 왜 안 오나? 훌쩍훌쩍.”

“울지 마. 참는 것은 기다리는 것이라고 엄마가 그랬었지?”

그때 대문을 흔드는 소리가 나고,

“얘들아 문 열어라. 엄마가 왔다.”

엄마다 하고 누웠던 아이들은 다투어가며 대문으로 달려 나갔다.

어머니를 먹은 호랑이는 어머니의 옷을 입고는 아이들마저 먹고 싶어서 왼쪽도 보지 않고 오른쪽도 보지 않고 곧바로 이 집으로 왔다.

“얘들아 뭐 해? 빨리 문 열어다고.”

“가만있어 봐. 엄마 목소리가 아니야.”

“무슨 그런 서러운 말을 하니? 너희가 그러면 엄마는 눈물이 난다. 산 고개를 홀로 넘노라니 심심해서 내가 노래를 줄창 불렀더니만 그만 목이 쉬고 말았구나.”

“그럼 손 좀 내밀어보세요. 엄마야, 정말 엄마면 미안해요. 엄마가 모르는 사람한테는 문을 열어주지 말라고 해서 그래요.”

“옜다, 손 들어간다. 다른 사람한테 문 열어주지 말랬지 나한테다 이러라던?”

호랑이는 손을 문틈으로 집어넣었다.

“엄마 손은 고운데 이 손은 털이 많아요.”

“털장갑을 끼었단다. 문 좀 열어라. 애고 다리 아파.”

아이들은 대문을 열고 엄마인 줄만 알고 호랑이에게 어린 생쥐들같이 귀엽게 고개를 비비며 달라붙었다.

“엄마 왜 이제 왔어?”

“배고프지? 엄마가 떡을 가지고 왔어. 먼저 막내만 부엌으로 오너라.”

호랑이는 삼 남매 중 위의 두 오누이를 방에다가 넣고 방문을 잠근 후에 막내둥이만을 데리고 부엌으로 가서 잡아먹었다. 방에 있는 오누이는 호랑이가 동생의 뼈를 빠작빠작 씹는 소리를 듣고 이상한 생각이 들었다.

"엄마, 뭐 하세요?"

"콩 볶은 것을 막내에게 먹이고 있다. 참 맛있게도 먹고 있구나."

막내둥이를 다 먹고 호랑이는 방으로 들어왔다. 입가에는 핏물이 묻고 턱에는 봉숭아 꽃물을 들인 막내둥이의 손가락 한 토막이 붙어 있었다.

"막내는 잠이 들었기에 내가 부뚜막에다가 눕혀놓고 들어왔다."

호랑이는 떡을 먹고 어머니를 먹고 또 막내둥이까지 먹었으므로 배가 불렀다. 여기 있는 애들은 뒀다가 내일 먹어야지 생각하고 호랑이는 방바닥에 드러누웠다.

호롱불빛에 드러난 모습을 보고 오누이는 어머니가 아니라 어머니의 옷을 입고 있는 호랑이임을 알았다. 참 큰일났구나.

"엄마, 화장실에 가고 싶어요."

"방에다가 누어라."

"냄새가 나서 싫어요."

"그럼 마루에다가 누어라."

"밟으면 싫어요."

"그럼 마당에다가 누어라."

"거기도 밟아요."

"그럼 화장실에 가거라."

호랑이는 새끼줄을 가지고 한쪽 끝은 자기 몸을 묶고 다른 쪽은 아이들을 묶었다.

"엄마가 방에서 기다리고 있을 테니 화장실에 다녀오너라."

오누이는 밖으로 나왔다. 아이들은 자기들의 몸을 묶은 새끼줄을 풀어 우물의 두레박에다가 묶어놓고는 우물 옆에 있는 키가 큰 나무 위로 올라갔다.

방에서 아이들을 기다리던 호랑이는 짜증이 났다.

"무슨 화장실에 가서 이렇게도 오래 있누."

호랑이가 몸에 묶은 새끼줄을 잡아당기니까 우물에 있는 두레박이 덩그덩 뎅강 하고 가벼운 쇳소리를 냈다.

"요놈들한테 속았구나."

호랑이는 자기 몸을 묶은 새끼줄을 풀어 던지고 밖으로 나갔다. 달빛만이 흐를 뿐 마당은 옴폭하고도 고요했다. 화장실에 가보니 화장실은 비어 있었다.

"요놈들이 어디 갔누."

여기저기 찾다가 우물 안을 들여다보니 거기에 오누이가 서로 껴안고 앉아 있었다. 나무 위에 있는 모습이 우물에 비친 것이언만 호랑이는 오누이가 우물 속에 있는 줄로만 알고 "조걸 조리로 건질까 두레박으로 건질까." 했다. 나무 위에 있던 오누이는 그것이 우스웠다. 웃는 소리를 듣고 나무를 쳐다본 호랑이가 말했다. "요놈들, 거기 있었구나."

호랑이는 나무에 달려들어 네 다리와 배로 나무를 껴안고 정열적으로 몸부림을 치며 나무 위로 올라가려고 했다. 그러나 번번이 털과 살점을 거친 나무둥치에다가 남기고는 미끄러져 내렸다. 쓰리고 아렸다.

"아가야, 너희들은 무슨 재주로 거길 올라갔니?"

"앞집에 가서 참기름을, 뒷집에 가서 들기름을 바르고 올라왔어요."

큰아이의 말을 듣고 호랑이는 앞집에 가서 참기름을 바르고 뒷집에 가서 들기름을 바르고 왔다. 기름을 바르고 나무에 오르려 하니 더 미끄러웠다.

"정말로 말해다고 얘들아, 엄마한테다가 거짓말을 하는 게 아니란다."

"거짓 엄마니까 거짓말을 하지요. 당신은 호랑이지요? 호랑이가 어떻게 우리 엄마 옷을 입고 있어요?"

"너희 엄마는 내게다가 옷을 벗어주고 내 배 속으로 들어갔다. 막내둥이도 내 배 속에 있다. 너희들도 내 배 속에 들어가 엄마와 막내를 만나지 않으련? 엄마와 막내둥이가 여기 이 속에서 미친 듯이 너희들을 부르고 있단다. 이 소리가 안 들리느냐?"

"너무 멀어서 안 들려요. 엄마는 우리들이 엄마의 손가락이라고 했어요. 어느 손가락이든지 깨물면 다 아프지만 또 손가락같이 제각각 다르게 생겼으니까 우리 모두는 제 목소리를 찾아 자기만의 노래를 부르라고 했어요. 다만 우리들이 한 손에 달린 손가락인 것만 잊지 말면서. 엄마가 보고 싶어요."

"그래, 그래. 너희 엄마가 지금 바로 그 말을 또 하고 있구나. 내가 나무에 올라갈 수만 있다면 너희들에게 너희 엄마의 다정한 이 목소리를 들려주련만."

"우리는 자귀와 도끼로 나무를 찍으면서 올라왔어요."

누이야, 그걸 가르쳐주면 어떡하니. 오빠가 말했을 때는 이미 늦었다. 호랑이는 오누이가 쓰고 던진 자귀와 도끼를 나무 밑에서 찾아 가지고 나무를 쓱쓱 기어오르고 있었다.

"요놈들, 이제는 도망갈 데도 없다."

어떤 애가 열병에 걸려서 몸에서 고름이 나고 죽게 되었는데 동네 아이들이 몰려와서 못살게 굴었다. 그때 손이 많이 달린 신령님이 산에서 나와서 아이들의 머리를 한 대씩 갈겼다. 놀리던 아이들은 겁이 나서 울면서 모두 제 집으로 달아났단다. 어머니가 해주던 얘기가 생각나서 오누이는 나무 위에서 기도를 했다.

"신령님, 저희들을 제발 살려주세요."

그러니까 하늘에서 튼튼하게 생긴 동아줄이 내려왔다. 아이들은 그것을 잡고 하늘로 올라갔다.

이것을 보고 호랑이도 나무 꼭대기에 앉아 기도를 했다.

"신령님, 저에게도 동아줄을 내려주십시오. 저는 저놈들을 꼭 잡아먹어야 합니다. 배가 고파서가 아니고 괘씸스러워서 꼭 먹어야겠습니다."

과연 동아줄은 이번에도 내려왔다. 썩은 동아줄이었으나 그것을 알 리 없는 호랑이가 잡고 매달리니, 동아줄은 조금 올라가다가 끊어지고 말았다. 호랑이는 수수밭에 떨어져 죽으며 수수에다가 피를 묻혔다.

하늘에 오른 오누이는 어머니가 다니던 산길을 비추게 해와 달이 되자고 했다. 누이동생이 어두운 밤이 싫다고 했으므로 오빠는 선선히,

"그럼 너는 낮에 뜨는 해가 되어라. 나는 달이 되어 밤길을 밝힐 테니. 너는 해님한테로 가서 그 빛에 빛을 더하고 나는 달님에게로 가서

달빛에 빛을 더한다. 우리가 그대로 빛 덩어리이게 한다. 밝은 빛을 뿜어내는."

"응, 눈부신 빛, 이렇게 말이지?"

하며 동생은 스스로 찬란한 발광체이고자 온몸에다가 힘을 모았다.

눈이 부셔서 어머니는 눈을 떴다. 어머니의 피와 살과 뼈도 생기 있게 찌르르거리며 깨어났다. 옆을 보니 삼 남매가 숨소리를 내며 잠을 자고 있었다. 꿈이었구나, 어머니는 기뻐하며 일어나 앉아 건강한 팔로 아이들을 깨웠다.

"하늘에 해가 높이 떴다."

밝은 어머니의 목소리에 아이들은 잠에서 깨어났다.

눈을 뜨니 이불은 폭신하고 베개에서는 좋은 냄새가 나고 어머니는 웃고 있었다.

"우리는 안 죽었다. 엄마도 집에 있다. 엄마, 나는 무서운 꿈을 꾸었어요."

"나두요."

"나두요."

삼 남매는 이불을 젖히며 일제히 소리쳤다.

어머니와 아이들은 세수를 하러 마당에 있는 우물로 나갔다. 땅은 그들의 발밑에서 촉촉하고 공기는 맑았다. 바람이 상냥하게 공기를 흔들었다.

"이상하다, 새끼줄이 여기 정말로 있다."

"이건 호랑이의 피다."

"호랑이는 나무 꼭대기 저만큼까지 올라왔었다. 참 무서웠어."

두레박에는 새끼줄이 매어져 있고 우물가의 나무에는 자귀와 도끼 자리가 나 있고 수수는 빨간 피를 묻히고 엉클어져 있었다.

어머니는 아이들이 떠드는 소리를 들으며 두레박으로 물을 길어 세숫대야에다가 부어주었다. 간밤에 정말 무슨 일이 우리들에게 일어났을까? 꿈? 상상? 그렇게도 확실했던 일은?

현실에서 겪었든지 상상의 세상에서 겪었든지 경험은 경험이었다. 상상의 세상에서는 어떤 일도 가능하며, 그 세상은 아마 실제로 어딘가에 존재하고 있을 것이었다. 아주 세밀하고 소소한 부분까지 정확하게 존재했었다. 어머니는 그 경험을 안 한 것으로 할 수가 없었다.

아이들은 물을 튀겨가며 세수를 하고 양치를 하고 머리를 빗었다. 어머니는 뒤란의 채소를 따다가 나물을 만들고 김을 굽고 아침밥을 지었다. 팔다리를 움직이고 눈은 보고 귀는 들으며 아이들에게 먹일 음식을 만드니 어머니는 행복했다.

아이들은 부엌문에 붙어 서서 어머니가 일하는 모습을 구경했다.

"엄마는 지난밤에 왜 집에 안 왔어요?"

"내가 안 왔어?

"엄마 대신에 호랑이가 왔던걸."

"여기 엄마가 있는데 누가 나 대신에 왔어? 그럴 수가 있을까?"

어머니는 간밤의 악몽을 아이들의 기억에서 씻어내려고 짐짓 명랑하게 말했다.

"그럼 엄마, 두레박에는 왜 새끼줄이 있고 수수는 왜 빨갛고, 나무에는 왜 자귀와 도끼 자리가 나 있어요?"

"글쎄다, 왜일까?"

밥이 솥 밑에다가 고소한 누룽지를 만들며 다 되었다. 어머니는 밥상을 차렸다.

"엄마, 난 알아요. 우리는 꿈 세상에 갔던 거예요."

"아니에요. 꿈 세상이 여기 왔었어요. 그래서 여기 이런 흔적을 남겼어요."

"엄마, 우리는 이 세상도 살고 다른 세상도 살아요."

"그렇구나, 얘들아. 우리는 살았었고 다 살았나 보다 하고 절망을 했는데 또 살았어. 봐라, 지금도 이렇게 살고 있는 중이다. 죽음은 없었다. 그러니 뭘 더 말할까, 응? 자, 방에 가서 밥 먹자."

소반에 둘러앉아 아이들과 정답게 아침을 먹고 어머니는 열두 고개 너머에 있는 부잣집으로 일을 하러 갔다.

"늦잠을 자느라고 이렇게 늦었어요. 죄송합니다."

"난 어멈이 안 오는 줄 알았구먼. 어서 일을 시작하게나."

"네."

어머니는 행주치마를 두르고 떡을 만들었다. 떡을 만들고 있으려니 지나간 시간은 현재로 흐르고 현재는 미래로 흐르고 미래는 여기 있는 과거 속으로 흘러들었다.

이제 어머니는 낙원 같은 우리 집을 찾아야겠다고 생각하지 않았다. 그들은 이미 낙원에 살고 있었으며 낙원을 떠난 일도 일찍이 없었다. 낙원을 찾는 데 필요한 것은 옷도 아니고 집도 아니고 시간도 아니었으며 그냥 감았던 눈을 뜨는 것뿐이었다.

* 인용시 – 파인 (巴人) 김동환 (金東煥)

1 〈뱃사공의 아내〉
2 〈마음의 고향〉
3 〈장승〉
4 〈꿈을 따라갔더니〉
5 〈바람은 남풍〉

물이 물속으로 흐르듯

일몰

오늘은 꼭 해 지는 것을 보자. 일기예보에서 오늘은 날씨가 하루 종일 좋을 거라고 그랬어. 아침을 먹으며 김윤수는 말했었다. 어제도 그는 그렇게 말했다. 지는 해에다가 건배를 하자고 하여 어제저녁 때는 김윤수를 포함한 어른 다섯 명과 아이 네 명은 샴페인 잔과 콜라 잔 같은 것을 골라서 들고 집 앞 마당에 서서 김윤수가 나타나기를 기다렸다. 직장에서 돌아온 김윤수는 샤워를 하고 하얀 바지로 갈아입었다. 그들은 옆으로 나란히들 서서 구름에 가린 해를 향해 건배했다. 김윤수는 구름 때문에 해를 볼 수 없는 것을 서운히 여겼다.

김윤수의 집은 바다를 늠름히 마주 보며 미국 버지니아 해변에 버티어 서 있었다. 지하 일 층, 지상 이 층의 삼 층으로 된 집은 밝고 기능적이면서도 서늘한 그늘이 곳곳에 있고, 기대하지 않던 곳에 단단하고 아늑하게 생긴 계단들이 있었다. 계단은 사람들의 발걸음을 집의 구석구석까지 끌어갔다. 어느 구석을 가보아도 깨끗이 잘 꾸며져 있었다. 나무의 결이 나타내는 단정함이 풍요로운 생활의 질서와 잘 어우러졌다. 유리창이 많아 집 안 어디에서나 바다를 볼 수가 있었다. 날씨 속에 웅크리는 도시의 집과 달리 한껏 안으로 끌어들이는 집이었다. 김윤수의 아내는 오이, 호박, 토마토, 상추 등을 뜰 한쪽에 심고 식탁에는 매일 생화를 갈아놓았다.

일기예보대로 날씨가 좋아 오늘의 일몰은 장관이었다. 오늘도 김윤수는 샤워를 하고 하얀 바지로 갈아입었다. 김윤수의 아내가 오늘은 삼각형으로 생긴 유리잔에다가 샴페인을 따랐다. 식구들, 어른 다섯 명과 아이들 네 명은 지는 해에 잔을 높이 들어 건배했다. 김윤수는 멋진 일몰을 볼 수 있어서 만족스러웠다. 볼 때마다 새로운 기쁨을 주는 것은 자연이었다. 더구나 오늘은 보는 사람의 가슴속 깊이까지 물들이며 아름답게 지는 해였다.

이 층의 끝, 바다와 하늘이 한눈에 들이밀리는 전망이 좋은 방에는 김윤수의 팔십 된 노모가 침대에 누워 있었다. 하늘 밑을 활보하던 그 육체는 이제 낯선 땅에 실려 와서 몸 하나 넓이의 침상에서 하루하루 시들며 줄어들어 갔다. 지는 해를 향해 술잔을 쳐드는 아래층의 소란과는 무관하게 오줌과 똥이 큰일이 된 좁다란 침상 하나에서 노모는 죽음의 영역으로까지 밀려가는 깊은 잠을 자고 있었다.

만조가 되어 파도는 집 밑까지 뒤척이며 밀려왔다. 연분홍과 오렌지 빛깔, 남빛, 보랏빛의 구름이 광대한 하늘에 늘씬하게 펼쳐져 있었다. 넓게 열려 있는 수평선은 하늘과 섞여들었다. 풀들과 나무와 꽃들이 해변으로부터 집 언덕으로 기어오르고 있었다.

"여자들은 저어 파도의 운동에다가 파장을 깊숙이 맞추고 있다는

군."

바다를 보며 김윤수가 말했다.

"그럼 남자의 인생은 뭡니까?"

샴페인을 들이켜며 민연기가 물었다. 그는 김윤수 아내의 동생 남편이었다. 그들 일가족은 김윤수의 집으로부터 차로 삼십 분쯤 걸리는 곳에 살고 있었다.

"남자의 시간은 뭐어 그냥 잇달아 지저분하게 흘러가고 한결같고 그렇지, 뭐. 여자들처럼 월경을 하나 애를 낳기를 하나, 여자는 분명히 남자와 달라."

"암 다르죠, 독하죠."

샴페인을 꿀꺼덕 목으로 넘기며 민연기가 크게 동의했다. 기포가 가볍게 팽그르르 끓어 오르는 샴페인이 아니라 그는 가래침같이 미끄덩하고 주먹덩이만 한 그 무엇을 꾸역꾸역 목젖 밑으로 밀어 내려보내는 듯했다. 한국의 남아가 미국에 이민을 와서 사는 고통과 슬픔과 억울함을 그는 그의 손바닥만 한 얼굴에다가 이민 대표자처럼 싣고 있었다.

"여자는 스펀지와 같다. 아무것도 남지 않을 때까지 짜내고 말이야. 생명의 물 한 방울까지 다 짜낸 뒤에 스펀지로 돌려보내도 스펀지는 즉시 도로 살아난다. 여자는 잘도 견뎌낸다."

김윤수는 누나의 힘없는 어깨에다가 손을 얹으며 말했다. 김윤수의 누나는 의자에 앉아 있었다. 그녀는 김윤수보다 두 살 위로 마흔두 살이었다. 두 번째 결혼이 실패로 돌아가자 김윤수의 집에 와서 마음을 달래고 있었다.

"그건 또 왜 그렇죠?"

집 앞 포치의 식탁에다가 저녁을 차리던 김윤수의 아내가 남편에게 물었다.

"여자들이 이 땅의 힘을 잘 이해하기 때문이다. 그래서 땅은 여자라고 하잖나. 땅은 온갖 동식물을 기르고."

"건 또 난 처음 듣는 소리네요."

김윤수의 아내는 웃었다. 여자를 땅이라고 말해서 그녀는 남편이 마음에 들었다.

저녁 식탁에 둘러앉은 사람은 김윤수의 누나 윤하와 김윤수의 처제 일가족이었다. 김윤수의 누나는 이 년 만에 온 것이지만 김윤수의 처제 일가족은 한국으로부터 이민을 와서는 김윤수의 집에다가 이민 보따리를 풀었다. 그들은 김윤수의 집에서 거의 일 년을 살다가 따로 기념품 상점을 차리고는 상점 이 층으로 아파트를 얻어 나간 지 이 년쯤 되었다.

"옥수수 삶은 것 먹어보세요. 어제 것은 달지가 않았지요. 이건 오늘 막 딴 거라는데요."

말하며 김윤수의 아내가 어른과 아이들 앞의 접시에다가 옥수수를 하나씩 놓아주었다.

그때 김윤수 아내의 여동생이니까 김윤수에게는 처제가 되며 민연기에게는 아내가 되는 여자가 음식 쟁반을 들고 이 층에서 내려왔다. 김윤수의 노모에게 음식을 떠먹이고 온 것이었다. 그녀는 처음 미국에 와서 이 집에 살 때부터 김윤수 노모의 시중을 들었었다. 바쁜 언니의 일을 덜어주려고 도맡아 했으나 경제적인 기반이 약한 자신의 처지 때문인지 그녀와 그녀의 일가족은 언니 집의 종살이를 하는 것 같은 열등감이 종종 들었다. 그녀는 임신 팔 개월로 제법 무거운 몸이었다.

"너도 어서 이리 와 앉아."

김윤수의 아내가 동생에게 말했다.

"어서 오세요. 이게 오실 때마다 수고가 크십니다."

김윤수가 말했다.

"할머니가 아주 맛있게 잡숫던데요. 입맛을 다시시면서, 내가 만들면 커피까지도 다 맛있대."

김윤수의 처제가 소홀한 노인에게 좋은 일을 했다는 만족감을 표시했다. 김윤수의 아내는 궂은일을 맡아 해준 동생이 고마우면서도 어쩐지 자기 영역을 침범당한 것 같은 느낌이 들었다.

"나는 매일 한다. 너는 어쩌다 와서 한 번씩이지만."

김윤수의 아내는 비틀어지는 소리를 했다. 시어머니를 두 어깨에 지고 힘들어하는 것은 자기인데 자기는 시어머니의 노여움만 떠맡아 메고 다른 사람들은 어쩌다 한 번 하는 일에도 빛만 났다.

"옥수수가 오늘 건 다네. 너희들 더 주랴?"

아이들 쪽을 보며 김윤수가 말했다. 거기에는 사내아이만 네 명이 앉아 있었다. 초등학교 다니는 두 아이는 민연기네 아이이고 중학교와 고등학교는 김윤수의 아이들이었다.

잔디가 깔린 뜰은 어둠으로 가라앉아 갔다. 여러 형태의 그림자들이 커다랗고 조용히 잔디밭을 가로질렀다.

"송이는 요새도 발레를 해?"

김윤수가 윤하에게 말을 시키고 싶어 윤하의 딸에 대해서 물었다.

"그만둔 지가 언젠걸."

"걔가 올해 몇 살이에요? 지난번에 보니 자색이 짤짤 끓던걸요."

민연기의 아내가 말했다.

"열일곱 살요."

"송이는 노래두 잘하구 무용도 잘했잖아요?"

"어렸을 때 재롱이었지요."

"누나도 춤을 잘 췄지. 학교 다닐 때 학예회에 나가서 무용을 했잖아. 송이가 걸음마 뗄 때부터 집에 가보면 누나가 데리고 춤을 추던걸."

김윤수는 윤하가 대화에 낀 것이 기뻤다. 옛날에 서울에서 결혼한 누이의 집에 가보면 누이는 어린 딸을 데리고 적어도 하루에 한 번은 춤을 추는 것 같았다. 계집아이가 엄마를 쳐다보며 '우리 춤추자' 그러면 '우리 그러자' 하고 윤하는 음악을 틀어놓고 춤을 추었다. 윤하와 송이는 돌다가 웃으면서 마루에 자빠질 때까지 춤을 추었었다.

"집안 내림인가 봐. 시어머니도 여학교 다니실 때 무용, 음악, 운동 못하는 게 없으셨다지. 얼굴이 뽀얗다고 해서 쌀가루 미인이라구들 남학생들이 놀렸다는데요."

"형부도 못하는 게 없으셨다죠. 연극에, 기타에, 운동에……."

"연극? 저이가 연극을 한다기에 가봤잖겠어요? 갔더니 천국의 문을 찾는 장면인데 천국의 문이 뭐예요. 꼭 화장실을 찾는 사람처럼 헤매더라니깐요."

김윤수의 아내가 말했다.

"문제는 형님께서 너무 여러 가지를 하신다는 겁니다. 일류가 되기에는 형님이 너무나 여러 분야를 섭렵하고 계시다 이겁니다. 형님의 재능은 전부 조각나서 이것도 찝쩍 저것도 찝쩍, 그러다 보니 형님은 능력의 한계를 스스로 느끼고선 초조해하고 안정을 못하신다 이겁니다."

정중하게 민연기가 말했다. 그는 턱없이 정중하든가 턱없이 노엽든가 그 두 가지 방법으로밖에는 말할 줄 모르는 것 같았다.

"아이참, 뭐가 초조하고 안정을 못해요? 형부는 성공하셨어요. 그러기에 자랑스러운 한국인이라는 잡지 화보에 나가고 잡지사에서 전화를 걸었겠지요."

"언제?"

무엇이 그렇게도 큰 충격인지 의자에서 엉덩이를 한번 들썩하며 민연기가 물었다.

"아아, 뭐 이민 소식인가 하는 잡지에서요. 나는 그런 데 절대로 안 나갈 거예요."

"정말이지?"

김윤수의 아내가 다짐을 받아내려는 듯 남편에게 물었다.

"왜 언니?"

"그런 데 나가면 공연히 구설이나 듣지, 실속도 없어가지고 떼돈이나 번 것 같잖아."

김윤수의 아내는 자기들이 집만 크고 차만 좋지, 보기보다는 어렵게 산다는 것을 틈틈이 강조하고 있는 중이었다. 특히 요즘은 결혼에 실패하여 거의 실성 지경에 이른 시누이 윤하를 남편이 집에 데리고 있었으면 하는 것 같기에 경계심을 늦출 수가 없었다.

민연기의 아내는 언니가 경제상의 어려움을 말하는 것이 꼭 저 들으라고 하는 것만 같았다. 민연기네는 상점을 차릴 때 언니네로부터 돈을 꿨는데 갚을 돈이 아직도 만 달러 이상이 남아 있었다.

"예, 형님. 시시하게 잡지 같은 데 나가지 마세요. 나중에 한국 가서 국회의원이나 한자리하려는 사람들이나 그런 걸 좋다구 하지. 이민을 왔으면 여기서 발을 붙이고 살아야지, 여기까지 와서는 뭐하러들 한국을 넘봐, 넘보길. 문제는 자리는 몇 안 되는데 그 자리 중에 한자리를 해보겠다는 사람은 너무도 많다, 이겁니다."

"참, 이제 이모님이 오시면 정말 오랜만에 대식구들이 모이는 거야."

대식구들이 모이면 그 치다꺼리 할 일이 겁나는 아내의 심정도 모르고 김윤수는 가슴을 내밀었다.

"언제 오신댔죠?"

민연기가 물었다.

"이십오 일이니까 뭐, 아직 한 닷새 남았나."

김윤수의 아내는 제 동생 일가족을 이 집에 데리고 살 때 남편과 시어머니에게 미안해했다. 그런데 이제 보니 그럴 것 없었다. 동생은 살면서 집안일을 많이 했다. 그런데 윤하나 시어머니는 내가 죄다 시중을 들어야 되는 입장이다. 또 이모도 오신단다. 내 처지는 하나도 살피지 않고 남편은 잘도 불러들인다. 미국이 어디 한국 같은가, 뭐든지 다 내 손을 거쳐야 한다. 세 끼 밥부터 쇼핑, 관광까지.

"참, 뉴욕 오차드 스트리트에 있는 벽이 입이 있어 말을 할 수 있다면 이 코리아의 김윤수를 빼놓을 수 없을 거야."

미국에 유학생으로 와서 가발 장사, 햄버거 장사부터 오늘날 사업가로서의 성공을 얻기까지의 자신감을 김윤수는 서슴없이 나타냈다.

"난 그때 거기 룸 삼백오 호, 아직까지 호수도 잊지 않았어. 좁다란 방에 살았더랬지. 방이 어찌나 좁던지 두 사람이 있으면 한 사람은 앉고 한 사람은 야단맞는 사람처럼 서 있어야 했다니깐. 한 달치 집세를 한꺼번에 낼 수가 없어서 일주일에 삼십 불씩 내가면서 거기 살았더랬지."

"방이 아주 새까맸었대며?"

김윤수의 아내가 거들었다. 김윤수의 아내는 남편의 고생은 요새 새로 이민을 온 동생네 가족의 고생에 비할 바가 아니었다는 것을 말하고 싶었다.

"그랬지, 그 방에 앉았으면 밤낮의 구분이 통 안 되는 거야. 참, 미국에 그런 건물이 있는 줄 그 누가 알까. 방에 창문이 하나 있긴 했는데, 열면 시커먼 환기통이야. 위층에서는 맥주 보드카 같은 술병들을 아래로 집어던지며 욕들을 해댔지. 어떤 때는 나도 소리 지르고 싶더라구. 그래, 이쪽 사람 말이 옳다. 당신은 저 사람한테 어서 그 돈을 내놔라 하고 의견이 생기더라구. 자려고 누워서는 병들이 땅에 떨어져서 깨지는 소리에다가 욕질 소리를 듣는 거야. 그것두 하두 들으니까 자장가 같더라구. 듣구 있으면 어느새 잠이 들어. 워낙 고단했거든. 불난다고 방에서 음식을 못 해 먹게 해서 전기난로를 사다가 감춰 놓고 라면만 끓여 먹었더랬어. 어찌나 피곤했던지 그나마 먹을 때는 왼손으로 머리를 받치고 앉아 먹었다니깐. 내 대가리 무게가 그렇게도 무겁더라구. 나 같은 사람이 거기 다른 사람들하구 화장실과 샤워를 같이 써야 했었다면 지금 상상이나 할 수 있겠어? 그런데 인간이란 게 말이야, 닥치면 또 견디게 되더라구."

"그러니까 형님은 지금 미국을 정복하신 게 아니라 아주 그냥 삼키셨군요. 자랑스러운 한국인으로 잡지사에서 찾으니. 난 몰라요, 그 잡지사에서 형님 사진을 내주고는 형님한테 돈을 기부하라고 하고 싶어서 그러는 건지 아닌지는. 그러나 하여간에 성공은 성공 아뇨."

소금기 머금은 바닷바람이 천천히 그들에게로 불어오고 있었다. 어느덧 달이 떠서 검푸른 바다 위에 은빛 광택을 힘껏 뿌렸다. 달빛 어린 수평선은 둥근 지구를 연상시켰다. 지구는 달을 향해 노래하고 바다는 하모니를 이루고 있었다.

달의 얼굴 위를 가끔씩 지나가는 구름같이 무엇인가 여러 가지 얽힌 생각들이 윤하의 마음을 통과하고 있었다. 그때마다 윤하의 눈동자 속에 빛이 꺼지고 표정이 어두워졌다. 윤하는 가끔씩 시계를 봤다. 잘 시간은 아직 아니었다. 윤하는 지금이 잘 시간이었으면 하고 생각했다.

"그래, 너희들은 지금 잘들 먹고 있서?"

민연기가 아이들에게로 눈길을 돌렸다. 아이들은 음식이 맛있다고 한마디씩 했다.

"굿이라니 구웃이 뭐야. 너희들은 한국인이면서도 한국말을 못하고 그것부터 글러먹었서."

민연기가 자기 아이들에게다가 말뚝 같은 시선을 꽂았다. 민연기의 아이들은 긴장 상태가 되어 아버지를 살폈다. 어버지에게 위험신호가 보이는가－아버지의 네모진 턱이 자물통같이 물리고 이빨을 갈고 어깨 근육이 굳어지면 그다음은 대개 폭발이었다. 폭발 직전에 위험신호를 발견하는 것은 중요했다. 그것은 가족들만이 아는 부끄러운 공포였다.

"우리 아이들이나 한국말을 못하지, 이 집 아이들은 잘하잖아요, 말들도 잘 듣고. 우리 애들은 제 아빠를 친군 줄 안다니깐요."

"아뇨, 우리 집 저놈들 정신 상태가 아주 글렀습니다. 이민 삼 년도 채 못 됐는데 벌써 툭하면 영어로 대답들이에요. 가정교육은 에미가 잘해야 되는 건데, 이건 뭐…….”

민연기는 아이들에게 꽂았던 시선을 거두어 이번에는 아내에게다 꽂았다. 부른 배를 하고 앉은 민연기의 아내는 피곤하고 헤벌어져 보였다.

민연기는 아내에게로 꽂았던 시선을 거두어 다시 아이들에게로 향했다.

“그래, 말해봐. 너희들 나중에 뭐가 되고 싶어? 봐, 한 놈도 말을 못하잖니, 젊은 날에 인생 전체의 지도를 그려놓아야 해. 청사진을 뜨는 거지. 그래서 그 지도를 가슴에 따악 품고는 인생 항로의 길을 짜악 떠나는 거야. 그런데 젊은 놈들의 정신 상태가 썩었셔. 글러먹었셔. 눈동자에 빛이 하나도 없고오, 아 이건 다 제집 놈들한테 하는 말입니다. 처형께서는 마음을 놓으십쇼. 참, 나로 말할 것 같으면 젊은 나이에 삼국지·무협지부터 동서고금의 철학 서적을 통독하고 삶의 의지가 어디에 있나 밤을 새워가며 고민했셨어요.”

이 층에서 부저 소리가 길게 울렸다. 노모가 그 누구든지를 부르는 소리였다.

“어머니야.”

김윤수가 아내에게 말했다.

“내가 가보고 올게요. 언니는 있어.”

민연기의 아내가 일어섰다.

“아니, 애들보고 가보라고 하세요. 자, 어느 놈이 갈 테냐.”

김윤수가 자기 아이에게 말했다. 큰아이가 작은아이를 식탁 밑에서 툭툭 발길로 찼다. 가보라는 뜻이었다. 작은아이는 식탁 밑에서 그러는 형에게 한 번 세게 발길질을 하고는 일어났다.

"내가 갈게."

승이가 제일 착하구나. 어른들은 한마디씩 했다.

승이는 식탁이 있는 포치로부터 부엌에만 전등을 켠 어스레한 집 안으로 들어갔다. 먹고 있는 식구들의 소리를 등 뒤로 하고 아이는 호젓한 층계를 밟아서 할머니가 있는 방으로 갔다. 할머니는 늙어서 뺨에 있는 피부가 광대뼈보다도 훨씬 더 들어갔다. 그것이 전등불 그림자로 음푹 꺼져 음산해 보였다. 아이는 자기가 자칫 잘못 움직이면 할머니를 죽일 것만 같았다.

아이가 온 것이 반가워 할머니는 춥다 하고 즉시 불평을 했다. 할머니는 자기가 편안하고 잘 있다고 사람들이 생각하면 정말 잘 있는 줄 알고 안 돌볼 것 같아서 사람의 그림자만 보면 불편을 호소했다.

식구들은 할머니의 말을 잘 들으려고 하지 않았다. 귀를 대고 들어봤자 그녀가 하는 말들은 쓸데없는 걱정이 아니면 상처를 입히는 말들이었다. 그녀는 자식들이 그녀의 것을 훔친다고 생각했으며 자기를 잘 안 돌본다고 했다. 자식들이 노모의 것을 훔치지는 않았으나 잘 안 돌본다는 것은 맞는 말이었다. 노모가 불평을 하면 뜻은 대강 알면서도 가족들은 그녀의 말을 못 알아듣는 척했다. 그녀는 점점 당황했다. 방문하는 사람을 만나면 고적한 자신의 심정을 호소하고 이 집에서 자기를 구출해 양로원으로 보내달라고 졸랐다.

인생이 비디오로 볼 수 있는 영화 필름이라서 어느 순간이든지 스톱시키고 다시 볼 수 있다면 그녀는 스무 살 가을에다가 정지시키고 싶을 것이었다. 일제시대, 나라를 잃은 민족적 차원의 슬픔을 제외하면 당시 그녀는 한 개인이 가지고 싶은 것은 다 가졌다고 할 수가 있었다. 미모, 건강, 춤과 노래, 그리고 부잣집 아들과 결혼해 사랑과 돈도 얻었다. 부잣집 아들은 재주 있고 아름다운 그의 아내를 가지고 영화를 만든다고 하다가 돈을 많이 잃었다.

할머니가 춥다고 하므로 아이는 옷장을 열고 담요를 꺼내 할머니가 덮고 있는 이불 위에다가 덮어주었다.

"무겁다."

할머니가 말했다. 아이는 할머니의 이불 위에 덮었던 담요를 다시 쳐들고 어찌할 바를 모르는 듯 서 있었다. 할머니는 아이가 방을 훌쩍 나가버릴까 봐 걱정스러웠다. 할머니는 입술을 달싹달싹 움직이며 뭐라고 말했다. 아이는 할머니가 무슨 말을 하는지 알 수 없었다.

"뭐어?"

"무……울, 무우울……."

아이는 컵에 물을 따라 할머니의 입에 대주었다. 할머니는 얼른 마시지 않고 컵 속에다가 혓바닥을 넣어 날름날름댔다.

아이는 점점 지루해졌다. 빨대가 꽂힌 컵을 들고 있는 팔은 뻣뻣해지고 아팠다. 할머니에게 잡히면 이렇게도 끝이 없었다.

아이가 어렸을 때 할머니는 아이에게 음식을 떠먹였었다. 숟가락을 어린 손자의 입에 바싹 대고는 야 빨리 먹어라, 할미 팔 떨어진다 했었다.

할머니는 이 밤이 다 가도록 컵에서 입을 뗄 것 같지가 않았다. 아이는 몸을 꼬았다. 그러자 마루가 삐꺼덕댔다.

누가 뭘 훔쳤게요. 어머니 말씀해보세요. 제가 뭘 훔쳤어요? 화냥때는 벗어도 도둑때는 못 벗는다죠. 아까 낮에도 여기 누워 있는 할머니에게 아이의 어머니는 울면서 달려들었었다.

유리창으로는 바다가 보였다. 인생이란 이와 같다. 해안으로 밀려왔다가 뒤로 밀려가서는 커다란 바닷속, 어둠 속으로 흔적 없이 사라진다고 파도는 아이에게 말하는 것 같았다. 그러자 파도는 다시 고조되어 더 커다란 힘으로 다가왔다.

"이 좋은 공기, 이 좋은 바다, 이 좋은 나무들, 이런 것들이 죽으면 다 소용이 없어지는 거야. 살아 있는 동안 퍼쓰고 또 퍼써도 다 쓸 수가 없는 거란 말이야. 사람들은 무진장 풍부하고 아름다운 세상에 태어나서는 실컷 쓰다가 죽을 때는 또 두고 가야지."

김윤수가 말했다.

"그러게 유한한 인생이라잖아요. 그런데 참 앞으로 나는 어떻게 늙을는지 걱정이에요. 지난 일요일인가 텔레비전 특별 프로를 보셨어요? 지구상에 발굴된 연료가 다 떨어지기도 전에 인구의 구십구 퍼센트는 예순다섯 살 이상이래요. 노인네만 산다는 뜻이지요. 그런데 보니까 아들보다도 딸들이 부모를 모시던데요. 그게 또 문제더라구. 부모 모시느라고 남편하고 아이들한테 절로 등한하게 되는데 그걸 어떤 남자가 좋다구 하겠어요. 아니면 결혼을 숫제 안 하고 집 전체를 양로원같이 만들고는 시중꾼같이 사는 여자 얘기도 그 프로에 나오던데요. 그 여자보고 왜 그러고 사느냐니까 그게 옳은 일 같아서 그런다고 하더군요. 그런데 우린 참 아들만 둘이니 늙은 담에 큰일났어."

"왜, 형부 같은 아들도 있잖아."

"부모 모시는 동기는 재산이 탐나서다. 그래서 부잣집 자식들은 여기서 살다가 부모가 임종했다 하면 그냥 비행기들을 타고 유산 찾으러 간다 그러지만 우리가 부모를 돌보는 건 죄의식이라든가, 다른 사람이 숭보는 거라든가, 도덕관 그리고 또 사랑이라는 게 있지요. 어떻게 보면 그중에서도 사랑이란 말이 제일 편리하고 받아들일 만한 표현이지만 그렇게 신용할 만한 말이 못 돼요. 우리가 부모한테 사랑만 느끼느냐 하면 그렇지가 않거든요. 화도 나구 실망도 하구 증오도 느낀단 말이지요. 참 저 스스로한테도 창피한 감정이지요. 그래서 덮어놓고 사랑하려고 애쓴다기보다 나는 이제 그냥 우리 어머니가 오래 사셨다는 것만으로도 존경을 받아야 할 것 같은 생각이 드는군요."

김윤수는 아내를 건너다보았다. 그는 아무리 노력해도 시어머니를 사랑할 수가 없더라는 아내에게 말했다.

"어머니도 늙어가지만 나는 가만있나요, 나도 늙어요."

"그런데 노망은 유전되는 건가요, 아니면 거기에 대해서 내 힘으로 미리 방지할 수가 있는 건가요?"

민연기의 아내가 물었다.

"정말 늙어 죽는 순간까지 마음 곱게 쓰게 해달라고 지금부터 원을 해야겠어. 미국 할머니들 봐, 여든아흔에도 이쁘게 옷 입고 화장하고 밝은 웃음을 지으며 혼자 사는 사람들이 좀 많아?"

김윤수의 아내가 말했다.

"그런데 보니까 늙어서도 사람은 늘 해오던 그 식입디다. 그 식이 징그럽도록 더 진하게 그 식으로 됩디다. 그러니까 될 나무는 떡잎부터 알아보는 거요."

민연기가 말했다.

"고대에 야누스라는 신이 있었다지. 두 개의 얼굴을 가지고 하나는 미래를 보고 하나는 과거를 봤대. 우리한테도 두 개의 얼굴이 있어요. 미래를 본다 할 때는 늙어가는 부모를 보는 것이겠고 과거를 본다 할 때는 애들을 보는 게 아니겠어요. 아, 우리도 한때는 아이들이었구나, 그러다가 늙겠구나. 인생의 가는 길이 얼굴을 요쪽으로 돌려보고 또 저쪽으로 돌려보고 그러면 빤히 보이는 거죠."

김윤수가 말했다.

"그걸 뭐 고대 야누스까지 들먹거려요. 우리 때가 참 어려운 거 같아요. 우리는 바쁘고 할 일도 많고요. 지금 하고 있는 일도 많은데 찾아서 해야 할 일도 또 있어요. 길러야 될 아이들두 딸려 있고 거기에다가 우리 부모한테는 자식 노릇도 해야 되지요."

김윤수의 아내가 말했다.

"짐승들은 세상에 나자마자 곧 독립된 짐승인데 사람은 누워서 보채기나 할 뿐 아무짝에도 쓸모없는 아기로 태어나죠. 두 발로 서려면 장장 일 년의 세월이 걸립니다. 여자들이 더 오래 배 속에서 사람을 만들어야 되는 건데."

민연기의 말에 모두 웃었다. 민연기의 아내가 임신 중이어서 그의 말은 실감이 났다.

"그런데 참 부모 자식 간은 탯줄을 끊어도 보이지 않는 끈이 남아 있는 모양이다. 어렸을 때 부모님을 무서워하는 거야, 거 당연하지. 그런데 그게 중년 이후까지 계속된다면 뭔가 좀 잘못된 게 아닐까. 오히려 어머니가 성가시게 구는 게 나을 때가 있다니깐. 그럴 땐 나도 에이 하고 화를 내면 되는데 어머니가 춥겠다, 덥겠다, 고단하냐 걱정해주면 참 어쩔 줄을 모르겠는 거야. 우리 어머니는 정말 미인이었는데 말야. 춤도 잘 추고 노래도 잘하고 동양 극장에서 승무를 출 땐 정말 선년지 나빈지 모르겠더라구."

김윤수의 어머니는 동양 극장에서 춤추는 것으로 무대생활을 마감

했다. 김윤수의 아버지는 흥행 사업을 하느라고 돈을 다 없앴다. 김윤수의 어머니는 무대 위에서 그녀의 아이들인 김윤수와 김윤하 남매에게 어여쁘게 웃어 보였다. 열 명 남짓한 관객들이 극장 안 여기저기에 흩어져 앉아 있었다. 그날 어머니는 공연을 중지하고 말하고 싶었다고 했다. 우리가 그쪽만 보고 연기할 수 있도록 여러분 좀 한군데로 모여 앉아 주세요. 공연이 그날 이후로는 계속되지 못하리라는 것을 알았으므로 어머니는 아이들에게 구경시키고 싶어 아이들을 극장으로 데리고 갔었다고 했다. 김윤수는 세 살이고 윤하는 다섯 살이었다. 마지막 막이 내려졌을 때 어머니는 하늘하늘한 치맛자락을 손에 모아 쥐고 자기 아이들을 향해 깊숙이 절을 했다.

"어머니는 응석 부리고 불평이 많고 그런 것 같다가도 이상하게 힘이 있지. 나하고는 달라. 큰일을 당하면 의외로 조용히 헤쳐나갔어. 그 힘이 무엇일까?"

생각에 잠겼다가 윤하가 물었다.

"누나, 어머니는 착하지. 까다롭고 힘든 사람인 건 확실하지만 아주 착하지."

저녁을 먹고 나서 윤하는 김윤수가 이끄는 대로 물가로 내려가고 김윤수의 아내와 민연기의 아내는 상을 치웠다.

"언니, 우리는 가게에 전등을 전부 갈았어. 그것도 돈이 들어. 좀 모일 만하면 물건값 갚아야지. 그런데 자꾸 수리할 일이 있잖아. 차의 유리를 누가 깨고 라디오를 집어 가는 바람에 유리창을 해 넣느라고 또 돈이 들었지."

민연기의 아내가 말했다.

"우리도 그래. 암만 아껴가며 살림을 해봐야 생각지도 않은 돈이 막 들어가지. 얼마 전에 승이 말이야, 개 안경을 맞춰줬거든. 그런데 안경 한 지 하루도 못 되어서 이놈들이 형제간에 싸우느라고 백 달러나 주고 한 안경을 깼어. 어디 나갔다가 오니 둘 다 코피가 나서 피투성이더라구."

김윤수의 아내가 말했다.

"언니가 절약하느라고 애쓰고 사는 거 잘 알아. 그런데 우리두 뭐 돈 두고 언니 돈 안 갚는 게 아니야."

"언제 내가 뭐라디?"

"아까두 언니가 저녁 먹으면서 형부랑 애들 있는 데서 돈 없다는 소리를 했잖아. 언니 돈부터 정말 먼저 갚고 봐야겠어. 서러워서."

이 층 할머니 방으로 올라간 아이는 아직 내려오지 않고 있었다. 파도 소리는 밤바람과 섞였다. 벗은 발을 적시는 바닷물은 처음에는 소스라치게 차가웠으나 나중에는 육감적인 무게와 온도로 김윤수와 윤하의 종아리를 감돌아들었다. 그곳에서 집을 올려다보면 그들 남매의 늙은 어머니 방 천장 쪽이 환히 보였다. 노모와 아이의 모습은 그들이 있는 곳에서는 보이지 않았다.

김윤수는 부드럽게 노래를 불렀다. 노랫소리는 파도 소리를 뚫고 들어가더니 한데 섞여서는 없어졌다가 살아났다가 했다.

윤하의 생각은 마음을 씻어내는 파도 속을 가로질러 곧바로 침묵의 공간 속으로 들어갔다. 그곳에서 윤하는 그, 한진석을 만났다. 우리 관계의 성격을 설명하기는 힘들다. 나 자신부터도 모르고 있다. 무엇 때문에 나는 그를 중요하게 여기고 이렇게 괴로워하는지. 불행한 결혼 생활을 하고 있는 윤하에게 어느 날 그는 홀연 나타났다. 십칠 년 전 서울과 수원 사이를 달리는 시외버스에서 윤하를 만난 이래 그는 하루 한시도 윤하를 잊은 일이 없다고 했다. 윤하 생각만 하면서 살다 보니 윤하와 피 한 방울도 섞이지 않은 자기 아이가 윤하를 닮았더라고 했다. 그는 아이 이름도 윤하의 윤 자를 따서 지었다고 했다. 십칠 년간의 세월 속에서도 죽지 않는 사랑을 한진석이 정열적으로 표현할 때 윤하는 감사와 감격을 느꼈다. 연정의 표적이 되어 우쭐해진 윤하는 한진석을 믿었다. 윤하는 그와 결혼했다. 어느 감정이든지, 사내의 감정이 이렇게도 강하다면 표면에 나타난 감정 이상의 다른 면은 없으리라고 생각했다. 아마도 자기는 사랑을 받을 만한 가치가 있는가 보다 하고 윤하는 믿었다. 윤하는 자신의 말이나 행동에 대해서는 회의적이었으나 다른 사람들은 진실하고 그들이 느끼는 대로만 말하는 것 같았다. 처음에는 이상적으로 시작했다. 그러나 거기에는 윤하가 진작 알아차렸어야 할 신호들이 있었다. 그의 과거에 있었던 용감무쌍하고 터부를 무시한 사건들, 가끔 가다가 아니고 언제나 탐닉하는 포르노 영화, 언제나 남으로부터 해로움을 당하고 배반을 당하고 이용당하고 돈을 사기당했다는 그의 과거, 윤하의 이상적인 남자는 많은 것이 이상적이 아니었다. 그러나 그는 윤하에게 허물어지는 지붕에 깔려 사는 것 같던 첫 결혼 생활을 떠날 용기를 주었으며 가슴을 열고 애정을 주고받는 것이 무엇인지를 잠시나마 알려주었다. 그것은 어쩌면 자기가 영원히 고마워해야 할 일인지도 몰랐다.

한진석에게 생각이 미치니까 윤하의 심장은 다시 고통으로 조여들었다. 윤하는 바다로부터 걸음을 옮겨 모래 묻은 발로 집으로 향하는 돌계단을 디뎠다.

바다를 향하고 서서 노래하던 김윤수는 윤하가 집으로 올라간 것도 모르고 있었다. 음악은 특별한 방법으로 김윤수에게 말을 걸었다. 다른 무엇으로는 말할 수 없는 생의 그 무엇을 김윤수는 노래로 표현할 수 있었다.

어릴 때 시골길을 가다가 그는 전선주를 껴안고 전선의 끊임없는 울림을 듣고는 했다. 처녀 적에 그의 방에 와본 아내는 방이 울리고 있는 것 같다고 말했었다. 그 표현은 그를 기쁘게 했으며 그녀와 물이 물속으로 흐르듯 평화롭고 남달리 행복한 결혼 생활을 할 수 있을 것 같은 예감이 들었다.

윤하가 집으로 들어간 후에도 김윤수는 한참 동안 바깥에 있었다. 하늘 위에서 아스라히 떨며 빛나는 별들을 바라보며 그는 우주에 속해 있는 듯한 감정을 느꼈다. 그는 우주의 중심에 자리잡고 있었다. 모든 것이 그의 주변에서 돌고 그의 중심이었다. 공간은 거대한 질같이 입을 벌리고 그는 자궁 같은 공간 속으로 들어갔다. 그는 자궁 속에서 철썩이는 바다 음을 음악으로 표현해보고 싶었다. 태아가 들을 듯한 음악.

자연에 대한 한없는 감사와 이해심이 김윤수에게 있었다. 그는 깊게 숨을 들이쉬고 여름밤의 나무껍질 냄새를 맡고 자기가 만든 돌절구 속에 들어 있는 달을 들여다보았다. 풀밭 가운데 나타나 달빛에 함빡 젖고 있는 저 하얀 꽃은 어떻게 해서 갑자기 피어나기 시작했는지 김윤수는 곰곰이 생각해보고 신기해서 들여다보았다. 겨울밤 벽난로의 굴뚝에서 올라오는 연기가 오존 냄새를 품은 바닷바람과 섞이는 냄새도 그는 좋아했다.

그는 집 주위를 돌며 집 안의 모습을 만족스럽게, 마치 그 집이 남의 소유인 것처럼 그리움을 품고 들여다보았다. 아내는 고즈넉한 부엌에서 무엇인가를 하고 있었다. 아내는 늘 일을 하고 있었다. 윤하나 아이들은 보이지 않았다. 그는 아내를 불러내어 갑자기 나타난 흰 꽃을 보라고 하고 싶었다. 그러나 부르지 않았다. 아내는 늘 시간이 없다고 말했다. 아내는 큰 집의 안팎을 돌보고 수리하고 정원을 가꾸고 노모의 시중을 들고 음식을 만들고 빨래를 하고, 집 안 사람들이 무엇을 입는지, 무엇을 먹는지, 시간에 맞춰 직장이나 학교 또는 다른 약속 장소로 가는지 돌보았다. 김윤수의 아내는 이혼이 밥 먹듯 흔한 이 세상에서 부모로서 아이들에게 좋은 유전인자와 좋은 교육과 좋은 집과 좋은 삶의 본보기를 보여주고 있다고 자기의 삶을 자랑스럽고 기쁘게 여겼다.

집으로 가는 길

김윤수가 집 주변을 돌며 그에게 부여된 복된 삶과 자연을 음미하고 있을 때 민연기 일가족을 태운 자동차는 숲 사이로 뚫린 하이웨이를 달려가고 있었다.

차의 운전석에는 민연기가, 옆에는 그의 아내가 앉았고 뒤에는 그들의 두 아이들이 앉아 있었다. 소형차 안에 빼곡히 네 식구가 앉았건만 무시무시한 공간이 식구들 사이를 가르고 있었다.

"언제 가봐도 그 집 꼴은 뻔해. 다신 가고 싶지가 않아. 애들은 한국말도 못하고, 그래 놓고 뭐가 성공했다고. 돈 벌면 성공이야? 돈도 그게 어디 큰돈이야."

"……."

"그 집에 가면 언제나 그 집 들러리나 서다 와. 그 집 장단에 춤이나 추다 오는 거지. 인생의 고뇌를 알기나 하나. 무식한 놈들."

"……."

민연기가 말하고 그의 아내는 아무 말도 안 했다. 아이들도 아무 말 안 했다. 그러나 그의 아내는 남편을 관찰했다. 미워서 자세히 보았다. 지금은 민연기만 얘기하고 있지만 어떤 때는 민연기의 아내도 무슨 말을 했다. 아내가 말을 하면 민연기는 차갑게 입을 꼭 다물었다. 침묵과 말, 이 두 개의 멜로디가 그들 부부 사이에서는 계속 연주되고 있었다. 남편의 의견과 아내의 의견, 하모니를 이루지 못하는 이 두 개의 멜로디는 결혼 생활의 이력과 더불어 이럭저럭 미움의 균형을 잡아갔다.

"그래도 나는 언니 집에 가야 돼요. 그럼 나만 애들 데리고 갈게요."

"……."

"내일은 김치 담가주기로 했어. 언니 시이모가 오신다잖아. 지금은 또 시누이가 와 있고. 그 집은 손님이 끊이지를 않아."

"……."

엄마가 의견을 말했기 때문에 차 뒤에 앉은 아이들은 마음이 조마조마했다. 엄마의 의견이라는 것은 아이들에게는 위험한 것이었다.

아이들은 아버지의 뒷모습을 살폈다. 어깨 근육은 어떠한가. 핸들 위에 얹힌 손은? 아버지의 어깨 근육이 굳어지고 주먹이 부르쥐이면 그다음은 폭풍이거나 아니면 다치면 오그라드는 벌레처럼 아버지는 움츠러들었다. 축축하고 음침하게……. 이번에는 움츠러들었다. 다행히 엄마도 더 이상 말이 없었다. 침묵하는 그들을 실은 차는 길 주변의 검은 나무를 뒤로 밀어내며 외로이 뻗은 길을 달려갔다.

잠

정원은 꽃이 활짝 피었다. 장미꽃과 데이지꽃 위로는 나뭇가지가 드리워 그늘을 지었다. 너무 섬세하여 어떤 꽃잎은 아침에 피었건만 벌써 이파리 가장자리가 시들어가고 있었다. 농약과 공해가 없는 토마토와 오이, 호박, 상추, 깻잎, 고추, 파 등이 채마밭에 있었다. 집에서는 언제나 집안일을 하는 소리가 났다. 청소기 소리라든가, 음식 만드는 소리, 일꾼이 집의 어딘가를 고치든가 건설하든가, 잔디를 깎든가 했다.

윤하는 이 층 방 침대에 누워 있었다. 윤하는 다시 잠들고 싶어서 눈을 감았다. 윤하는 침대에서 나오면 무엇을 해야 될지 몰랐다. 그녀는 육체적인 폭행을 당해 만신창이가 된 것만 같았다. 한진석이 아이를 낳아보지 않은 윤하의 친구에게는 윤하가 아이를 낳은 몸이라 재미가 적다고 그러고 아이를 낳은 여자에게는 윤하가 찬 여자라 재미가 적다고 그러고 또 어떤 경우에는 윤하를 세상에 둘도 없는 색정광이라고 말했다. 윤하의 몸뚱이를 발가벗겨 때와 경우에 알맞게 내두르는 것으로 그는 여자들과 그가 제일 좋아하는 얘기를 나눈 것 같았다. 그동안에도 그는 윤하에 대한 '사랑'을 윤하에게 열렬히 읊었으므로 윤하는 그가 그러고 다닌 것을 몰랐다. 주위 사람들은 그의 말을 비밀인 양 쉬쉬하면서 퍼뜨려나갔다. 그것을 모르는 사람은 오직 윤하뿐인 듯했다. 알았을 때 윤하는 자기의 몸이 공공장소에서 여러 사람들이 보는 가운데 폭행을 당한 것만 같았다. 신문에서는 센트럴파크에서 조깅을 하던 백인 여자가 흑인 청소년들에게 윤간을 당한 일이 톱뉴스였다. 그 여자는 온몸과 얼굴은 바스러지고 두뇌는 파손되고 몸의 4분의 3 이상의 피를 잃고 식물인간이 되었다. 그 여자의 개인적인 비극을 넘어서 그 여자는 백인이고 공격한 소년들은 흑인이었기에 인종 분규가 개입되고 거기에다가 거리의 범죄가 증가하는 데 대한 관심으로 이 사건은 일대 물의를 일으켰다. 윤하는 자기가 그 여자와 별로 다를 바 없는 것 같았다. 그리고 강간이 나쁜 범죄라고 생각하게 되었다. 강간은 다른 범죄와 달리 여자의 깊은 그 무엇인가를 뿌리째 손상시키는 것이었다. 육체적인 강간보다도 자기의 경우는 더 나쁜 것 같았다. 생각이 거기에 미치면 윤하는 울었다. 울음은 시원히 나오지 않고 무거운 가슴을 뚫고 올라와 목구멍을 아프게 조이며 힘들게 꺽꺽꺽 흘러나왔다.

복도의 끝 방에서는 그녀의 어머니가 이승과 저승 사이를 오락가락하며 생명의 기운을 연소시키고 있건만 윤하는 그런 어머니도 자기를 보호하고 염려하는 너그럽고 힘 있는 어머니로 여겨졌다. 언제까지나는 아닐지라도 적어도 이 고통이 지나가고 새로운 생이 자리잡을 때까지 주위의 사람들이 자기를 지켜주고 보호해주리라고 생각했다. 왜냐하면 자기는 두 번씩이나 나쁜 남자를 만나 혼이 나게 된 좋은 사람이었기 때문이다. 윤하는 희생자인 자신의 입장이 괴로우면서도 은근히 좋아지기 시작했다. 처음부터 그런 것은 아니었다. 견디기 어렵다고 생각했던 결혼 생활로부터 한번 크게 뛰어본 한진석과의 결혼을 계속할 힘이 없어서 돌아왔을 때 윤하는 아파트에만 있었다. 밖에 나가는 것은 너무 괴로웠다. 화상을 입은 피부 위에 옷을 입어야 하는 것처럼 쓰라렸다. 어디를 가든지 알아보는 사람들뿐일 것 같았으며 저런 불쌍한 여자로부터 그래 싸다라는 말까지 들을 것 같았다. 잠은 좋았다. 하루 종일 침대에 누워 윤하는 많이 울다가 잠이 들었다. 설핏 들었던 잠이 깨면 윤하는 다시 잠들려고 했다.

바다에서 떠올랐던 아침 해는 천천히 하늘을 가로질러 움직이고 있었다. 두 쪽으로 갈라진 유리창의 하얀 커튼은 푸르스름한 빛깔을 띠었다. 윤하는 등이 아팠으므로 침대에서 그만 일어나 앉았다. 새들이 밖에서 지저귀고 파도 소리와 바람 소리 사이로 집 안이 기능적으로 움직이는 리듬들이 있었다. 커다란 유리창은 윤하의 시선이 가 닿는 수평선 끝까지를 받아들였다. 햇살이 닿지 않는 벽은 어느덧 오후의 색깔 같은 부드러운 보랏빛으로 물들었다. 몇 시일까. 윤하는 침대에서 두 다리를 먼저 내려놓았다. 그러다가 보니 누가 노란 꽃과 하얀 꽃묶음을 베개 옆에다가 갖다 놓았다. 꽃들은 시들어 있었다.

김윤수의 아내가 윤하의 방문을 조금 밀었다. 문은 소리 없이 틈이 벌어지고 그 틈 사이에 김윤수의 아내가 우뚝 섰다.

"어머니 방에 좀 들어가보세요. 어머니가 아까부터 언니 일어났냐고 찾으시던데."

김윤수의 아내는 고무장갑 낀 손으로 똥이 묻은 이불과 옷을 들쳐 말아가지고 어머니의 방에서 나오는 길이었다.

"누가 꽃을 내 방에 갖다 놓았어. 올케야?"

"몰라요. 애들이 그랬나?"

"어머니가 또 이불을 어지르셨어?"

"하루에도 어디 한두 번인가요. 이 일은 누군가 해야지요."

김윤수의 아내가 아래층으로 내려간 뒤 윤하는 거울 앞에 서서 초라하고 지친 자신의 모습을 들여다보았다. 누가 이렇게 괴로워하나, 누가 이렇게 괴로워하나 하고 거울 속의 사람에게 물어보았다. 윤하는 자기의 가슴이 고통이란 물질로 만들어졌으며 가슴 외에 다른 부분은 사라져버린 것만 같았다. 저게 나라고 알고 있는 나는 누구일까. 영혼? 영혼은 어디 있나? 내 영혼은 없나, 아니면 너무나 작아서 내 몸에 장소를 차지하지 못했나……. 지금 정확히 누가 괴로워하고 있는지 모르겠다고 윤하는 생각했다. 그러고 나니 아무도 괴로워하는 것 같지 않았다.

윤하의 어머니는 발가벗은 몸을 부끄러운 듯 엉거주춤 웅크리고 요 위에 누워 있었다. 부끄럽기도 했겠으나 뼈와 근육이 펴지지가 않아서 웅크리기도 했다.

"정선인 언제나 온대?"

자기의 동생이 언제 오느냐고 조금 전에도 물었던 질문을 어머니는 또 했다. 동생이 이틀 후에 온다는 것을 알면서도 어머니는 무인도에서 배를 기다리는 사람처럼 같은 질문을 자꾸 했다. 너희들은 아무리 있어야 소용이 없고 정선이 와야 기쁘겠다는 듯했다.

어머니는 감정 나게 굴었다. 이 사람에게는 저 사람이 고맙게 해준다고 말하고 저 사람에게는 이 사람이 고맙다고 말했다. 가족들은 어머니가 꿋꿋하고 명랑하고 기분 좋은 사람으로 살아가기를 바랐으나, 몸을 움직이지 못하고 누워 있어야만 하는 어머니에게 그것은 바랄 여지도 없는 것일지 몰랐다.

김윤수의 아내는 장롱을 열고 시어머니에게 갈아입힐 옷을 꺼내고 있었다.

“모레라고 말씀드렸는데요.”

말하며 그녀는 시원시원히 어머니의 옷을 갈아입히고 나서 어머니의 몸을 자기의 두 무르팍 사이에다가 받치고 앉아 머리를 빗기기 시작했다. 좀 난폭한 손길이었다. 명주 실타래 같은 하얀 머리카락을 성긴 빗으로 빗어서 양쪽으로 갈라 땋아 끝에다가 빨간 헝겊으로 리본을 매어주었다.

“어머니는 본향으로 가시는 준비를 하느라고 머리가 하얗게 되셨어요. 우리 모두 깨끗한 영혼의 세계로 가느라고 늙으면 머리가 하얗게 된다는데요. 어머니 피부를 보세요. 지금도 이렇게 부드러우니 젊은 날에는 얼마나 고우셨을까.”

말하면서 김윤수의 아내는 다른 사람 같으면 한나절은 걸려야 할 일을 십 분 내에 시원히 마치고 시원히 일어서서 시원히 방을 나갔다.

어머니는 목욕을 하고 새 옷을 갈아입자 기분이 풀리며 피로했다. 어머니는 혼곤한 잠 속으로 잠겨들어 갔다. 어머니의 육체 속에서 노쇠한 육신을 지키느라고 힘겹게 애쓰던 생명 에너지는 어머니의 몸으로부터 안개가 풀리듯 풀려져 나왔다. 몸에서 빠져나온 에너지는 그녀의 고달픈 몸을 휘감돌며 정히 씻어냈다. 그러자 그녀의 손과 얼굴과 피부는 진주 같은 젖빛을 띠기 시작했다. 육체를 떠난 그녀는 찬란한 빛의 동굴을 재빠르게 날아가 이 세상에 몸을 입고 태어나기 이전의 가볍고 광대무변한 존재가 되었다. 밤공기 속에 흐르는 꽃향기같이 여러 가지 추억들이 밑에서 떠가는 것을 그녀는 볼 수 있었다. 그녀는 바닷가 오막살이에서 태어난 갓난아이가 되었다. 머리카락은 하나도 없고 눈썹도 없었다. 작은 손에 여린 손톱이 달렸고 피부는 골격에 비해 넉넉해서 쭈글쭈글했다. 피부는 넉 달 후에나 골격에 알맞게 되었다. 갓난아이는 방에 있는 가난한 어부 부부를 엄마, 아빠 하고 알아보았다. 아기는 환상적인 공간에서 혼자 놀고 있었다. 그러다가 가끔씩 고개를 돌려 엄마라는 사람이 어디 멀리 가지 않았나 하고 살펴보았다. 그 기억은 거기서 끝이 났다. 한 뭉치의 기억이 지나갈 때마다 그녀는 현실 세계로 떨어지는 것 같았다. 그녀는 아래로 떨어지지 않고 다음에 떠오르는 기억의 구름을 잡아 그 위에 머무르려고 애썼다. 그녀는 한참 동안 우영선이라는 자기의 존재 이전, 시간 이전, 인생 이전에 있던 곳에 머무르는 것 같았다. 그러다가 그녀는 그녀의 어머니를 만났다. 삼십 년도 전에 저세상으로 간 어머니를 본 것이 그녀는 기뻤다. 그녀의 어머니는 생시와 비슷이 건실한 몸에 무명 적삼과 치마를 입고 한옥에서 웬 심부름하는 여자를 데리고 일을 하고 있었다. 여기저기 짐 꾸러미들이 놓여 있었다. 그녀의 어머니는 쉬지 않고 일을 하며 네가 오기 전에 집을 정리하고 있다고 말했다. 그때 잠이 깨었다.

그녀는 반짝 눈을 떴다. 햇볕은 벽을 채우고 언제나처럼 철썩이는 파도 소리가 들렸다. 따뜻한 바람이 불어들어 왔다. 비옥한 땅과 너른 바다. 여름 꽃의 향기를 실은 공기가 떠올라왔다.

그녀는 요 위 손 닿는 곳에 놓여 있는 부저를 눌렀다. 이 층 욕실을 청소하던 며느리가 고무장갑 낀 손을 한 채 대충 얼굴을 디밀고,

"뭐예요, 어머니."

"내 집을 가서 보고 왔다. 아주 예쁘게 지어놨더라. 우리 어머니가 거기 계시더라."

"거기 제 집도 있었어요?"

"그건 모르겠더라."

그녀는 말하고 호물딱한 입으로 아기같이 빵긋 웃었다.

여로

습도가 높아 실내에 있어도 비가 오는 것 같은 오후였다. 김윤수는 기차역 앞에 차를 세워놓고 차 안에 앉아 있었다. 에어컨을 틀어 차 안은 견딜 만했다.

–이 사람은 쉴 새 없이 말을 하고요. 진실하지 못하군요. 이 사람은 자유분방하고 엄청난 상상력을 동원하여 다른 사람을 속일 뿐 아니라 자기 자신도 속이는군요. 잔인하고 이기적이고 비겁하지요. 이 사람은 당신에게 온당치 못한 일을 했군요. 칼을 들었던가요?

–아니요.

–그래요? 그런데 내가 왜 그 사람이 당신에게 온당치 못한 일을 했다는 인상을 받을까요? 또 당신은 그를 두려워하고 있군요. 그래요?

–…….

김윤수는 윤하의 가방 밑에서 삼월 구 일이라고 쓴 카세트테이프를 발견했다. 김윤수는 윤하에게 삼월 구 일이 무슨 의미가 있는 걸까 하고 테이프를 가지고 나와 차에서 틀어보는 중이었다. 점치는 것이 녹음된 테이프임을 알 수 있었다. 점치는 여자는 고답적으로 들리는 영국식 영어 발음으로 얘기하고 있었다.

–이 사람은 대단히 논쟁적이지요? 그런데 재능이 있군요.

–네.

–이 사람은 육체적인 정열이 없으면서도 자신의 상상을 만족시키기 위해 끊임없이 호색적인 연애의 즐거움을 찾습니다. 누가 그를 기분 나쁘게 하면 아무에게나 모욕을 가합니다. 위선적이고요. 천성이 인색하고 바람둥이입니다. 그런데 그는 광적으로 집착하고 있군요.

–어디에요?

–당신과의 관계에요. 그는 이 관계에 미쳐 있어요. 아, 또 이 사람은 자연과 새와 꽃과 같은 그의 감각을 높이고 상상력을 돋우는 것을 좋아하는군요. 이 사람은 파도의 속삭임과 대폭우가 몰고 오는 번개와 우레 소리를 좋아하고 물을 좋아하지요.

–네.

–당신은 이 사람과의 관계를 평화롭게 끝내고 싶어 하는군요.

–…….

–이 사람은 편집광입니다. 이 사람은 아프군요. 우울증인가요?

–아니요. 정반대예요.

–이 사람은 당신에게 집착하고 있어요. 이 사람은 계속 무슨 일을 도모하고 있어요. 그것이 얼마나 성공할는지는 몰라도 아주 열심이군요. 앞으로 육 개월간은 더 그러겠어요. 이 사람이 당신 집 근처에 왔었나요?

–전화를 계속했어요. 그러다가 한 달쯤 전부터 전화가 그쳤어요.

–아직 이 사람은 떠나지 않았어요. 사라진 게 아니에요. 지금으로서는 어떤 방법인지 모르겠으나 얼마 동안 다시 활발했다가 그다음에 아주 사라지겠어요. 돌아다니며 이야기를 만들어 퍼뜨리겠어요. 이 사람은 이 일에 에너지를 다 쏟아 넣고 자기 생활은 소홀히 하고 있어

요. 지금 이 사람은 그 인생을 내동댕이치고 있어요. 그런데 아무도 이 사람의 말을 믿지 않지요?

—…….

—아무도 이 사람의 말을 중히 여기지 않아요. 적어도 당신 주변에서는 그렇지 않나요?

—…….

—이 사람은 지금 돈 문제가 있군요. 명확한 사실은 당신이 그를 피해야 한다는 거예요. 아직 당신 주변에서 아주 사라진 게 아니니까요. 이 사람은 한 가지 생각을 오래 하지 못하고 의견을 자꾸 바꿉니다. 수시로 변하는 의견이지만 극렬하고 폭력적인 결심도 서슴지 않고 언제나 편의에 따라 이론을 바꿉니다. 그리고 항상 같은 열성을 부립니다. 조화로움을 추구하는 사람이라면 그를 피할 것입니다. 이 사람의 변덕스러운 마음과 논쟁적인 성격이 배합되어 사람들은 그가 다음에 어떻게 나올까 종잡지 못합니다.

—이 사람이 저를 해칠까요?

—위험하지는 않겠어요. 나는 극심한 공격이라고 표현하겠어요. 지속적이지는 않고요. 하다가 말다가 하지요. 그럼 이제 세상 사람들이 당신을 어떻게 보는지 알아봅시다.

—…….

—아, 이 카드를 보세요. 당신은 깨끗이 당신의 권리로 서겠어요. 아무 영향도 안 입겠어요. 명예도 깨끗이 지킵니다.

그때 역 입구에 이모 부부의 모습이 나타났기에 김윤수는 테이프를 끄고 황급히 차에서 내려 그들을 맞으러 갔다.

"야, 다신 비행기는 못 탈 노릇일레라. 젊은 사람은 몰라두 육십 넘은 늙은이는 못할 짓일레라. 열일곱 시간을 꼬박, 그것도 삼등칸에 앉아서 말이야. 먹고서는 자는 게 일인데 어디 잠이 그렇게 쉽게 오디?"

"그렇지만두 긴긴 하루를 가졌지 않았는감. 야, 윤수야, 내가 팔월 십칠 일 날 비행기를 김포에서 탔잖간니? 그런데 시간 차이루다가 열일곱 시간 비행기를 타구두 같은 날 여기 도착하더라. 하루를 벌었지. 비행기 의자에다가 안전벨트로 몸뚱아리를 묶고 앉았으니 시간이 까꾸로 책장 넘어가듯 넘어가드라. 그거 하난 좋더라."

"그게 뭘 좋아. 우리가 집으로 갈 땐 또 다 뱉어내야 되는 시간인걸."

"지은 죄두 없는데 왜 공항에서 입국 수속을 하는데 그렇게 겁이 나니? 내가 공항 직원한테다가 여권을 내놓으며 절을 넙죽했다. 그 누구든 미국에 들어오는 것을 극력 막으려는 놈들로 보이더구만. 너두 그러냐."

"네, 그래요."

김윤수는 이모 내외의 짐을 실으러 차의 트렁크를 열었다. 이모 부부는 쉬지 않고 얘기하며 백발에 편안해 보이는 옷차림으로 오래 같이 산 의좋은 부부의 친밀함을 이국의 풍경 속에 서슴없이 나타냈다.

"제가 여기 와서 있다가 칠 년 만인가에 영주권이 나와서 한국을 처음 가는데 참 긴장됐었어요. 우리나라 땅이 비행기 아래로 나타나니까 눈물이 솟구치면서 우리나라가 꼭 물 밑으로 가라앉아 버릴 것 같았어요. 어디서나 한국말이 들리니까 꿈꾸는 것 같았구요. 집에 가서는 너무 기뻐서 할 말이 별로 없던걸요."

김윤수는 차에 무거운 네 덩이의 여행 가방을 씨름하며 다 실었다.

"어머니는 좀 어떠시냐?"

"누워 계신 분이 좋으면 얼마나 좋겠습니까. 단지 몸에 고통이 없으시니 그게 어머니의 복이지요."

"네 처가 고생이 많겠다."

"사람이 무던해요. 어머니가 이모님을 얼마나 기다리셨게요."

김윤수의 어머니는 아침 일찍부터 며느리가 머리를 감겨주고 목욕을 하고 온몸에 베이비파우더를 뽀얗게 뿌리고 며느리가 입혀준 연분홍빛 블라우스를 입고는 예순아홉 살의 자기 동생을 기다리고 있었다.

"윤하도 와 있다지? 윤하는 좀 어때?"

"누나도 이모님을 기다리고 있어요. 지금은 애들하고 학교에 갔어요. 우리 작은놈이 수영 선수예요."

김윤수는 윤하에 대해 그렇게만 대답했다.

"잘 헤어졌어야. 그놈이 네 처한테다가두 연애편지질을 해댔대며? 미친놈."

이모는 듣기 좋게 위로하는 말을 했다. 집 안에 두 번씩이나 이혼한 여자가 있었다.

"그자가 누이한테는 또 같이 살자구 그런대요."

김윤수는 한진석이 윤하와 재결합을 원하는 것이 큰 명예 회복이나 되는 듯이 말하고는

"미은이는 잘 있어요?"

"응, 갠 잘 지낸다. 남편이 그리도 잘해주고 케냐 사람인데 한국 것을 어찌나 좋아하는지 개들 사는 걸 보면 유엔총회다 뭐다 다 관두고 세계 평화는 그저 국제결혼으로 이루는 게 제일이다 싶더구먼."

"처음에는 결혼을 반대하셨었죠. 자, 어서들 차에 타세요."

"어디 나야 반대를 했간? 저이가 자못 서운해했었지."

이모 내외는 차에 올랐다. 차 문을 닫아주고 운전석에 오른 김윤수는 바닥에 있는 상자에서 카세트를 골라서 테이프데크에 넣었다. 윤하가 점을 친 테이프는 빼서 자기 주머니에 넣었다. 윤하 몰래 도로 갖다 놓을 것이었다.

파도 소리 같기도 하고 바람 소리 같기도 한 이상한 음악이 흘러나왔다. 김윤수는 안전벨트를 매고 차 시동을 걸었다. 차는 드라이브웨이를 빠져나가 교통 속으로 섞여갔다.

"가는 날이 장날이라고 모처럼 오셨는데 날씨가 나쁘죠. 오늘 같은 날을 불쾌지수가 높다고 말하나요?"

"그 음악은 그거 네가 지은 게냐?"

"왜요? 안 좋으세요?"

"좋다, 잠이 온다."

"고단하신데 쉬시라고 틀었어요. 제가 지은 건 아니구요. 이런 걸 지었으면 얼마나 좋겠어요."

차는 언덕에서 평지로 내려서서 타운의 중심으로 갔다. 예쁘장하게 생긴 작은 상점들이 모여 있고 은행 건물도 보였다.

"저기가 공원이에요. 이쪽 편은 허술하지만 저 안으로 들어가면 물오리들이 노는 연못도 있구요."

김윤수는 창밖으로 지나가는 거리의 풍경을 자기 것인 양 자랑스럽게 설명했다. 그러나 이모 내외는 생각하던 미국이 아니어서 조금씩 실망을 맛보는 중이었다. 그들은 영화에서 보던 미끈미끈한 건물이 아스라하게 하늘을 뚫고 서 있고, 전광판이 휘황히 돌아가고, 뚜껑 없는 자동차들이 달리는 세상을 만나리라고 상상했었다. 그런데 그런

광경은 아직 한 번도 접하지 못했다.

그것을 모르고 김윤수는 직접 집으로 가지 않고 갈대가 우거진 늪지 쪽으로 차를 몰아갔다. 거친 들판에 새들이 날았다. 그는 늪지 가까이에 차를 세웠다.

"이모님, 해가 질 때 여기 풍경이 참 멋있습니다."

"여기서 너희 집은 머냐?"

"아뇨, 차로 한 이십 분쯤."

김윤수는 혼자 이곳에 자주 왔었다. 차를 여기에다 세우고는 한참을 걸어 다녔었다. 걸을 때면 맑은 마음으로 멀리 있는 사람들과 모든 것에 대해 상상의 대화를 했다. 혼자 걸어 다니는 동안 심심할 때도 있었다. 김윤수는 그런 심심한 느낌도 또한 좋았다.

키 큰 갈대들이 바람에 거칠게 흔들리는 벌판 끝에는 바다가 아슴푸레하게 있었다. 바다 오른쪽으로 숲 사이에는 집들의 모습이 띄엄띄엄 엿보였다. 사람의 모습은 늘 없었다.

"이후문 씨가 와서 봤으면 사뭇 좋아했겠구만. 그인 마당에다가도 죄 잡초만 기르니껜."

이모부가 말했다.

"이후문 씨요? 요새도 연구 활동을 계속하시나요? 연세가 꽤 되셨을 텐데."

"팔십이래. 그래두 팔팔해. 머리는 새까맣게 물들이구. 올해 팔순이 된다구 제자들이 돈을 모아 책을 내드린다대. 성질이 까다로워두 그이만 한 인물두 없어. 자긴 이제 원수도 없다구 그러대. 친구들은 왔다가 못 견디면 가구 어떤 원수는 죽어서 없어졌다구 그러대."

김윤수와 이모부는 그들 모두의 은사였던 이후문 씨에 대해서 얘기를 나눴다.

"이젠 집으로 직행입니다."

김윤수는 시동을 걸려고 차의 키를 틀었다. 음악이 다시 들렸다.

김윤수는 이모 내외가 자기가 보여주는 풍경에 대해서 별로 관심을 보이지 않아서 서운했다. 그는 몇 번이나 카메라를 가지고 와서 이곳의 풍경을 필름에 담아보려 했다. 그리고 결과에 실망했다. 광풍이 휘몰아치는 날 지랄 치는 갈대 벌판을 찍었는데 사진에는 바람이 없었다.

김윤수는 이 땅 위에 전쟁과 기아와 폭력과 불의가 존재한다는 것을 모르지 않았다. 지구상의 인구 증가 문제를 척결한다는 듯이 사람들이 억울하게 집단으로 죽는 것도 그는 알고 있었다. 그도 그중의 한 사람일 수 있었다. 그러나 다행히 아직까지는 무슨 일이 일어나도 그는 신문을 보든가 라디오나 텔레비전을 통해서 알 뿐 그와 그의 이웃의 삶은 평온히 계속되었다. 정치는 겨우 따라갔다. 세상에 무슨 일이 있는지는 크게 윤곽만 잡았다. 어디에 전쟁이 있고 어디에 인종 폭동이 있고 전두환 대통령은 인기가 없고 필리핀의 이멜다 여사는 구두가 육천 켤레라는 것을 그는 이럭저럭 알았다.

그의 회사에 있는 이라크 여자는 조그만 라디오를 갖고 다니며 뉴스를 들었다. 저희 나라에서 차라리 석유가 나지 말았으면 좋겠다는 말도 했다. 이란이나 이라크나 쿠웨이트나 팔레스타인이나 이집트나 모두 메소포타미아 문명의 후예들인데 나라로 갈려 싸우고 있다고 했다. 그녀는 영어를 김윤수보다도 훨씬 잘함에도 불구하고 영어 공부를 열심히 하고 있었다. 이 지구상에는 영어를 쓰는 사람들이 많으므로 자기는 영어를 쓰는 저널리스트가 되어 세상의 개혁에 참여하겠다고 했다. 아랍 말로는 사전 한 번 안 보고 글을 쓸 수가 있으나 영어로 쓰려면 사전을 들쳐봐야 된다고 했다. 그녀는 김윤수에게 너희 나라가 남북통일이 될 것 같으냐고 물었다. 독일 같은 기적이 자기 나라에도 너희 나라에도 왔으면 좋겠다고 했다. 자기 나라의 어떤 거리에는 남자들만 있다고 했다. 카페가 줄지어 있는데 카페마다 남자들만 모여 앉아서 술 마시고 떠들다가 어쩌다 여자가 하나 지나가면 구경하느라고 목을 분지른다고 했다. 그 거리에 여자가 없는 것은 남자들이 자기 부인이나 누이들을 못 가게 하기 때문이라 했다.

김윤수는 어렸을 때 육이오동란을 겪었다. 김윤수가 살던 동네는 폭격으로 거의 폐허가 되었다. 비행기는 폭탄을 떨어뜨릴 데가 없으면 김윤수네 동네에다 떨어뜨리고 가는 것 같았다. 동네 사람들은 아침이면 땅에서부터 나오고 방공호로부터 기어 나왔다.

전쟁을 겪었으면서도 김윤수는 전쟁이 무엇인지 잘 몰랐다. 김윤수에게 있어서 전쟁은 현실이 아니었다. 햇볕, 나무, 그런 것들이 현실이었다. 전쟁은 멀리에 있고 신문에나 있었다. 젊어서 그는 외국을 동경했다. 이북의 침략은 위협이었다. 그러다가 베트남전쟁이 났다. 김윤수의 친구들은 저마다의 운명을 안고 전쟁을 만나러 베트남으로 갔다. 이 지구상의 공산주의는 어디에서도 합심해서 막아야 한다는 단순한 마음이었다. 김윤수는 군대에 가서 판문점 부근에서 근무했다. 지금은 그의 아내가 된 애인을 젊은 남자의 끓는 정열로 사모했으므로 그는 시간만 나면 편지를 썼다. 여대생 애인에게 전할 수 있도록 그는 보고 있는 모든 것들을 머릿속에서 말로 만들었다.

집에 도착하자 이모는 누워 있는 언니와 눈물을 쏟는 상봉을 십 분쯤 하고는 짐 풀기에 골몰했다. 여행 가방 중의 하나는 열 수가 없었다. 새 가방이 이렇네. 이모는 이 층 방 마루에 앉아서 그것을 여는 데 전 인생이 달려 있다는 듯이 열쇠를 잡아당기고 두드렸다.

김윤수를 비롯한 다른 사람들은 그럴 것 없이 트렁크의 열쇠를 아주 떼어버리는 것이 낫겠다고 생각했다. 여행을 다녀봐도 가방이 송두리째 없어지면 없어졌지 누가 가방을 열고 그중에서 무엇을 빼가는 것 같지는 않았다.

이모의 끈기에 사람들은 진력이 나건만 이모부만은 도와주려 애쓰다가 이모가 당신은 저리 물러나 앉아라 내가 다시 해보겠다 하면 손을 놓고 옆에 앉아 있었다.

"참을성도 많으셔라. 우리 집 이이 같으면 어림도 없어요. 저이는 장보러 슈퍼마켓도 같이 못 가요. 뭐 사는 데 그렇게 오래 걸리느냐는 거예요. 옷 사러 가서도 사이즈를 아는데 그냥 집어 오면 되지 뭐가 그렇게 오래 걸리느냐고 그래요. 한 번 사면 오래 입을 건데 그래도 입어보고 사야 되지 않아요."

김윤수의 아내가 말했다.

"응, 하긴 너희 이모부가 괜찮은 남자지. 그래두 남자는 남자다. 너 저이가 남자라는 걸 잊어버리지 마라."

"왜요?"

"물건을 하나 바로 사길 하나, 길을 잘 찾기를 하나, 여기 올 때두 죄 내가 물었어. 저이는 원서를 읽고 강의를 하던 대학교수가 아니냐. 나는 약병에 쓰인 영어나 겨우 읽구서 이건 발라라, 이건 먹어라 하고 짐작하는 정도인데 여기 올 때는 내가 나서서 물어보구 여기 가서 줄 서야 된다 저기루 나가야 된다 다 챙겼다구. 저인 물어보지두 않구 자꾸 가면서 자기가 옳다구 우기는 게야. 나는 장에 가서도 눈으로 자세히 들여다보구 값을 물어보구 그러구 필요한 만큼만 산다. 저이는 그냥 덥썩 집어 와. 필요 없는 것두 들구 와."

"인생살이는 다 환영인 게여, 뭘 그렇게 안달복달을 하고 살어."

"저이는 글쎄 저런다. 옳소, 내가 당신한테 환영이구 당신두 나한테는 환영이오."

"그럼 이모부님은 무엇이 현실이세요."

이모부의 대답을 이모가 했다.

"배고픈 거엇, 추운 거엇, 고단한 거엇, 자는 거엇."

"데카르트가 말하지 않았남. 내가 보는 것들은 미치광이들이 환상에 사로잡히는 것과 같을 수도 있다. 나는 지금 내가 환상 속에 있는 건지 아닌지 확신할 수가 없다. 내가 이 몸과 이 마음을 가졌다는 확신이나 더 나아가서는 내 존재도 내버릴 수가 있다. 나는 생각하므로 의심한다. 그러니까 나는 의심한다. 그래서 내가 의심하는 것을 의심한다면 그렇다면 나는 아직도 의심에 싸여 있는 것이다. 다시 말하면 의심은 생각하는 것이고, 생각은 생각하는 사람의 존재를 내포하는 것이며, 그러므로 나는 생각하는 한 존재한다 이런 게여."

일 도와주러 와 있던 김윤수 아내의 여동생은 그들의 실랑이를 아래층에서 부러워하며 들었다. 그녀에게 있어서 좋은 남자란 출세하고 돈 잘 버는 사람도 아니고 장에 가서 물건을 잘 사는 사람도 아니었다. 그녀의 좋은 남자는 사람의 꼴을 보아내고 한마디 말일지언정 주어와 서술어를 갖추어 하는 사람이었다. 그녀의 남편 민연기는 물, 밥, 뭘, 뭘?, 단마디로 대개 의사를 표시했으며 그녀 또한 할 말만 재게 했다. 그 짧은 말도 민연기는 참을성 없이 금방 외면했다. 그녀는 한국 여자가 한국 남편 앞에서 말을 시원히 하고 사는 것을 언니 내외를 비롯하여 몇 부부 빼놓고는 별로 보지 못했다. 그러므로 그녀의 한국 남자에 대한 평가는 낮을 대로 낮았다. 한국 남자치고는……. 그런 표현을 그녀는 곧잘 썼다.

그녀가 이 층의 말소리에 귀를 기울이며 부침개를 부치고 있는데 지하실에 선반 매다는 일을 하러 와 있던 사십 대의 한국 남자가 작은 화장 거울을 들고 씩씩거리며 올라왔다.

"아주머니, 이런 거 버릴 때는 조심하세요."

"그걸 왜 버려요?"

"저 말이오, 한국에서 모두들 가지고 오는 어린애 옷도 안 들어가게 생긴 장롱같이 생긴 거 있잖우. 자개도 붙여놓고 그런 거, 조그만 문짝도 붙었지. 그걸 오는 사람마다 가지고 오지, 쓸모도 없는 걸. 몇 년 가지고 있다가 낡고 거추장스러워서 결국 버리는데, 미국 사람들이 보면 마귀 상잔 줄 알고 무서워한대요. 오늘 한국서 오신 손님들도 그런 거 가지고 오셨을지 모르니까 빨리 가서 말해주세요. 조심하라구."

"그럴려구요."

"정말이오. 이종훈 목사가 그러더라구. 그거 버릴 때는 발로 밟아 형체도 없이 부셔버리라구. 미국이 이래 봬도 옛날엔 백 퍼센트 기독교 국가였대. 그래서 각 나라에서 마귀 단지 갖고 들어오는 걸 무서워한대. 여기 미국에서는 쓰레기도 잘 못 버려요. 우리 집에 덩굴풀 화분이 있었는데 풀 쪼가리도 거 오래 기르니까 못 쓰겠습디다. 마귀야, 마귀. 부엌문에 걸었는데 우리 어머니가 노인네 아뉴, 우리 어머니가 밤에 음식 들고 부엌에 들어가면 덩굴이 목을 휘이익 감아요, 아주 기분 나쁘다구요."

"그걸 왜 부엌문에 거세요?"

"그거 걸어놓는 것 아니오? 행잉 푸랜트(hanging plant), 지금 사는 데로 이사 가보니까 부엌문 위에 못이 있거든. 그거 화분 걸어놓으라는 것 아뇨. 화분은 내 동생이 병원 근무할 때 산 건데 십 년 되었지. 뿌리가 자랄 데가 없으니까 막 뭉치다가는 화분 밑에 있는 구멍으로 엉겨 나오고 꼭 마귀 새끼 같아요. 동생이 지랄지랄해서 동생 몰래 내가 밤에 나가서 죽이려고 꺼내보니까 화분에 흙은 다 주저앉아서 없어. 흙도 없는데 뿌리가 마귀새끼같이 징그럽게 엉겨 있더라구. 내가 지하실로 가지고 가서 가위로 잘랐어. 질겨서 잘 잘라지지 않는 것을 겨우겨우 힘들게 썰었어. 버리긴 버렸는데 그게 끝까지 말썽이더라구. 쓰레기 직원이 저만큼 집어 들고 가더니 도로 왔어. 이걸 이렇게 버리면 어떡하느냐구."

"그럼 어떻게 버려요?"

"흙 버리면 안 된대요. 그걸 안 보이게 잘 내버렸으면 감쪽같았을 걸 들켜가지고 벌금 십 달러 냈다구."

김윤수의 어머니는 요 위에 홀로 누워 있었다. 오줌을 싸서 그녀의 아랫도리는 척척했다. 동생 내외가 도착하기를 고대하던 그녀였다. 언니와 동생이 방성통곡하며 재회했던 극적인 장면은 반 시간도 지속되지 못하고 그녀는 잊혀진 사람같이 그녀의 방에 누워 있었다.

"어머니가 많이 늙으셨구나. 보기가 영 안쓰럽더구나."

붙잡고 씨름하던 가방을 일단 밀쳐놓고서 이모가 말했다. 그녀는 죽음의 냄새와 맛을 언니의 주변에서 느꼈다.

"내 친구 이 박사가 말이여, 히말라야 마야 족이 장사 지내는 거 보고 왔는데 참 못 보겠드래. 열두어 살 된 계집애가 이 박사 심부름도 들어주고 그러더니 어느 날 밤새 갑자기 죽었대. 시체를 크으다란 바구니 속에다가 앉혀가지고는 마을 사람들이 등에 지고 산에 간다는 군. 마을 사람들이 북을 치고 뼈로 만든 트럼펫을 불면서 따라가드래. 거기 칼하고 도끼를 든 남자가 있드라누만."

이모부가 말했다.

"식구들은 없구요?"

김윤수가 물었다.

"식구들은 울면서 서로 부축하구 개들은 짖어대고 쫓아오다가 말다가 하고 닭들은 뒤뚱거리고 날갯짓을 하면서 길을 비켜주더래."

"당신은 사뭇 본 듯이 얘기하누만."

"산에 가서는 모두 땅에 둘러앉아서 떡을 노놔 먹더래. 그러다가 한 남자가 시체를 가렸던 천을 벗기니까 시체가 벌거숭이더래여. 계집아이 눈은 열려가지고 위를 보고 있더라누만. 며칠 전에 이 박사가 심부름 들어주는 게 고마워서 죽은 계집아이한테 귀고리를 줬다누만. 그 애가 그걸 그냥 달고 있더래. 가슴이 자못 찡하드라대. 나중에 들으니까 시체에 있던 장신구는 자르는 사람들이 가진대."

"뭘 잘라요?"

"시체를 자르지. 먼저 시체에서 귀를 자르더래. 그다음은 계집애 아저씨가 계집아이 몸에서 머리를 잘라내드라는군. 햇볕에 도끼가 번쩍하드래. 그다음엔 단도직입적인 태도로 뭐냐 닭을 토막내듯이 팔하고 다리를 자르니, 한 사람은 내장을 열고 다른 사람은 다리를 작은 토막으로 내서는 바위 위에다가 조심스럽게 늘어놓더래. 피하고 선지덩이로 물들어서 시뻘겋게 된 남자 둘이서 번갈아가며 자르는 거지.

시체의 어깨하구 가슴을 잘게 잘라서는 편편한 돌 위에다가 놓드래. 그러고 나서는 새들을 부르는 노래를 하더라는구먼. 그러니까 정말 새들이 몰려오더래. 그런데 이놈의 새들이 와서는 그냥 조용히 앉았더래. 그러다가 왕새가 와서 먹으니까 그다음에 다른 새들도 먹더라는대. 그걸 보고서 사람들은 계집아이가 죽어서 좋은 데 갔다고 그러더래."

"말하기 뭣하다만 어머니 수의랑은 준비했냐?"

이모가 물었다.

"아니요."

"왜, 해놓지. 일 당하고 나면 좋은 걸루 못하구, 또 수의는 해놓으면 오래 산다는 말두 있지. 가만있거라, 내가 서울 가서 좋은 명주로 해 보낼게. 그런데 어머니는 한국으로 모실 거냐? 아무래도 그래야겠지?"

다음 날 회사에 출근한 김윤수는 점심시간에 차를 공원으로 몰고 갔다. 하나의 선율이 그의 마음속에 끓어올랐기 때문이었다.

집 안 가득히 식구들이 모여 있는 모습이 그는 뿌듯했다. 옛날 여름철 이모 집에 가면 나무 그늘이 뜨락에 서늘히 잠겨 있고 맛있는 음식이 풍성하고 웃음소리가 가득했다. 사촌들은 우울을 모르는 아이들 같았다. 당시 이모의 집을 김윤수는 자기가 지금 재현한 것만 같았다.

그는 생각에 잠겨 공원을 거닐다가 떠오르는 선율에 실을 말들을 수첩에 적어보았다. 제목은 '행복'이라 붙이고 싶었다.

햇볕은 무게 없이 온 누리를 덮고

나무 그림자는 무게 없이 잔디 위에 얹히고

나뭇잎들은 무게 없이 가지 위에 달렸다

물오리들은 무게 없이 물 위를 떠가고

그대는 무게 없이 내 눈 안에 든다

연

열 살쯤 된 소년이 바닷가에서 연을 날리고 있었다. 튼튼하게 생긴 연은 바다 위로 떴다. 소년의 아버지로 보이는 중년 남자가 지켜보고 있었다. 부드럽고 농염한 햇볕이 광활한 풍경 위에 고요히 어려 있었다.

윤하의 시선은 유리 창틀에서 나무와 바다로 건너갔다. 한참 침대에 앉아 있었더니 풍경들은 개개의 것으로 보이지 않고 모시를 접은 것같이 되어 햇볕과 함께 윤하의 시선 안에서 엉겨 뒹굴었다. 윤하가 앉아 있는 곳에서 바다까지의 거리는 사라지고 그 안에 있는 여러 가지 빛깔의 꽃잎과 나무줄기와 나뭇가지들과 연은 윤곽을 잃고 덩어리가 되어 윤하에게 달려들었다.

-내가 지금 여기 안 있다면 나같이 평범한 사람이 다른 세상에서 무엇을 하고 있을까. 혼자 있으면 한 손으로 손뼉을 치는 것 같은 소리이다. 무언지 결여되어 있다. 고리 같은 것이 없다. 이 세상의 다른 사람들 집단과 나 사이를 연결시켜 주는 고리, 그 누구, 그 어느 한 사람. 나는 방금 목욕을 마쳤다. 내가 비누칠을 했는지 안 했는지는 모르겠다. 들어가서 다시 한 번 비누칠을 하고 와야겠다. 목욕하는 데

시간이 많이 걸린다. 피곤하다. 어젯밤 숨죽인 목소리가 그늘진 구석으로부터 속삭속삭 들렸는데 내가 가까이 가니까 조용해졌다. 이모와 올케와……. 사람들은 내가 안 듣는 데서 내 얘기를 한다. 무슨 얘기를 할까? 성경에 돌아온 탕자의 얘기가 있었다. 나는 그 얘기를 여러 군데서 들었다. 아들은 아버지의 집을 떠나 방황하다가 집에 돌아오니까 아버지가 따뜻이 맞아주었다. 형은 그런 아버지에게 불공평하다고 항의했다. 당연했다. 형은 한 번도 아버지의 집을 떠난 일이 없는 사람이므로 집 외의 세상에 대해서는 잘 몰랐을 것이다. 한진석 이전의 나처럼. 나는 너무 오랫동안 내 머릿속에서만 살아왔던 것 같다. 돌아온 탕자는 떠날 때와 똑같은 사람으로 집에 돌아올 수는 없었을 것이다. 무엇인가 아주 특별한 일들이 도중에 일어났다. 집을 떠나 멀리 돌아다닐 때 그는 오직 변화밖에 할 것이 없었을 것이다. 그런데 바깥세상의 눈보라 치는 두려움과 태양의 기쁨을 경험하지 못한 형이 어떻게 멀리 갔다가 온 자를 도와줄 수가 있을까. 나는 '양파 껍질 이론'을 들은 일이 있다. 사람은 양파와 같아서 겉껍질은 잘 모르는 사람들이 보는 것이고 속으로 가면 밖으로 보여주는 것과 다른 면이 있다고 한다. 나의 제일 속에는 무엇이 있는지. 거기 단단한 고갱이가 있는지, 아니면 그냥 살면서 아무거나 집어 가져서 여러 가지 영향이 뒤섞여 막 있는지. 나는 아주 단순히 생각했던 것 같다. 누구를 해치지 않으면 모든 것이 괜찮다고 생각했다. 나는 내가 생각했던 것처럼 좋은 사람이 아닌지 모르겠다. 나는 하늘에다가 연을 많이 띄워보았고 그 연이 바람에 찢어지는 것을 많이 보았다. 나는 이상적인 사랑을 꿈꿔왔으며 그것은 세월이 지나가도 없어지지 않았다. 그러나 그 일이 억지로 일어나게 하지는 않았다. 그런 것은 하늘의 뜻에 따라야 할 것 같았다. 부부의 사랑이 가정의 중심이 되었을 때 아이들은 행복해했다. 어머니와 아버지가 서로 좋아했으므로 우리 형제들은 아침에 경이로운 눈을 떠서 하루를 시작하여 밤에는 자야 되는 것이 아쉬워 생이별하는 사람들처럼 서로 몇 번씩 잘 자라고 인사하면서 잠들었었다. 주먹을 푹 집어넣고 싶어지는 구름에 전기가 있다. 전기는 꼭 발전소에서 만들어서 전깃줄을 통해 우리 집에 와서 램프를 켜는 게 아니다. 전기는 어디든지 있다. 책상에도 있고 종이에도 있고 나한테도 있고 엄마한테도 있다. 그 어느 해 송이의 여름 캠프 면회일이 다가왔다. 집 떠난 지 불과 두 주일 만에 송이는 숙성한 표정을 띠고 있었다. 캠프 주변의 숲길을 같이 걷는데 아홉 살 난 아이는 이야기가 꽤 복잡하게 전개되는 영화 얘기를 내게 해주었다. 긴 이야기를 아이가 하는 것이 신기해서 나는 이야기의 줄거리를 따라가지 않고 아이의 목소리만 따라갔다. 나뭇잎은 소리 없이 물 위에 떨어져 움직이지 않았다. 아이와 나는 구름이 반사된 물가에 무릎을 꿇고 앉았었다. 물에 우리의 모습이 비쳤다. 하늘 거울이야, 하늘은 어디서나 엄마하고 나를 알아보고 보호해줄 거야. 아이는 말하며 내 눈물을 닦아주었다. 한진석, 당신은 정말 멋지고 요란스럽게 나타났다. 당신은 그리스의 이카루스처럼 태양을 향해 날 것이며 모세처럼 약속된 땅으로 사람을 이끌고 갈 것이라고 말했다. 당신의 풍경은 영광에 빛나는 모험의 꿈들로 점철되어 있었다. 그것을 세상에 실현시키기 위해 당신에게는 세계를 뒤흔들 로맨스가 될 사랑이 있어야 하고, 챔피언이 되기 위해서는 올라가야 될 험준한 산이 있어야 했다. 당신은 방이 많은 커다란 저택과 같았다. 각 방은 그 특성대로 다 아름답고 질서가 있었다. 그런데 그 방들 사이에는 통로도 없고 문도 없었다. 한 방에서 다른 방으로 가려면 당신은 창문으로 기어 올라가서 사다리를 타고 내려왔다가 다시 다른 사다리를 타고 다른 방으로 들어가야만 한다. 대단히 힘들 것이다. 아니, 당신은 조금도 힘들어 하는 것 같지 않았다. 당신은 벽돌 벽이 꿈의 베일이기나 한 듯 쉽게 금방 이 방에 있다가 불쑥 저 방에 있다가 했다. 당신의 말들은 구구절절이 돌에 새겨 넣어도 될 명언이었지만 또한 일관된 진실이 없는 거짓말들이었다. 당신은 말의 중간 아무 때나 침을 꼴깍꼴깍 삼켜가며 거짓말을 열심히도 했다. 진실을 찾는다는 구실하에 당신의 자기변호는 거친 들의 잡풀보다 강했다. 당신은 당신의 잘못과 불안이나 초조한 감정을 부인할 뿐 아니라 그것을 상대방에게 오히려 집어던진다. 당신은 맑고 곧고 악의가 없고 복수심에 불타지 않고 질투심이 없는데 오직 다른 이들이 그래서 당신은 희생자인 것으로 자처했다. 참, 당신은 희생자 중에도 희생자였다. 당신은 희생 전문가라고 할 수 있었다. 당신의 삶은 변덕스러운 애인들, 돈 떼어먹는 친구, 돈 떼어먹는 여자, 돈 떼어먹는 가족, 출세에 눈먼 친구, 음모에 가득 찬 정치가, 의사, 신문기자, 변호사, 상인, 성직자, 교수들이 줄지어 늘어서 있다. 당신은 당신 얘기를 들어줄 사람을 찾는다. 당신의 얘기를 듣고 당신을 정당화시켜 줄 사람, 당신의 의심은 점점 자라나서 당신의 이치에 맞는 증거들을 찾아다닌다. 당신을 생각하니 나는 노여워서 또 목이 멘다. 노여움을 꿀꺽 삼켰더니 노여움은 내 심장을 찔렀다. 노여움이 심장을 쳐서 나는 가슴이 아프다. 지난밤 꿈에 나는 당신을 보았다. 당신은 어린 소년의 모습으로 나를 막 못 가게 막았다. 가야 된다, 여기 있으면 안 된다 하고 마음을 굳게 먹고 가려다가 나를 이렇게도 잡는구나 하고 나는 웃고 말았다. 이건 내가 꾼 꿈이니까 내 현실이지, 이렇게 되었으면 하는 나의 희망일 수도 있고. 보시오, 나는 당신처럼 아무렇게나 편한 대로 상상을 해서 거기서 살고 그러지는 않는다. 나는 세상을 여러 측면에서 바라보고 다른 사람에 대해 이해심을 가지려고 노력한다. 무슨 일이 있을 때 공정하려 하고 참아내려고 노력한다. 실질적인 방법으로 일을 처리하려고 노력한다. 결과야 어떻든 간에 하여튼 그러려고 노력한다. 나는 구겨진 침대 시트를 휘감고 웅크리고 침대에서 운다. 나의 울음은 방 안을 맴돌다가 내게로 돌아온다. 당신은 나를 세상 꼭대기에 올려놓더니 그다음에는 희망과 노여움과 억울함과 수치스러움을 알려주었다. 우리가 함께 지낸 겨울, 어느 늦은 오후에 환기창을 통해 특별한 방식으로 햇볕이 들어와서 우리의 검소한 방 안에 한동안 멈추었다. 설명할 수 없는 어떤 이유로 나는 일생 동안 그 순간을 기억할 것을 알았다. 당신은 열렬한 사랑을 호소하며 거기 있었고 라디오에서는 실내악이 흐르고 나는 행복했다. 나는 정말이지 당신이 긴 세월을 나만 생각했다고 했을 때 세상의 다른 사람들은 물론이고 나 자신까지도 모르고 있었던 나의 그 무엇을 당신만이 특별히 보는 줄로만 알았다. 당신은 내 안에 어떠어떠한 감정들이 있으며 그런 감정들을 내가 극도로 느낄 수 있다는 것을 나에게 알려주었다. 당신의 말발과 당신의 약속과 우리의 십 개월간 지속되었던 결혼과 그 결혼으로 품어보았던 꿈에 아직도 내 팔과 다리는 함께 엉켜 있다. 나는 당신과 헤어지지 않았다. 나는 당신으로부터 있는 힘을 다해 나의 몸을 찢어냈다. 나는 생각해보았다. 지금의 이날들을 내가 죽을 때쯤에는 어떻게 되돌아볼까 하고. 그날 나는 무엇을 생각하게 될까?

윤하가 생각에 빠져 있는 동안 옆방에서는 김윤수의 이모 내외와 김윤수의 아이들이 비디오 영화를 보고 있었다.

"포도 좀 주게."

"여기 있어요."

아이들은 영화를 빌려다 보다가 한국말이 나오는 대목에서 이모할머니와 할아버지를 불렀다. 화면에는 중국옷 비슷한 옷을 입은 동양 남자가 왕좌같이 생긴 의자에 앉아 둘러서 있는 졸개들에게 한국말로 포도 좀 주게 했다. 그러니까 시립하고 섰던 중국옷 비슷한 것을 입은 동양 여자가 여기 있어요 하고 포도가 담긴 접시를 들어 바쳤다. 그런 후에 왕좌에 앉은 동양 남자는 한국말을 시작했다. "한국말로 무조건 말하라니 한심하군. 우리 한국 사람들이 들으면 정신 나갔다고 말할 게 아니야. 아무튼 하라니 할 수밖엔. 결과는 어떻든 간에 말이야. 이런, 미국에서 배우 생활을 하려니 한심하군그래, 한심한 처지가 한두 번이 아니야. 아무튼 한국 팬들에겐 실례가 되겠습니다. 한국말로 무조건 말하려니 한심하군. 결과는 어떻든 간에 하라니 할 수밖엔." 하고서는 영어로 말이 이어졌다.

"저런, 저 장면에 대본이 부족했던 게여."

이모부가 말했다.

"그런 게구먼. 그래서 감독이 저 사람보고 한국말로 뭐든지 하라고 한 게구먼."

이모가 말했다.

"한국말도 미리 써가지고 한 것 같지가 않아. 그럴 시간도 없었나 배. 감독이 그냥 저 배우보고 아무 말이나 해달라 부탁한 게여. 그렇다구, 말이란 게 벨루 필요가 없다구. 당신은 말루 살지만 꼭 해야 할 말이란 게 그닥 있는 게 아니야. 내가 필리핀에 갔을 때 각 나라 사람들이 모여서 파티를 하는데 마지막에 모두 자기 나라 시나 뭐 그런 것들을 하나씩 나와서 읊는데 모르는 말이 듣기가 좋더구만. 미국이나 영국 사람이 영어로 하는 시는 단어의 뜻이 들리니까 왠지 천하게 들리더군. 정신은 말 속에 사는 게 아니라 침묵 속에 사는 거여. 우리가 언제 나무하고 사랑한다고 말로 대화하나, 침묵 속에 신성함이 있다니깐."

"하긴 말이란 것두 어떤 땐 고역이더라. 김 사장 댁 칵테일파티에 갔을 때 말이야. 모두들 일어서서 얘기를 하는데 외국 사람들도 있었지. 나는 의자에 얌전하게 앉아 있었는데 그야말로 꿔다 놓은 보릿자루였지. 건너다보니까 솔표 양말집 마누라도 혼자 어쩔 줄을 모르고 있는 거 같기에 가서 아무 말이나 한마디 좀 하세요, 하니까 그이도 반가워하면서 내가 한마디 하면 댁에서도 한마디 하고 그러세요, 우리 순서대로 합시다 그러더라."

"저 배우가 누군가. 우리나라 사람인가 본데 통 못 보던 얼굴인데, 얘들아, 저이가 저 장면에만 나오니?"

이모가 아이들에게 물었다.

"많이 나와요."

"거참 괜찮은 놈일세."

그들은 그 배우 때문에 자막도 없는 미국 무술 코미디 영화를 앉아서 보았다. 얼마 지나니까 이번에는 그 배우가 졸개들 이름을 부르는 장면이 나왔다. 그 장면에서도 대본이 부족한 듯했다. 그 배우는 졸개들을 거침없이 호명했다. 자장면, 라면, 김치, 깍두기……. 이모 내외는 아이들과 웃으면서 끝까지 재밌게 영화를 구경했다.

물이 물속으로 흐르듯

센트럴파크에서 흑인 청소년들에게 윤간을 당한 후 혼수상태에 빠진 여자가 일 년 반 만에 기적같이 회복하여 시각을 많이 잃고 몸을 못 가누면서도 법정에 증인으로 설 수 있다는 소식이 그날의 톱뉴스였다. 그 여자는 기억상실에 걸려 공원에서 폭행을 당한 것을 전혀 기억하지 못한다고 했다. 그 여자가 살아났다. 그 뉴스는 윤하에게 힘을 주었다.

윤하는 어머니 입에 밥을 떠 넣고 있었다. 요 위에 납작하게 누운 어머니는 음식을 삼키고는 음식을 흘리지 않으려고 입술을 봉긋하게 모아서 벌렸다. 그 입에다 음식을 넣어주면 어머니는 맛있게 짭짭짭 씹어 삼키고 또 입을 벌렸다.

이모 내외는 일주일을 머물다가 시카고로 떠났다. 그들은 시카고, 샌프란시스코를 거쳐 로스앤젤레스, 하와이를 경유하여 귀국할 것이라고 했다. 그들이 떠나고 나니 집은 한적했다.

마침 집에는 윤하와 어머니뿐이었다. 윤하의 어머니는 음식을 씹으면서 초롱한 눈으로 윤하를 올려다보았다. 아기가 젖을 빨다가 엄마의 얼굴을 보고 방긋 웃는 것 같았다. 어머니의 그런 얼굴은 윤하를 뿌리째 흔들어놓았다. 윤하는 직면해서 대할 수 없을 만큼 거세게 끓어오르는 어머니에 대한 연민과 애정을 느꼈다. 윤하는 이제까지 자신의 고통에만 골몰하여 어머니에게 별로 마음을 쓰지 않았었다. 시트를 휘감고 침대 위에 누워 있노라면 이모와 어머니, 늙은 형제가 한 방에 앉아 얘기하는 소리가 윤하에게도 들렸다. 어머니의 말소리는 잘 들리지 않았으나 이모는 목소리가 커서 확실하게 들렸다. 그냥 애들한테 맡기구 언니는 마음 편히 먹구 있어. 늙은이는 말이야 그냥 집에 있기만 해두 젊은 애들한테는 무거운 거야. 그럼, 섭섭한 거야 많을 테지, 좀 많겠어? 그래두 그 섭섭한 걸 다 어떻게 나타내구 살어. 나두 며느리 앞에서 조심하면서 살어. 언니, 마음이 우울할 때는 노래를 해. 그거 생각나는 대루 여기다 가사를 적어보는데 아이야 참 이상하지, 다 아는 노랜데두 정작 써보니까 다 써지는 게 몇 개가 안 돼. 늙은이는 머리를 자꾸 써야 된대. 안 그러면 노망이 든대. 눈이 나쁘니 요새 책도 못 보고 텔레비전도 못 봐. 솔표 양말집 마누라는 머리를 쓰기 위해서 영어 공부를 시작했다대. 언니, 이 노래를 따라해봐, 하고 이모는 소녀 적 부르던 노래를 불렀다.

이모는 떠나는 날 짐 트렁크에 팔을 얹고 앉아 식구들에게 "너희들, 엄마한테 잘해드려라. 인제 사시면 얼마나 사시겠냐." 하면서 눈물지었다. "너희 엄마가 말이다, 시골에서 올라와서 전문학교를 다니는데 노래도 잘하구 유희두 잘하구 운동두 못하는 게 없었어. 너희 엄마가 학교행사 때 노래를 부르면서 유희를 하면 하얀 막이 쳐진 뒤에서는 요훈 선생이 배 젓는 뱃사공으로 어기여차 어기여차 했지. 막에 요훈 선생 그림자가 비쳤어. 그러면 사람들이 일어나서 막 박수를 치고 발을 구르고 야단을 했지. 나는 너희 엄마가 가르쳐줘서 유희랑 노래랑 많이 알았어. 가엾은 카나리아야 왜 울고 있느냐, 이 노래에 맞춰서는 이렇게 손을 위로 올렸다가 울고 있느냐 하고 내리면서는 반드시 손을 떨어야 해. 얼굴은 하늘을 보고……. 표정 유희라고 그러는 거야. 한 동작 한 동작이 대단히 느리지." 예순아홉 살의 이모는 일어나서 유희를 해 보이기도 했었다.

유희랑 노래랑 잘하던 그런 날들이 정말 어머니에게 있었을 것이다. 그러나 이제 와서 어머니의 젊음은 간밤에 생생하게 꾸었던 꿈을 아침에 일어나서 더듬어보는 것과 같이 헛되었다. 여기 누워 있는 늙은 여자가 바로 그 소녀였을까? 윤하는 지금 다른 사람의 손을 잡고 있는 것만 같았다. 옛날에 살았던 그 누구, 그 누구가 현재 여기 있는 사람과 연결된다는 것을 받아들이기가 어려웠다.

윤하가 밥과 장조림을 숟가락에 얹어서 어머니의 입에 넣어주니까 어머니는 또 입맛을 다시면서 맛있게 먹었다. 어머니는 손으로 윤하의 무릎을 토닥토닥 어루만졌다. 어머니는 윤하가 밥그릇을 챙겨 들고 일어나서 훌쩍 방을 나갈까 봐 두려워하는 것 같았다. 사람들은 잠시만 있다가는 혼자 내동댕이쳐 두고 훌쩍훌쩍들 종적을 감추었다.

키 큰 나무가 땅에서 솟아올라 창문을 통과해 지붕보다도 높이 하늘을 뚫고 있었다. 나뭇잎들은 색깔이 변하기 시작했다. 대부분의 잎들은 아직도 푸른 빛깔인데 일부분의 잎들이 여기저기서 성숙하기를 멈추고 성급히 가을 잎으로 변했다. 파도는 바람을 싣고 철썩였다. 하늘과 바다의 경계는 뚜렷하지 않고, 아득한 회색과 그보다는 좀 더 분명한 회색의 바다가 잇닿아 있었다. 가까이에는 사람 없는 빈 배들이 파도 위에서 흔들리고 먼 곳에는 돛단배가 유유히 떠갔다. 방의 마루는 햇볕으로 따뜻해져 있었다.

"맛있다."

어머니는 음식을 삼키고 나서 이번에는 입술을 열지 않았다. 입을 꼭 다물고서 윤하를 빤히 올려다보았다. 젖을 빨다가 엄마에게 장난을 거는 짓궂은 아기 같았다. 윤하는 밥숟가락을 어머니 입술에 대었다가 떼었다가 하며 어머니가 입을 열기를 기다렸다. 어머니는 윤하가 밥을 먹여주어서 기쁜 것 같았다. 윤하는 울고 싶었다. 어떻게 사람이 다르게 사는 길은 없나. 인간이면 누구나 다 아이로 태어나서는 기어 다니다가 두 발로 다니다가 몸을 누구에게 의탁해야 되고 노쇠해서 죽어야 하나. 그 어디에 바람이나 들말이나 알 듯한 자유를 아는 사람이 있을까. 태고에 원숭이가 진화하여 직립 인간으로 되었다고 한 이래로 지구상에는 수많은 인간이 살았을 것이다. 지금도 이 땅이 좁다 하게 많은 사람이 살고 있다. 그중에 어느 한 사람, 과거 현재 통틀어 어느 한 사람도 다른 형태로 살다 간 사람이 없었나. 인간은 다른 무엇을 알았나. 인간은 소우주이다, 신은 인간 안에 내재해 있다, 그런 말도 들었다. 무한한 가능성이 내재되어 있다는 인간 중에 다른 진화의 길로 걸어간 사람이 하나도 없었나. 그 어느 날, 인간이 원숭이처럼 거친 산야를 네발로 어슬렁거리고 돌아다니던 시절, 그중의 어느 한 마리 원숭이가 두 발로 우뚝 섰을 것이다. 아닐까? 네발로 어슬렁거리던 원숭이들이 어느 날 한꺼번에 일제히 일어나 두 다리로 섰을까. 그날 못 선 원숭이는 그냥 원숭이로 영원히 남고 두 발로 선 원숭이만이 지금 이 인간의 길로 진화해왔을까. 정신이 고귀하다고 해도 인간은 참으로 깊숙이도 육체적이었다. 지금 가지고 있는 이 육체가 있기까지는 길고 긴 진화의 역사가 있었다.

요 위에 누워 자기를 쳐다보고 있는 것과 같은 어머니의 얼굴을 윤하는 꿈에서 본 일이 있었다. 십이 년 전에 꾼 꿈인데 지금도 어젯밤 꿈처럼 생생했다. 윤하의 뉴욕 아파트 이웃에 사는 이탈리아 노인이 성게 다리로 만든 풍경을 주었다. 그 사람은 손에 그런 것을 많이 들고 층계를 내려오다가 마침 만난 윤하에게 하나를 주었다. 초가지붕 같은 반쪽 코코넛 열매에다가 성게의 다리들을 매달아놓았는데 흔들면 부딪치는 소리가 낭낭했다. 그것을 현관에다 달아놓았더니 문이 열리고 닫힐 때마다 듣기 좋은 소리가 났다.

그날 밤 윤하는 꿈을 꾸었다. 꿈에서 윤하는 성게 발로 된 팔찌를 손목에 차고 있었다. 그 팔찌는 무슨 질문이든지 대답을 해준다고 했다. 모르는 게 없는 팔찌라고 했다. 어디 볼까? 하고 꿈속에서 윤하는 의심하는 마음을 품었다. 윤하는 손목을 들어 팔찌에게 왓 이즈 랭귀지(What is language?) 하고 영어로 물어보았다. '언어란 무엇입니까?' 영어를 거의 못쓰고 필요할 때나 겨우 몇 마디로 의사소통이나 하고 지내는 처지에 꿈속에서는 영어로 말했다. 그랬더니 놀랍게도 대답이 들렸다. 랭귀지 이즈 날리지(Language is Knowledge). 언어를 말이라고 하지 않고 지식이라고 하다니, 이 팔찌는 꽤 들을 만한 대답을 하는구나. 나는 이제부터 무슨 의문이든지 해답을 얻을 수 있겠구나 하고 윤하가 기뻐하는데 섬광 속에 윤하의 몸이 활짝 열리는 기분이 들더니 거대한 힘이 발을 끌어 윤하는 바다 깊숙이 쑥 끌려 내려갔다. 무슨 일이 일어나는지 윤하는 의문을 품지 않았다.

뭐라 형언할 수 없이 벅차도록 눈부시고 아름다운 빛의 동굴이었다. 아침 바다 동틀 때 같기도 하고, 밝고 기쁜 곳이었다. 빛의 동굴의 아래 반쪽은 바다였다. 밝고 기쁜 빛이 어려 있는 유리 같은 물 위, 그 가운데에 예수가 앉아 있고 앞 양쪽으로 예수의 제자가 여섯 명씩 나누어 앉아 있었다. 예수의 제자들은 부드럽고 순응하는 태도로 묵묵했다. 어인 일인지 윤하의 몸이 동굴 안에서 사까닥질을 하며 돌고 있었다. 윤하의 몸이 밑으로 고꾸라지며 내려올 때마다 예수는 상체와 손바닥을 내밀어 행여 떨어질까 받쳐주는 몸짓을 했다. 윤하의 몸은 예수의 손바닥에 미처 닿을 새 없이 원을 그리며 회전하고 있었다. 윤하의 얼굴과 윤하의 심장은 환희의 웃음으로 산산조각 파열되어

나가는 것 같았다. 윤하는 무게가 없이 그냥 기쁘기만 한 그 무엇이었다. 이렇게 열렸던 가슴이 다시 닫히는 일은 영원히 없을 듯했다. 동굴의 바닷물 아래에는 윤하 어머니의 얼굴이 있었다. 어머니 얼굴은 보름달 같았다. 부드럽게 환하고 지극히 인내심이 있었다.

얼굴이 터져 나가고 가슴이 터져 나갈 것 같던 환희의 느낌은 꿈을 깨고 나서도 생생했다. 윤하는 서점으로 가서 꿈 해석 책에서 '예수'를 찾아보았다. "지저스 크라이스트: 완전한 남자"라고 쓰여 있었다. 아이의 아버지와 불행했던 나날이었기에 내가 완전한 남자를 그리고 있다는 무의식이 나타난 꿈이었나 보다고 윤하는 생각했다. 기독교인이 아닌 자신이 꿈에 예수를 본 것은 아마도 미션스쿨을 다니며 받은 기독교 교육 때문이었을 것이다. 그런데 제일 밑에 있던 어머니의 얼굴은? 참을성 있고 조용하고 보름달 같던 그 얼굴은?

그 꿈은 어쩌면 태어나기 전의 장면이었는지 모르겠다는 생각이 윤하에게 들었다. 어머니는 거기 유리 바다, 빛의 동굴 아래에서 인내심을 가지고 기다리다가 윤하를 받아서 세상에 내보내준 것만 같았다. 자기가 어려서 왜 그토록 행복해했는지도 윤하는 알 수 있을 것 같았다. 그렇게 빛의 동굴에서 얼굴이야 몸이야 터져 나가라 하고 웃다가 이 세상에 태어났기 때문이었다. 웃으며 공중에서 사까닥질을 하는 나를 여기 요 위에 누워 있는 이 여자가 참을성 있게 기다려 받아 가지고 세상에 내놓은 것만 같았다.

"너는 죽을 때 참 잘 죽을 것 같다."

어머니가 윤하를 초롱한 눈으로 올려다보며 말했다. 다시는 이 이부자리를 박차고 일어나는 일이 없이 이러고 있다가 죽어야만 되는 죽음까지의 매일매일이 지겹다는 뜻일까? 뭉그러지듯 다정한 마음으로 윤하는 밥이 담긴 숟가락을 어머니의 입에 대었다. 어머니는 모이를 받아먹는 아기새처럼 입을 벌리고 윤하는 그 입속에 밥을 넣어주었다. 어머니는 짭짭짭 맛있게 씹었다. 인생이란 우리들보다 확실히 커다란 존재인 것 같다고 윤하는 어머니를 끌어안고 말하고 싶었다.

김윤수는 바닷가를 산보하고 있었다. 밤이면 기온이 내려가서 두툼한 코트를 입어야만 했다. 윤하는 오늘 뉴욕으로 돌아가고 집에는 이제 그의 식구들만 남아 있게 되었다. 김윤수는 그것 또한 좋았다.

별이 밤하늘에 여기저기 돋아났다. 지구도 절묘하게 빛나는 하나의 별이라고 했다. 다른 많은 별과 달리 지구에는 생물이 살고 있었다. 김윤수를 포함한 사람과 동물과 식물과 광물과 집과 길을 싣고 지구는 우주의 침묵 속에 떠 있었다.

김윤수는 양말을 벗고 맨발로 모래 위에 섰다. 그의 발밑에서 부서지는 모래는 차가웠다. 그는 찬 모래를 발끝으로 차듯 하며 걸었다.

미국에 와서 삼 년쯤 되었을 때 잘 먹지 않고 힘든 생활을 해서인지 김윤수는 몸이 쇠약해지면서 몹시 앓았다. 머리는 쪼개지는 듯이 아프고 소화는 되지 않고 관절은 저렸다. 나중에 그는 그 투병 생활의 경험을 이렇게 묻는 것으로 대신했다. 아팠을 때 당신은 의사를 볼 수 있었습니까? 먹을 음식이 있었습니까? 간호하는 사람이 있었습니까? 따뜻한 방에서 아팠습니까? 그는 집세를 낼 수가 없어 여러 친구의 집을 돌아다니며 외로이 아팠다. 어느 날 그는 기진맥진하여 생각했다. 죽으면 죽지, 과거는 그에게 속해 있지도 않았던 것처럼 사라지기 시작했다. 다른 사람의 이야기를 들은 것처럼, 꿈을 꾸었던 것처럼 모든 것의 경계는 사라지고 특별한 것도 없어지기 시작했다. 마음이 수만 리 밖으로 사라졌다. 재빨리 멀어져가는 그것들을 잡으려면 힘이 들었다. 그는 그것을 붙잡을 마음도 없었다. 정신이 줄어들고 기운이 탕진되자 그의 육체는 정신도 기운도 없이 저 혼자 내동댕이쳐졌다. 그때 모든 것은 새로 시작되었다. 몸의 기운과 몸에 붙이고 있던 습관들을 모두 비워냈을 때 그의 세포들은 새로운 것을 받아들이면서 깨어났다. 조금씩 서서히 깨어났다. 살아가려면 이 길밖에 없다 하고 그의 육체는 단단히 깨달은 것 같았다.

김윤수는 바닷가 산책을 끝내고 집으로 향했다. 오는 길에 그는 죽은 나뭇가지들을 한 아름 가져다가 집의 벽난로에 불을 피웠다. 그는 아내를 불렀다. 아내는 손에 로션을 문지르며 그에게로 왔다. 불꽃은 탁탁 튀며 잘 타올랐다. 그는 아내에게 말했다. 좋지 않아?

김윤수와 그의 아내는 오랜만에 생각나는 모든 것에 대해서 밤늦도록 얘기했다. 아이들 얘기부터 정원을 가꾸는 일, 집, 자동차, 아는 사람들, 들어가야 될 돈, 과거, 현재, 미래……. 그러나 그들은 이 층에 누워 있는 어머니에 대해서는 얘기하지 않았다. 김윤수도 그것을 알았고 김윤수의 아내도 그것을 알았다. 그날 밤 그들은 너무 분명한 일에 대해서는 얘기하지 않았다.

사랑의 예감

제1장 지금은 뉴욕

1

"우섭 씨가 숲에 들어가서 별을 꼭 봐야 되겠다고 해서 차에서 내려 모두 걸어갔다. 우섭 씨는 별이라면 미친다. 네바다에서 별똥별 조각을 사십 달러 주고 샀다고 보여주는데 그냥 돌멩이더라. 크기는 엄지손톱만 한 게 글쎄 사십 달러래."

"그게 별똥별인지 아닌지 어떻게 아니?"

"누가 아니래니. 하여간 우섭 씨 성화에 우리는 모두 숲으로 들어갔다."

"별을 뭐 꼭 숲 속에서 봐야 하니?"

"그래야 된다는구나. 우리 모두 무서워서 죽은 거 있지. 숲 속에 연못이 있는데 귀신이 나올 거 같고 어쩌면 그렇게 깜깜하니? 아무것도 안 보여. 내 손을 내 눈앞에 이렇게 대도 안 보이더라. 낙수 형은 안 내리고 차에서 자겠대. 그래서 우리들이 숲으로 간 동안 차에 있었는데 그 동네에 사는 어떤 사람이 와서 가라고 하더래."

"백인이?"

"물론이지. 낙수 형이 친구들이 지금 저기로 별 보러 갔다니까 요놈이 가더래. 그런데 보니까 요놈이 그냥 간 게 아니라 경찰을 불렀어. 경찰이 왔는데 그땐 우리가 숲에서 나왔지. 염려 말라고 가겠다고 하는데도 정중한 말투로 경찰이 우리를 동네 어귀까지 에스코트해 주겠대. 그런데 낙수 형이 우리는 예술가라고, 낙수 형하고 거기 또 허뭐라는 그날 처음 만난 화가가 그렇게 설명한 거 있지. 그런데 낙수 형이 영어를 왜 그렇게 이상스럽게 하니? 창피하더라구. 참 창피하고 이상한 밤이었어."

"낙수 형은…… 혹시 윤낙수 씨니?"

신옥은 벽 너머를 넘겨다보는 듯이 걸으며 장미에게 물었다.

"오, 너 아는구나. 어떻게 아니?"

"그이가 우리 여학교 때 미술 선생님이었다. 지금도 잘생겼니?"

"오, 너 그런 걸 잘생겼다구 그러는구나."

"그렇잖니? 나 고등학교 일 학년 땐데 그 선생님이 국전에서 국무총리상을 타고서 우리 학교에 미술 교사로 왔었어. 애들이 참 좋아했다. 장가갔어도 상관없더라구. 난 아니지만 선생님 좋아하고 그러는 애들 타입이 있잖니? 그런 애들이 난리를 쳤었다. 그런데 이상하다. 그 선생님은 우리 학교에 일 년쯤 있다가 스페인으로 유학을 떠났었는데……. 모르는 말을 쓰는 모르는 나라로 가고 싶어서 떠난다고 그랬었는데……."

"스페인에서 프랑스로 갔다가 미국 온 거 있지. 낙수 형이 처음 와서는 고생을 직사게 했대. 공사판에도 다니고 그랬었나 봐. 그런데 한국에 그림 수집 붐이 나서 지금은 괜찮은가 봐. 형편이 폈지. 스페인에서두 살구 프랑스에서두 살았는데 어쩌면 그러니? 스페인어랑 프랑스어는 하나도 모르는 거 있지. 서울 강남에 가면 낙수 형 그림이 없는 집이 없다던데 정말이니?"

"몰라. 우리 집은 경기도 성남시에 있으니깐. 작년에 집을 지었다. 방은 많으니까 한국에 오면 우리 집에 와서 지내라. 그런데…… 저, 그럼 우섭 씨라는 사람은 하우섭 씨니?"

"오, 너 아는구나."

"어야."

신옥은 장미의 대답을 듣고 어정쩡한 소리를 내고야 말았다. 매스컴을 통해서만 보던 국제적으로 유명한 한국 예술가들의 이름이 이십 년 만에 만난 소꿉친구의 입에서 거침없이 흘러나오는 때문이었다. 신옥과 장미는 초등학교 일, 이 학년을 같이 다녔고 장미네가 먼저 이사 갈 때까지 신옥의 집과 장미의 집 사이에는 담도 없었다. 그곳은 지금 고급 아파트 단지가 되었다.

"우섭 씨는 얼마 전에 삼십 분짜리 비디오를 만들었는데 보니까 아주 싹 망쳐놓은 거 있지. 이 세상에서 나쁜 아이디어는 전부 거기다가 모아놓았더라구. 두루 막 섞어서 관중을 어떻게 하면 성가시게 할까 하고 요것도 해보고 저것도 해보면서 실험하는 거 있지."

"작년에 하우섭 씨 전시회를 한국에서 크게 했어."

"그랬다지, 정말."

"줄을 한참 섰다가 들어가서 구경했어. 웬 사람들이 그렇게 많던지. 봐도 난 잘 모르겠더라."

"글쎄 그렇다니깐."

그게 그럴 일인가 싶을 정도로 장미는 신바람을 내며 동감을 표시했다. 진 바지에 새까만 티셔츠를 입고 머리는 기하학적인 선으로 커트하고, 눈 주위는 시커멓고 입술은 반짝거리는 은색. 신옥은 세련된 멋쟁이로 변모된 소꿉친구의 모습이 놀랍기만 했다.

"하우섭, 윤낙수 그런 분들은 우리보다 나이가 훨씬 위 아니니?"

"위지. 나는 우리 집 미스터 김이 부르는 대로 부르는 거야. 그리구 그 사람들은 나를 동료 예술가로 대해주니 고맙지 뭐. 우섭 씨가 하는 건 클래식은 아니어도 오래갈 거야."

신옥은 장미가 무슨 예술가인가 했으나 그 얘기는 그냥 정지 동작으로 두기로 했다. 비디오를 보다가 정지 동작의 단추를 누르듯.

"덥구나. 뉴욕두."

신옥이 말했다. 핑크빛 투피스가 움직일 때마다 그녀의 몸에 들러붙고 있었다. 칠월의 뜨거운 태양은 모든 것을 녹여내고야 말 것만 같은 기세였다.

"여기 뉴욕은 에어컨하고 전등 같은 걸로 기온이 인근 지역보다 구도나 높대. 빌딩들이 낮에 열을 받았다가 밤에는 뿜어내서 뉴욕은 자체 내에서 기후를 만들어낸단다. 바람도 만들구. 말하자면 이 도시는 자신만의 고유한 태양을 하나 가진 셈이지."

"그런 식으로 말하면 서울은 안 그렇니, 뭐."

신옥은 마음속에 불끈하는 무엇을 느끼며 말했다. 기온이 다른 데보다 더 높다는 것이 하등 자랑거리가 될 수 없음에도 뉴욕만이 가졌다고 하는 '고유한 태양'이란 말에 과잉 반발심이 일어났다.

신옥은 캐나다를 거쳐 뉴욕으로 지금 신혼여행 중인데 평생 처음으로 외국에 나와보니 교포들 중에는 우리나라를 흉보고 싶어 하는 사람들이 의외로 많음을 알게 되었다. 특히 토론토에서 만난 한 지식인 여성은 우리나라에 뭐가 있어, 뭐가 있어 하며 우리나라 사람 중에서 건질 사람은 오로지 그녀뿐인 듯이 굴었었다.

"여기가 뉴욕에서 물건이 제일 싼 거리다. 가기 전에 여기서 선물 쇼핑을 해. 그런데 언제 떠난다구?"

"토요일 날. 이틀 후야. TWA 항공기 추락 사건도 있고 해서 비행기를 타기가 겁이 나네."

신옥과 장미는 맨해튼 14번가를 걸어가고 있었다. 길 양편으로 가방, 옷, 커튼, 그릇, 신발, 램프, 시계 등을 파는 가게가 세일이라고 크게들 써 붙이고 늘어서 있어 하늘에서 알몸으로 뚝 떨어진 사람이라도 이 거리에만 오면 금방 생활을 해결할 것 같았다.

"저기 있는 사람이 왜 우리를 보고 마리아라고 그러지?"

이상스러운 듯이 신옥이 물었다. 옷 가게 앞에 서 있던 얼굴이 까무잡잡한 남자가 그들을 향해 '마리아! 마리아!' 두 팔을 공중에 휘저으며 외치고 있었다. 내가 성당에 다니는 것을 알아보고 그러나? 혹시, 혹시 성모님의 후광이 내 등 뒤에?

"우리가 아니야. 남미 여자들한테다가 그러는 거다. 우리나라로 치자면 영자야 영자야가 되나? 영자야 제발 좀 들어와서 옷 사라구."

장미가 말했다. 잘 보려고만 하면 어디든지 볼만한 것들이 있는 듯했다. 장미는 그냥 걸어가는 길을 신옥은 고개를 들고 두리번거리며 열심히 구경했다.

"그렇구나아. 그런 거구나아."

'마리아'는 성모님의 이름인 줄만 알았던 신옥은 큰 지식 하나를 습득한 것같이 고개를 끄덕였다.

"요 모퉁이만 돌면 우리 아파트야. 이제 다 왔어."

장미가 말했다. 며칠 전 아침에 밴쿠버에 살고 있는 손위 시누이가 전화를 했다. 우리 친구 아들이 색시하고 한국에서 신혼여행을 와서 같이 지냈거든. 걔들이 뉴욕을 구경하고 간다고 해서 거기 전화번호하고 주소를 줬어요. 연락이 가면 한번 만나 저녁이라도 먹어. 좋은 사람들이니까. 이것들이 배우려고 어찌나 열심인지 발이 부르트도록 미술관, 박물관을 돌아다니다 떠났어. 어머, 어떻게 함부로 남의 전화번호를 알지도 못하는 사람한테다 막 주구 그래요. 당신 누나는? 전화를 끊고 나서 장미는 남편에게 화를 내었다. 그 신혼 부부가 우리를 찾을지 안 찾을지도 아직은 모르는 거잖아. 누님이 어련히 알아서 하셨겠지. 돈 워리(Don't worry). 남편은 장미를 달랬다. 남편은 오 남매의 막내로 큰시누이의 손에서 커서 남편에게 있어서 시누이는 누이라기보다도 어머니 같은 존재였다. 앞으로 오는 전화를 자동 응답기를 통해서만 받아야겠다고 장미는 작정했다. 그랬는데 아까 점심때쯤에 울린 전화를 이어링을 떼내며 무심코 받았더니 웬 남자, 즉 신옥의 남편이었던 것이다.

"얘, 신옥아. 정말 반갑다. 난 아까 전화를 받고 식당 압강옥에 나갈 때까지도 네가 거기 있을 줄은 꿈에도 몰랐다. 신혼부부라고 시누님이 그래서 앳된 신부를 상상했었구나."

"결혼은 스물여덟에 하고 작년에는 집을 지었구. 올해야 허니문이야. 허니문 끝나고 한국에 돌아가면 가정을 꾸려야지. 아들딸 구별 없이 둘만 낳고 싶어."

꿈에 차서 신옥이 말했다. 신옥은 한 번뿐인 인생을 대단히 잘 살아볼 작정이었다. 그러려면 다가오는 미래를 수동적으로 맞이할 것이 아니라 계획해서 내가 만들어내야 한다는 생각이었다. 그녀는 연극이나 음악회, 미술 전람회에도 문화 주사를 맞는다는 기분으로 열심히 다녔다. 장차 교양 있는 주부, 교양 있는 아내, 교양 있는 어머니가 되기 위함이었다.

"몇 시나 됐니? 지금."

손으로 부채질을 하며 장미가 물었다.

"두 시 반……. 이 시계 괜찮지? 이거 공산품 판매장에서 만 원 주고 산 거야. 시계 파는 남자가 이 시계는 아버지가 낚시 갈 때 찼다가 책상에다가 풀어놓으면 아들이 학교 갈 때 차고 아들이 책상에다가 놓으면 엄마가 시장 갈 때 차는 거래. 내가 말이지 왜 책상에다가 놓는가 하고 물어봤어. 그랬더니 그건 온 가족이 찬다는 뜻이래. 그냥 그 뜻밖에 없대. 책상하고는 아무 상관이 없단다. 넌 시계가 없니?"

"있어. 그런데 배터리가 다 닳았는지 느리게 가서 요샌 안 찬다. 뭐가 그렇게 바쁜지 시계 배터리 갈 시간두 없구나. 오늘부터 휴가니까 이제 그런 거 다 해야지."

"요샌 시계가 왜 그렇게 싸고 흔해졌니? 한번은 밤에 서울에서 버스를 탔는데 외판원이 올라와서 만 원에 남자 시계 한 개에다 여자 시계 한 개, 미키 마우스가 그려진 애들 시계 한 개, 그리구 책상에 놓는 조그만 디지털시계, 거기다가 또 덤으로 시계 달린 볼펜을 준단다. 생각하다가 안 사고 말았어."

"왜?"

"너무 많잖니."

"오, 넌 많으면 안 사는구나."

2

장미의 아파트는 건물 삼 층에 있었다. 우물 속에서 두레박이 올라가듯 흔들거리고 덜컹대는 엘리베이터를 타고 삼 층에 도착해서 엘리베이터 문이 열리니 바로 드높은 천장에 훅 터진 공간이 신옥의 눈앞에 나타났다.

"우리 집 미스터 김은 소원이 로프트에서 살아보는 거였는데 소원대로 삼 년 전에 이리로 이사를 오게 됐어. 지금은 예술가들이 많이 살지만 전엔 이게 전부 공장이었대. 그래서 여기저기 파이프 선이 지나가지. 너 뭐 마실래? 주스도 있고 우유도 있어. 너네 전화 받고 급하게 나가느라고 집 안이 엉망이다."

집에서 나갈 때 장미는 전화 속의 남자가 신옥의 남편인 것을 몰랐었고 그는 오전 중에 아내와 함께 뉴욕에 도착해서 엠파이어스테이트 빌딩을 구경하고 32번가 한국 타운에 와 있다고 말했다. 여기 한국 음식점이 아주 많군요. 밴쿠버에서요, 저희가 김기자 아주머님께 너무 신세를 지고 왔습니다. 아주머님께서 말씀하시더군요. 정 그렇게 마음에 부담이 되거든 뉴욕에 가서 동생 내외하고 식사나 하라구요……. 점심 한 끼…… 저희들에게 점심 한 끼의 기회를……. 낮잠을 자다가 장미에게서 전화를 바꿔 받은 장미의 남편은 점심 한 끼 사달라고 애걸하는 것이 아니라 자기가 사겠다고 애걸하는 소리에 슬그머니 감도는 웃음을 감추지 못했다. 거 되게 진실스럽군.

"어야. 너네 집은 무슨 우주선 사령탑 같구나. 컴퓨터에서 팩스기에. 그리구 이런 건 다 무슨 기계들이니?"

가죽 소파에 앉으며 신옥은 마음 붙일 곳이 없는 방이라고 생각했다. 입구 쪽에 스토브와 싱크대 같은 부엌 설비가 있고, 휑하니 넓은 공간에 다탁과 의자들이 한구석에 모여 있고, 그러고는 저쪽 벽에 붙여서 컴퓨터 같은 전자 기계들이 스산히 놓인 책상이 있었다. 서가만으로 모자라 책은 마루 한편에 높이 쌓여 있고 신문지와 잡지 같은 것들은 다탁 주변에 흐트러져 있었다. 소파 위 벽에 붙은 그림은 연기 나는 공장 굴뚝을 연상시키는 것이고 전화기 옆에 있는 게시판에는 약속 메모와 공문, 영화, 미술 전시회 등의 프로그램이 아무렇게나 붙여져 있었다.

"신옥아, 옷 갈아입을래? 티셔츠 줄까. 넌 신부답게 이 더위에도 핑크 투피스 정장 차림이구나."

아무리 여름 옷감이라고는 하지만 이 더운 대낮에 투피스를 입고 목에는 진주 목걸이를 한 줄……. 장미는 신옥이 우스꽝스러웠다. 다이애나 공주라도 안 그러겠다.

"괜찮아, 우리 어머니는 삼복더위에도 맨발을 보인 적이 없으셨어. 아무리 더워도 난 스타일을 구길 순 없어."

"오, 너 스타일리스트구나."

"난 가만히 있어도 멋있는 여자가 아니야. 난 가꿔야 해."

"지금 에어컨을 켰으니까 좀 있으면 시원해질 거야. 여긴 선풍기도 같이 틀어야 해. 우리 에어컨은 처음에 조금 찬바람이 나다가 도로 더워진다. 오, 이메일이 스페인에서 들어왔구나."

"응?"

"여기 컴퓨터를 보니까 스페인에 있는 친구가 이메일을 길다랗게 보냈구나."

"장미야, 남자들은 언제나 올까?"

신옥은 흘러가는 시간에 안타까움을 나타내며 장미에게 물었다.

"아마 곧 올걸. 왜 무슨 약속이 있니?"

장미는 컴퓨터를 읽으며 말했다.

"아니, 너도 바쁜 모양인데."

신옥은 빨리 거리로 나가고 싶었다. 모레면 귀국인데 그 전에 쌍둥이 빌딩도 가보고 자유의 여신상도 구경하고 서클라인이라고 하는 맨해튼을 도는 유람선도 타야 했다. 그리니치빌리지에 가서 이 선생이 그랬듯이 와인에 곁들여 스파게티 요리도 먹어보고 싶고, 그리고 무엇보다도 메트로폴리탄 미술관과 현대미술관, 링컨 센터, 소호의 갤러리를 둘러보며 문화 주사를 맞아야 했다.

"너, 주스 괜찮지? 우린 콜라나 소다는 안 사."

장미가 냉장고 문을 열고 오렌지 주스를 꺼내는데 전화벨이 울렸다.

장미는 한 손으로 주스를 따르며 전화를 받았다.

"어마 어마 밴쿠버 언니시군요. 네, 그러잖아도 한신옥이가 여기 와 있어요. 아뇨, 남편들은 점심 먹고 어디 갔어요. 색시만, 네, 이서환 씨 색시만 같이 집에 들어왔어요. 언니, 보니까 신옥이는 어려서 이웃에 살던 친구예요. 그럼요. 일 분도 채 못 돼서 금방 알아볼 수 있었어요."

컵에다 따른 주스를 장미가 들고 오려 했으므로 신옥은 황급히 일어나 가서 주스 잔을 받았다. 장미는 꺼냈던 주스 병을 냉장고에 넣으며 통화를 계속하고 신옥은 소파로 돌아와 얌전히 앉았다.

"네, 미스터 김은 이서환 씨하고 학교를, 네, 학교를 알아보러 나갔어요. 이서환 씨 동생이 고등학교 이 학년인데 성적이, 네, 왜 한국은 입시가 야단이잖아요. 그 입시를 치르기가 좀 어려운 성적인가 봐요. 그래서 여기 학교 사정을 알아봐준다고 같이 나갔어요. 어디 교외에 사는 교포 가정집 주소로 해서 여기 고등학교로 들어가는 수도 있고 무슨 특수 고등학교……."

"그랬구나, 그것들이 그래도 뉴욕에 가서 전화를 했구나. 학교 때 이서환이 엄마하고 나하고는 그럴 수 없는 친구였어. 그런데 큰 병을 앓느라고 걔가 변했더라. 내가 한국에 갔을 때 한 친구가 데리고 들어오면서 오의순이가 온다 해서 오의순인 줄 알긴 알았는데 이렇게 봐두 오의순이가 아니고 저렇게 봐도 오의순이가 아니야. 사람이 그럴 수가 있는 건지 아주 딴 얼굴이 됐어. 그런데 올케는 아마 곧 휴가지?"

언제 들어도 기상이 높고 시원한 시누이의 목소리가 전화기 안에서 왕왕 울렸다.

"사실 휴가는 오늘부터예요. 그런데 미스터 김은 대학에서 서머 코스를 맡았으니 우리가 어디 가긴 틀렸어요."

장미보다 10년 연상인 장미의 남편은 대학에서 미학을 가르치고 있고 장미는 그래픽디자이너로 광고 회사에 나가고 있었다.

"동생네를 이번 여름에는 만나볼까 했는데 틀렸네. 서환이가 가서 연락을 취했다니 내가 기쁘구만. 걔 엄마를 지난봄에 로스앤젤레스에서 또 만났는데 이것이 며느리 칭찬을 어떻게나 하던지. 우리 동창회가 로스앤젤레스에서 열렸거든. 스물여덟이 왔어. 한국에서 열다섯이 오고 뉴욕에 사는 애들은 아홉 명이 왔두만."

"오, 언니는 북미 지역 동창회장이니까 대활약을……."

"뭐 이것들이 준비를 어떻게나 잘해가지구 와서 시끄럽게 잘들 노는지. 노래도 악보가 있는 노래, 어떤 건 글만 있는 노래. 그걸 복사해 가지고 와서 버스에서랑 부르구 그랬어. 또 일 번 도로를 봐야겠다, 그랜드 캐니언은 말고 브라이언 캐니언을 봐야겠다, 그런 것들도 계획해가지구 와서 우린 걔들이 하자는 대로 했지. 애들이 전에 적어도 한 번씩은 자식들 보러, 아니면 남편 출장 때 따라와서 캘리포니아는 대개 다들 봤두만. 이틀에 한 번은 한식을 먹어야겠다구 해서 이틀에 한 번은 한식을 멕였구. 우리는 이것들이 올 때 공항에 나가서 성미법대 졸업 사십 주년 모여라 하고 써 들고 서 있으니까 모두 그리루들 왔지. 애들이 육십삼 세라 뚱뚱하고, 늙구, 처음에는 못 알아보다가 이틀이 지나니까 옛날하고 똑같애지두만. 하나 다행한 것은 하나도 사고가 없었다는 거야."

"사고요?"

"혈압 높은 애, 심장 나쁜 애, 다 있었는데 별일들 없이 지났지. 쇼핑들을 그렇게 하데. 손자 손녀 준다고. 그러다가 애, 남편 것두 하나 넣자 하구 남편 걸 사더라. 여기 사는 애들보다 한국에 사는 애들이 나이가 더 들어 보였어. 관록이 붙구. 이것들이 재미가 나서 해마다 동창회를 하재. 해마다는 어렵구 이 년에 한 번씩 하기루 하고 헤어졌는데 다음번엔 오스트레일리아에서 모이기루 했어. 한국에서 하재니까 애들이 한국은 싫대."

시누이가 나이 육십이 넘은 사람들을 애들 애들 하는 것이 장미는 이상스러웠다.

"언니. 그렇겠죠. 이왕이면 해외 바람을 쐬고 싶겠죠. ……여기 우리 여고 동창들도 유람선 타고 카리브 가자고 그래요."

장미의 전화가 길어지고 있으므로 신옥은 주스 잔을 들고 창가로 갔다. 창문 바로 밑으로는 옆 건물인 자동차 주차장의 시커먼 지붕이 넓적하게 누워 있고 그 너머로 벽돌로 지은 오래된 아파트 건물이 두 채 뒷면을 보이며 시야를 막고 있었다. 이 더위에도 창문들은 커튼이나 블라인드로 가려져 있어 안을 볼 수 없는데 서른 개 남짓한 창문 중에서 네 개의 창문 밖에는 꽃을 심은 화분이 내놓여 있었다. 그리고 거기 어디에 맨흙 땅 조각이 있는지 사, 오 층 높이로 솟아올라 온 나무 하나가 삭막한 풍경에 푸른 잎을 펼치고 있었다. 집집에서 에어컨이 돌아가는 소리가 모여 보이지 않는 공기를 지속적으로 흔들었다. 황량한 창밖의 풍경은 왠지 신옥에게 번들거리는 빌딩의 거리보다 여기가 미국이라는 느낌을 강하게 전달했다.

"얘, 얘, 신옥아, 여기 전화 받아봐. 우리 시언니."

장미가 전화기를 들고 창 쪽으로 오고 있었다. 신옥은 장미가 내미는 전화기를 받고 정말 거기 김기자 아주머니가 서 있는 것처럼 한 번 절을 했다.

"……그럼은요. 저희들은 나이아가라폭포를 구경하고 오늘 오전에 무사히 뉴욕에 도착했어요. 나이아가라에서 우연히 한국 분을 만나게 돼서 그 댁에 가서 저녁을 먹었는데요. 거기서 옥수수를 아주머님이 가르쳐주신 방법으로 했더니 모두 맛있다고."

"그렇지? 옥수수 껍질을 벗기지 말고 마이크로웨이브 오븐에 넣어서 한 개에 삼 분씩, 수염두 떼지 말구. 수염을 안 뗐지?"

"네, 우리는 세 개를 오븐에 넣고는 안전하게 하느라고 구 분에다가 일 분을 더해서 십 분 시간을 줬어요. 그 댁에서 맛을 비교해보자며 옥수수를 일부는 삶고 일부는 마이크로웨이브 오븐에 넣었는데 오븐 거가 맛이 월등했어요. 아주머니는 이번에 저희들한테 너무 잘해주셨어요. 닥터 유에게도 고맙다는 말씀을 좀 전해주세요. 닥터 유는 인제 이북으로 곧 가시겠네요."

"여기 그 사람이 있으니까 신옥 씨가 직접 얘기하라구."

곧 그녀 남편의 우렁우렁한 목소리가 들렸다.

"아이구, 뉴욕까지 무사히들 갔다구요. 좋은 때야, 그렇지? 깨가 쏟아지지? ……아, 그거? 난 이북에는 안 가기루 했어. 여기 그룹들이 가는데 가려고 했었잖아요. 그런데 가면 평양에 있는 호텔에서 일가친척들을 만나게 하고 고향에는 못 가게 한대요. 전에는 시골에 보내줬으나 요새는 안 그런대요. 그래서 집어치웠어요. 난 어머니가 자라던 시골에 가는 게 목적인데 평양에 가서 뭐하겠어요. 요새 이북은 장마가 지고 전염병도 돌고 그래서 굶기도 하고 형편이 없대요. 이북이 이 세상에서 제일 가난한 나라가 됐대요."

"네에, 안 가시기로 하셨네요."

밴쿠버에서 신옥 내외가 머무는 동안 닥터 유는 함경남도에 있는 어머니의 고향으로 갈 꿈에 부풀어 있었다. 소녀 적 어머니가 말 타듯 걸터앉아 하루 종일 바다를 바라보았다는 커다란 나무, 그 소녀가 뿌왕뿌왕 울어대는 뱃고동 소리를 들으며 타관에서 다른 여자와 살림을 하고 있는 한의사 아버지를 눈물 속에 그렸다는 바닷가, 학교에서 배운 노래와 유희를 머릿속에 새겨 넣었다가 집에 와 어린 동생들에게 전부 가르쳐주었다는 초가집, 호박잎을 따서 양산인 양 머리에 얹고 땡볕에 돌아다녔으므로 동네 어른들이 비가 안 와 야단인데 재수 없는 아이라고 흉을 봤다는 그 마을……. 닥터 유의 얘기를 듣고 있던 신옥의 남편은 그때 정중하고도 조심스럽게 물었었다.

선생님께서는 어머니가 마치 시집도 안 가본 어린 소녀인 것처럼 말씀하시는군요. 닥터 유는 즉시 대답했다. 난 말요. 바닷가 나무 위에 앉아 있는 열 살 남짓한 어머니에게 앞으로 당신은 당신을 몹시 사랑하는 아들을 낳을 거라고, 인생이 아직 시작되기 전인 어린 그녀에게 그걸 꼭 말해 위로하고 싶어요. 그 시절 우리나라 사람이라면 다 겪어야 했던 고생이라 할지 모르나 특히 우리 어머니는 휴우, 난 말을 못하겠어. 일찍이 당나라 시인 이태백은 시간은 지나가는 과객이라고 읊었으나 지나가는 것은 시간이 아니라 사물 현상일 뿐이래. 도끼 자루가 썩도록 긴 시간이 신선들에게는 장기 한 판 두는 짧은 사이였더라는 얘기도 있잖소. 시간 여행은 가능해요. 닥터 유는 신옥 내외를 납득시키고야 말겠다는 듯, 아니 그 자신을 설복시키고야 말겠다는 듯 열렬히 말했었다.

"신옥 씨가 애틀랜타 올림픽 개회식 중계를 우리 집에서 봤던가? 이북 애들도 우리 얼굴 아냐."

"그래요. 그때도 닥터 유께서는 그렇게 말씀하셨어요. 세계가 하나일 수도 있다는 꿈. 그 꿈의 힘……."

"여기 텔레비전 중계에서는 한국 사람을 통 비춰줘야 말이죠. 생전 한국 사람이 나와야지. 저희들 하는 것만 나와. 인종이 무언지 그래도 중국이 이기면 좋던데요. 아직도 일본이 이기는 건 싫구. ……그으래? 요새 젊은이들은 식민지 시대를 지낸 우리 감정을 모르겠지. 세계가 사랑으로 뭉쳐야 한다는 걸 머리로는 알겠는데 그게 잘 안 된단 말이야. 세계 평화는 당신들 같은 젊은이들이 이루라구. 아, 여기 바꾸랍니다. 바꾸라면 바꿔야죠. 잠깐만……."

하고는 다시 김기자 아주머니의 시원스러운 목소리가 되었다.

"신옥 씨, 아저씨는 생선회를 못 잡숴요. 왜냐? 일본 것이기 때문에! 어떤 환자가 퇴원을 하면서 은혜를 갚는다고 집에 초대를 했더래. 갔더니 일본에서 오래 살았다니 생선회를 좋아하리라 생각하고 서양 사람인데도 생선회를 한 접시 잘해놨더래요. 이거 큰일났구나, 예의상 어떻게든지 먹긴 먹어야겠다 하다가 에라 사람 먹는 건데 못 먹을 거 있겠나 하구는 입에 한 점 집어넣고 그냥 목구멍으로 넘기셨대. 몇 점을 성공하셨대."

"아주머니, 올림픽은 며칠 날 끝나요?"

이번 여행을 떠날 때 서울의 여행사 직원이 '올림픽 끝나는 날 오신다'고 말했는데 그날 김포에 떨어진다는 소린지 아니면 뉴욕에서 그날 떠난다는 얘긴지가 신옥은 궁금했다. 올림픽과 관계없이 비행기 표에 적혀 있는 팔월 사 일 날 떠나면 되는 것이나 그래도 괜히 알고 싶었다. 서울과 뉴욕은 밤과 낮이 바뀌는 하루 사이인데 거기다가 비행기가 공중을 날아가는 시간까지 합치면 날짜로 이틀이나 차이가 났다.

"왜 마라톤 보구 갈려구? 난 마라톤 안 볼 거야. 황영조가 예선에서 떨어졌다고 이번 올림픽에 안 보냈다잖어. 그런 무식한 놈들이 어디 있어. 황영조가 예선에 떨어졌어도 개막식에 우리나라 깃발이라도 들고 나와야 하는 거야. 그래서 사 년 전 바르셀로나 올림픽에서 일 등으로 들어온 황영조 모습을 텔레비전 중계 카메라가 비춰서 세계 사람들이 다 봐야 하는 거야."

"네에."

오, 넌 전화를 받으면서도 연방 절을 해대는구나. 시누이의 집에서는 집안사람인 자기보다도 남의 며느리인 신옥에게 더 친근감을 느끼고 있는 것 같았으므로 신옥에게 전화기를 넘겨주고 그 옆에 임시인 듯 서 있던 장미는 점점 시무룩해져 갔다.

"네에, 그러겠습니다. 서울 가서 편지 드릴게요. 송이하고 또 뭐죠? 취나물, 네, 아이 그게 뭐가 어려워요. 네, 그럼 안녕히 계시구요. 여기 장미요."

신옥은 또 한 번 절을 하더니 장미에게 전화기를 넘겨주었다. 계집애, 전화기를 어떻게나 꼭 쥐고 있었는지 땀이 다 뱄잖아.

"신옥이가 거기 있으니 반갑네. 그럼 올케는 신옥이하고 오랜만에 만난 회포를 풀고 이따 동생 들어오면 이리루 전화나 한번 해달라구 말해줘요. 거긴 지금 오후 서너 시 됐겠네. 여기가 점심때니까."

"네, 그래요. 미스터 김한테 언니한테서 전화가 왔었다고 전할게요. 바이."

전화를 끊고 난 장미는 신옥 쪽은 보지 않고 텔레비전 있는 데로 가서 텔레비전을 틀었다. 그게 다 무슨 기계들인지 텔레비전 근처는 신옥이 보기에 전파상에나 들어온 것 같았다. 텔레비전에 오디오 세트는 알겠는데……. 현대인답게 얘네는 기계들을 참 좋아하는구나. 남편이 이것을 본다면 틀림없이 부러워할 것이다. 신옥의 남편은 신옥에게 좋은 스피커를 사자고 했고 신옥은 지금 있는 라디오로도 충분히 음악을 들을 수 있다는 주장을 팽팽히 펴고 있는 상태였다.

신옥의 집에 있는 것에 두 배는 되게 큰 텔레비전 화면이 소리와 함께 밝아지더니 롱아일랜드 앞바다에 추락한 항공기의 수색 작업 장면이 나타났다. 요즈음은 이 뉴스뿐이었다. 이거 아니면 애틀랜타 올림픽 공원의 폭파 사건. ……센바람에 머리카락을 날리며 뉴스 리포터가 롱아일랜드 바닷가에 있는 수색 본부 앞에 서서 수영객이든지 누구든지 항공기에서 떨어진 조각을 보면 세균 때문에 위생상 위험하니

절대로 사사로이 만지지 말고 꼭 여기 텔레비전 스크린에 나가는 번호에 전화를 걸어달라. 왜 비행기가 공중에서 삽시간에 폭파되었나, 거기에 대해 지금 여러 시나리오를 검사 중이다. 시체는 현재 백사십구 발견되었다. 지금 이 방송을 보고 있을 시청자 중에 희생자의 가족이 있을까 봐 유순한 표현을 쓰겠다고 하면서 뉴스 리포터는 베트남전쟁에도 가봤으나 아직까지 이렇게 처참한 사체의 모습을 본 일이 없었다고 말했다. 신옥은 우리나라에서 삼풍 백화점이 무너졌던 때의 텔레비전 방송을 연상하며 화면을 바라보았다.

"김기자 아주머니네는 이북 방문을 한다고 기뻐하시더니 그만두셨나 봐. 여기서 이북 방문들을 많이 하니?"

친구의 갑자기 멀어진 감정을 느낄 수 있었으므로 신옥은 애써 화젯거리를 찾아 장미에게 말을 붙였다.

"왜?"

"그냥. 이북은 통일이 되기 전엔 못 가는 덴 줄만 알았거든."

"캐나다엔가 무슨 기관에서 이북 방문 신청을 받는대. 거기다가 이북에 있는 누구를 만나고 싶다, 그런 거 신청을 하면 편지가 온대. 몇 번 그러다가 연락이 온단다. 그런데 보니까 이북까지 가고 오는 데만도 날짜가 꽤 걸리더라. 여기서 일단 북경까지 가고 북경서는 여권을 반납해야 된대. 겁이 덜컥 난대. 신분증이 다 없어지는 거니깐."

"어마아, 그렇겠다."

"미국 정부에서는 미국 시민권자한테 북경까지만 가는 줄만 알고 비자를 내준 거래. 북경서부터 이북까지는 아무것도 없이 가는 거래. 갔다가 이북서 못 나오게 하면 어떻게 하나 싶어진대. 갈 땐 여기서부터 시간을 아주 잘 맞춰 떠나야 한단다. 북경서 이북 가는 비행기는 일주일에 두 번뿐이라서 잘못하면 며칠을 북경에서 허송세월해야 한단다."

"아유, 호텔 방처럼 아무것도 할 수 없이 답답한 데가 없는데."

"평양에 도착하면 먼저 한 사흘쯤은 평양 호텔에 있으면서 김일성 묘도 보러 가고 선전 영화도 보고 그런대. 그러다가 시골에 있는 친척이 호텔로 와서 만난대. 만나가지고 친척을 따라서 시골로 가서는 사흘쯤 지내고 온대."

"그렇구나."

신옥은 말하며 리모컨을 들어 시끄러운 텔레비전을 껐다. 장미가 지금 하고 있는 말이 이 세상에서 가장 듣고 싶은 얘기라는 인상을 신옥은 장미에게 주고 싶었다.

"우리 아는 사람은 떠나면서 안내를 맡은 사람한테 친척들에게 뭐 하나 사주고 싶은데 뭐가 좋겠냐고 물어봤대. 천연색 텔레비전을 사주라고 하더랜다. 그 집에는 텔레비전 꽂을 데도 없는데도 그러더래. 사주고 오면 기관원이 와서 털레비전을 쌀 몇 말 주고 바꿔 간단다. 그 사람은 오다가 LA에서 몇 번 이북에 다녀왔다는 남자를 만났는데 그 남자는 한 번 갔다 오면 자꾸 가고 싶어진다고 그러더래. 못사는 걸 보고 오니 자꾸 뭐를 갖다 주고 싶어진다고 그러더래. 여기 교회 같은 데서도 이북을 돕는 모금 운동을 많이 하는가 봐."

"어머!"

신옥은 얼굴이 빨개가지고 벌떡 일어났다. 고쳐 앉느라고 움직이다가 어떻게 장의자 옆에 놓인 조그만 사각 탁자를 망가뜨린 것 같았다. 탁자는 힘없이 옆으로 나동그라져 있었다.

"다리가 떨어졌나 봐."

"오, 넌 뭘 물어보지도 않고 부수는구나."

"이거 비싼 거니?"

"왜? 하나 사줄려구? 이거 값을 매길 수가 없는 거야. 미스터 김 친구가 준 건데 그러잖아도 주면서 다리 하나가 망가졌으니까 손질해서 쓰라고 했었어. 워낙 망가졌던 거야."

탁자를 벽으로 가져가 기대놓던 장미의 얼굴에 장난기 어린 웃음이 번졌다.

"너, 이거 준 사람 자동 응답기 한번 들어봐야 돼. 오후면 이 사람이 가게에 나가거든. 지금이 딱 좋겠다."

장미는 컴퓨터가 놓인 책상에서 전화번호가 적힌 수첩을 찾아내어 그 어떤 번호를 손가락으로 콕콕 찍었다.

"얘, 신호가 간다. 받아봐. 일곱 번 벨이 울리고 그다음에 말씀이 나와."

"싫어. 그러다가 그 사람이 받으면 어떡하니?"

"지금은 부재중이라니까 그러네. 공항에서 하는 안내 방송보다도 더 상냥스러운 서양 여자 목소리가 나온다. 우린 처음에 이 사람이 세상 몰래 장가를 갔나 했었어."

"혼자 사는 사람이니?"

"물론이지. 그러니까 이상한 거지. 우린 다 못하는 영어지만 제 목소리를 넣잖니. 그런데 이 사람은 말소리가 녹음된 걸 아예 샀는지……."

장미가 말하는데,

"헬로우."

느리고 신중한 남자 목소리였다.

장미는 화들짝 놀라며 신옥에게 넘겨주려던 수화기를 자기의 귀로 가져갔다. 말없이 끊고 싶어 하면서도 얼결에,

"어마, 계셨네요."

장미가 말하고 신옥은 장난을 하다 들킨 아이 같은 얼굴로 장미를 바라보았다. 그녀들은 웃고 있었다.

"아, 미시즈 김이시군요. 안녕하세요."

그는 장미의 목소리를 곧 알아보았다.

"저기요…… 지금 우리 집 미스터 김이 나갔거든요. 혹시요…… 거기루…… 갔나 해서요."

"아, 그러시군요. 여기 지금 여러 분이 계시지만 김 선생은 안 보이는군요."

"대낮부터 파티를 하시나 봐요. 음악 소리도 나고."

"골프 토너먼트에서 이겼다고 이렇게 몰려들 왔지 뭡니까?"

"어마, 요다음에 그렇게 신나는 일이 있으면 저희도 좀 끼워주세요."

"허어, 이상한 말씀도 하시는군요. 어디다 끼워드릴까요?"

"……."

"장미 씨, 지금 여기 리빙 룸에 한 패, 부엌에 한 패, 그리구 데크에 한 패가 나가 앉아 있는데 어디다 끼워드릴까."

"알았어요. 재미나게 파티 하세요."

전화를 끊고 난 장미는 웃는 얼굴이었다.

"너, 이 사람 우습다. 휴가를 자메이카로 갔다 왔다고 해서 어땠냐고 물어보니까 파도가 싸악 밀려오더래. 요노옴 봐라아 하는데 또 밀려오더래. 그래서 또 요놈 봐라 하는데 또 오더래."

"파도는 영원히 밀려오겠지. 난 밥을 같이 먹고 잠을 같이 자는 사람보다 영원을 향해 함께 갈 사람을 원해."

잠긴 목소리로 신옥이 말했다.

"그럴 사람이 이미 있잖니, 넌."

얘가 신혼여행부터 벌써 문제가 있나, 장미의 눈동자는 호기심으로 반짝 빛났다.

"그렇지, 너와 나에겐 있지 뭐. 밴쿠버에서 너네 시누님 따라서 마흔 살쯤 먹은 여자가 혼자 사는 아파트에 우리 모두 저녁 먹고 갔었거든. 그 여자는 그 아파트에서 육 년이나 살았다는데 가구도 하나 없구 금방 이사를 온 집 같았어. 상자 속에는 아직도 짐들이 그냥 들어 있더라. 너네 시누님이 그러는데 그 여자는 남자를 기다리는 거래. 남자가 나타나야 인생이 시작된다고 생각하고 있대."

신옥의 얼굴은 말하는 동안에 점점 어두워져 갔다. 술 마시고 들어오는 날의 남편은 현관문을 통과하면 곧바로 거실로 가서는 텔레비전을 크게 켜고 옷도 안 벗은 채 쓰러져 잠이 들었다. 신옥이가 텔레비전을 끄려고 하면 코를 골던 사람이 눈을 뜨고 화를 냈다. 마침내 잠에 떨어진 그를 침대로 옮기려면 얼마나 무거운지, 또 새로 지은 집은 얼마나, 얼마나 적막한지.

"얘. 어저껜가 보다."

장미가 말했다.

"우리 미스터 김이 아파트 로비에서 나를 인터폰으로 불러. 좀 내려와보래. 일하다가 내려가니 어떤 젊은 부부하고 서 있더라구. 그 부부가 나더러 우리 집을 세를 줄 거내. 내가 아니라고 그랬어. 그 부부는 집을 구하러 다니다가 마침 엘리베이터 앞에 서 있는 미스터 김을 보고 여기 어디 한 달만 세를 얻을 집이 있겠느냐 물은 거야. 그 부부는 시애틀에서 살고 있는데 한 달만 뉴욕에서 지내야 된대. 그런데 이상하잖니? 미스터 김은 왜 남편이고 우리 집 주인인데 그 대답을 못하니? 그런데 그냥 말하기가, 아니 말할 생각조차 하기가 싫은 거야. 그리구 피자도 한 판 사 오면 그게 얼만지 몰라. 얼마 줬냐고 하면 여기 주머니에 거스름돈이 있대. 그러고 만다, 얘."

그러나 장미는 그런 남편이 싫은 기색은 아니었다.

"남자들한테 뭐 사 오라고 시키면 잘못 사 오는 거는 남자들이 바보라서 그러는 게 아니래. 우리는 그래서 그러는 줄만 알잖니. 그런데 그게 아니라 잘하면 또 시킬까 봐서 일부러 그러는 거래."

"오, 그럼 그게 작전이었구나. 오늘 아침에 병뚜껑이 안 열려서 좀 열어달랬더니 온 힘을 다해 거꾸로 돌리고 있드라구."

"남자들은 한 때에 한 가지 일밖에 못해. 난 그걸 요새야 알았어. 텔레비전 볼 때는 텔레비전만 봐야지 텔레비전 보면서 말은 못해. 어마아, 벌써 다섯 시가 다 됐어. 남자들은 언제나 올까. 아까 점심 먹고 식당에서 헤어질 땐 곧 우리 뒤를 따라올 듯이 그러더니."

신옥은 제 손목의 시계와 벽시계를 번갈아 보며 말했다.

"어마, 너네 남편을 끌고 또 영화 보러 갔나 보다!"

장미가 무엇을 홀연 깨달은 사람처럼 나직이 부르짖었다.

"미스터 김이 미치는 영화가 있어. 오늘 또 갔다면 미스터 김은 그 영화를 여덟 번째 보는 거야. 어쩌면 그럴 수가 있니? 난 이해를 못하겠어. 거기 어떤 장면 하나가 그렇게 좋대. 미스터 김은 영화 속의 바로 그 장면을 남들한테 보여주고 싶어서 야단인 거야. 우린 보통 안 그러잖니. 좋은 영화가 있어도 가서 보라고 말로만 권하잖니. 누가…….”

“너두 봤니?”

“물론이지. 처음엔 우리 둘이서 봤지. 난 지루하고 그저 그렇더라구. 보안관 나오고 그런 영화야. 오, 너 하품하는구나. 아침에 뉴욕에 떨어졌다니 고단하기도 하겠다.”

장미도 신옥 못지않게 남편이 기다려졌다. 고대하던 휴가의 첫날인데 잠깐 나가서 점심을 먹고 온다던 것이 그만 하루해가 다 가고 있었다. 신옥의 하품이 계기가 된 듯 그 어떤 긴장이 풀리며 서로 보이고 보던 두 친구는 젖은 타월같이 흥미를 잃었다. 둘이 머리를 맞대고 놀다가도 누가 와서 부르면 서로를 동댕이치고 돌아서던 어린 시절로 돌아간 것 같았다.

“나는 말야, 잠깐 사라져야겠어.”

장미가 음악을 틀고 컴퓨터 앞에 앉았으므로 신옥은 장미가 심심하면 읽으라고 내놓은 신문과 잡지를 뒤적거렸다. 시냇물이 흐르는 듯한 실내악의 곡조는 신옥의 혈관을 뚫고 달려갔다. 좋은 기계로 듣는 음악은 이렇게도 다르구나. 음악은 방의 분위기도 바꾸는 것 같았다. 조금 전까지만 해도 칸막이가 없어 부부니까 살지 애가 있어도 힘든 아파트다 했으나 지금은 하얀 블라인드 사이로 들어오는 늦은 오후의 햇빛을 그물망인 양 온몸에 감고 컴퓨터 앞에 앉아 있는 장미와 조화를 이루며 아파트는 기능적인 도시인의 공간 같았다.

“너, 거기 좀 누워서 쉬어. 베개 갖다 줄까?”

“난 낮잠이란 걸 몰라. 여기 신문이나 읽을래.”

누가 우리 집에 와 있는데도 돌아서서 나는 내 일을 할 수 있을까? 장미는 이 세상 어디에 가든지 내 집같이 편안하겠다. 나도 그럴 것.

신옥은 교포 신문을 펴 들었다.

지난달 13일 새벽 교통사고로 사망한 용커스 거주 한인 유순(22세) 씨의 부검 결과 유씨가 사고 당시 마약을 복용하지 않은 것으로 드러났다. 사고 차량에서 발견된 흰 가루는 평소 복용하던 '용각산'. 가족들 주장…… 올림픽에 성조기 상품 코너 인기……(단단하구나. 여기 단단한 또 하나의 세상이 엄연히 있구나 하며 신옥은 마음의 눈을 둥그렇게 뜨고 신문을 읽어나갔다. 여기 교포들같이 하루를 살아도 필요한 정보를 수집하여 자신들에게 맞는 세상을 구축, 그래 구축하며, 나는 나의 가정을 단단히 구축하여)…… 항공기 수색 작업, 시신 인양이냐 증거 확보냐 우선권 둘러싼 갈등 증폭 조짐…….

……오는 8월 1일 영국 정부는 사회 일각에 공포와 종교적인 분노와 도덕적이고 실질적인 의문들을 일으켰던 인간 수정 및 태아에 대한 법에 근거해 수정체 병원에서 사용되지 않은 3,000개의 수정체를 폐기할 계획이다.

"어야, 너 이거 읽었니?"

신옥은 소리쳤다.

"뭘?"

앉았던 의자를 빙 돌리고 장미는 신옥을 바라보았다.

"인간 수정체라는 게 있단다. 세포가 네 개래. 이 세상에 태어나지만 않았다 뿐이지 수정된 완전한 인간이 영국에 있는 수정 태아 관리국이라는 데에 삼천 개나 있대."

"오, 넌…… 관심이 그런 데 있구나."

대답을 하면서도 장미는 컴퓨터 화면을 응시하며 자판을 몇 번 두드렸다.

"우리 나이 벌써 서른한 살이잖니. 어느새 그렇게 됐는데 난 임신을 영영 못하고 말까 봐 걱정스러워."

"너네 시집에서 압박감을 주니?"

"그건 염두에도 없어. 내가 더 야단이니까. 넌 일부러 아이를 안 갖는 거니?"

"생기면 생기구 안 생기면 또 그대로 좋구……. 자연의 섭리에 맡긴다. 여기 애들 때문에 밖에 나가 일하랴, 살림하랴, 애들 보랴 힘들어하는 여자들이 많아. 외국에서 사는 거는 한국보다 힘들다. 한국에는 식구와 친척들이 있잖니."

"난 훌륭한 가정을 만들 거야. 난 꼭 가정이 있어야 해."

"오, 넌 가정을…… 아이와…… 동일시……."

말하며 장미는 컴퓨터의 자판 위로 손가락을 놀렸다. 그녀는 어느새 컴퓨터 앞으로 돌아앉아 있었다.

"아이들이 없는 가정은 가정이 아니야. 날더러 이상가이고 노력가라고 해도 좋아. 꿈이 있으면 꿈이 깨어지지 않도록 꿈에다가 집을 지어줘야지. 난 되어가는 대로 막연히 기다릴 수 없어. 오늘의 선택이 자동적으로 나의 내일이 되는 거야. 인생은 선택의 연속이야."

신옥은 어느새 읽고 있던 신문지를 움켜쥐고 있었다.

3

남자들은 밤 아홉 시나 돼서 위스키 냄새를 아련히 풍기며 들어왔다.

"……좀 돌아다녀 보자고 얘기가 돼서 아는 사람들을 불렀지. 장필복, 즉 필립 장이 퇴근하면서 직장 동료들을 데리고 나왔어. 거기 린다도 있었어. 만나서 모두 아일랜드 바로 갔지. 생선튀김, 감자튀김 전부 칼로리가 높은 음식뿐이더군. 린다는 건강한 음식을 먹어야겠다구 해서 딴 데로 가자구 하다가 그냥 거기서 지냈다구. 얘기를 많이 했어."

말하고 장미의 남편은 컵에 든 냉수를 쭉 마셨다. 컵 속에서 얼음이 소리를 냈다.

"얘기를 많이 했다구요?"

장미는 기가 막힌 얼굴이었다.

"필립 장 친구라면 우리가 그 집 바비큐 파티에서 만났던 사람들이겠네. 전부 미국 사람들 아녜요. 이서환 씨는 오늘 어떠셨어요? 영어를 듣느라고 곤욕을 치르셨죠?"

"놀랐습니다."

신옥의 남편이 꼬고 앉았던 다리를 바꿔 꼬며 말했다.

감색 양복에 하얀 와이셔츠, 그는 윤곽이 뚜렷한 미남이었다.

"그봐요. 당신은 남의 사정은 생각을 안 해요. 난 시간이 늦어지길래 미스터 리 끌고 또 그 영화 보러 갔나 했어요. 그러다가 무슨 사고가 났나 하는 생각두 났구요."

"장미 씨, 전 지금 놀라고 있는 중입니다. 김 교수님께서 집에 돌아오시면 밖에서 지낸 일들을 언제나 이렇게 술술술 부십니까?"

신옥과 장미, 두 부부는 램프가 밝히고 있는 탁자 주변에 둘러앉아 있었다. 해가 지고 어둠이 깔리자 벽이 없는 이 집의 거주 공간을 여러 개의 램프가 구분지어 밝히는 것을 신옥은 알 수 있었다. 연극 무대에서 부분 조명으로 여러 장소를 나타내는 것과 같이 지금은 다른 데는 불을 끄고 다탁 주변만 하나의 키 큰 램프를 켜놓았다.

"인제 보니까 미스터 리는 술을 잘하시네요. 우리 집엔 술 마시는 사람이 없어서 맥주나 가끔 살까, 좀처럼 술을 사지 않는데, 마침 이게 있어서 다행이에요."

장미가 위스키 병을 들며 말했다.

탁자 위에는 술잔이 한 사람 앞에 하나씩 놓여 있었으나 술을 마시고 있는 사람은 신옥의 남편뿐이었다. 장미는 그의 잔에다가 병에 든 위스키를 또 따라주었다.

"우리는 얘기를 했지. 만일 우리가 연쇄 살인범이라면 어떤 사람들을 골라 죽일 것인가 그런 토론도 하구. 잭이 전화를 해서 잭 와이프도 퇴근하고는 바로 왔어요. 잭 와이프는 린다하고 싸우고서 오늘 밤 한 달 만에 대면을 한 거래. 모두들 둘 사이의 우정을 복귀시키는 작전을 폈지. 들어보니까 사정이 이렇게 된 거래. 린다하고 잭 와이프가 둘 다 같은 회사에 다닐 땐데 회사에서 사원 연수 코스가 있었다는군. 그때 둘은 한 팀이 돼서 서로를 인터뷰해야 됐었다는군. 서로 아주 정직하게 자기가 보는 상대방에 관해 얘기를 해줘야 된대요. 그때 정직하게 말한 것이 그만 싸움이 된 거두만. 좌우간 그게 린다 쪽의 주장이야. 또 한 친구를 오래 기다렸는데 결국 안 왔어. 부엌 옆에 있는 테이블이라서 덥더라구. 우리 어디 딴 데 가기로 하고 나와가지고 영화나 보자 하고 링컨 센터까지 갔는데 빈스하고 다아시는 가야 된대. 린다도 오늘 밤에 뉴저지로 가야 된대요. 그래서 그만 다 헤어지기로 했지. 택시로 린다를 42번가 시외버스 정류장에 내려주고 우린 곧바로 집으로 돌아온 길이야. 신옥 씨, 신옥 씨는 결혼을 참 잘했습디다. 미스터 리가 넥타이를 멋진 걸 매고 있어서 그거 어디서 샀냐니까 그 당장 길에서 풀어주더군요."

장미의 남편은 한쪽 엉덩이를 들고 반바지 주머니에서 구겨진 넥타이를 꺼냈다. 적당한 취기로 그는 기분이 썩 좋은 것 같았다.

"어머, 저인 넥타이 매기를 죽기보다 싫어하면서두. 도로 드려야 해."

장미가 말했다.

"그런 넥타이 집에 또 있어요. 김 교수님 그거 아셨어요?"

신옥이 물었다.

"아뇨."

"그렇담 그걸 알려드립니다."

"남의 사정은 생각지도 않고 저인……. 어찌 됐건 린다가 나와서 당신은 좋았겠네요."

장미가 말했다.

"아냐, 오빤 유익하고도 즐거운 시간을 보냈어. 그러잖으면 우리가 어디 가서 미국 사람들하고 어울려보겠어."

"오, 넌 신랑을 오빠라고 부르는구나. 아까 식당에서 점심을 먹을 때도 오빠라고 그러는 것 같았지만 난 내가 잘못 들었으려니 했다. 아빠를 오빠로? 아이가 없는데도 벌써부터 아빠라 하는구나 했어."

"결혼 전에 부르던 버릇대로 그냥……. 인제 가족이 생기면 다르게 불러야지. 오빠하고 나하고는 오늘 너네 부부를 만나서 아주 의미 있는 시간을 보냈어. 세상일이 그렇더라구요. 어떤 목적 하나만 마음에 품고 그 외는 그냥 하늘에 맡기고 있으면 생각지도 못했던 여러 가지 일들이 일어나요. 사과를 손에서 놓으면 반드시 그 사과는 땅으로 떨어지죠. 떨어진다는 것만 알고 손에서 놓으면 됐지, 다음 과정을 일일이 마음 쓸 게 아니더라구요. 모로 가도 서울로 가면 된다고 목적 하나만…… 그거 하나만 정해가지고 있으면…… 그 과정에서…… 똑바로 떨어질 때보다 모로 세로 떨어지는 과정에서……."

"그럼 묻겠는데 미시즈 리의 오늘의 목적은 무엇이었습니까?"

장미의 남편은 두 눈에 호기심을 담고 신옥을 건너다보았다.

"보고 배우고 즐기는 거죠. 우린 그래서 여행을 하는 거죠."

"알았다구! 내가 그걸 알았다구! 미스터 리가 오늘 그 친구들하고 지낼 때 입 꼭 다물고 말 한마디 안 했으나 음미하듯 술을 마시며 속으로 고요히 누구보다도 즐기는 걸 내가 알았다구."

장미의 남편은 무르팍을 치며 좋아했다.

"봤지, 신옥아. 저인 다 저렇게 자기 식으로 해석한다. 그래서 남을 끌고 영화관에 가서 일고여덟 번씩 같은 영화를 본단다. 자기가 좋으면 남도 다 좋아하는 줄 안단다. 어쩌면 그럴 수가 있니? 난 이해를 못하겠어. 미스터 리, 정말 괜찮으셨어요?"

"전 말입니다. 김 교수님 같은 분은 세상에 나와서 처음 봤습니다. 사내대장부가 집에 와서 밖에서 지낸 일을 그렇게 다 불어대시다니요."

"어마, 오빠 술이 취했나 봐."

신옥은 남편이 구 년이나 나이가 위인 장미의 남편에게 실례를 저지르는 것 같아서 마음이 오그라들었다.

"미스터 리, 집에 와서 신고하는 건 다 나의 평화와 안녕과 질서를 위해서요. 난 웬만한 건 와이프한테 맡기고 살아요. 잡혀줬죠. 그러고 나니 아아주 편해요."

"아일랜드 바의 메뉴가 전부 느끼했었다니. 저녁들은 잘 드셨어요? 우린 저녁때 부침개를 해서 맛있게 먹었어요. 집에 있던 재료들을 가지고 신옥이가 했는데 그거 좀 데워 올까요?"

"아닙니다. 난 술 마실 때 안주를 안 먹습니다."

"나도 생각 없어. 냉수나……."

장미의 남편은 냉장고로 가서 마시던 컵에 찬물을 채워가지고 돌아왔다.

"그렇게 필립 장하고 시간 가는 줄 모르고 재밌게 놀고 있는 거면 집에다 전화나 좀 하지. 금방 들어올 듯이 그래 놓고 무소식이니 신옥이하고 얼마나 기다렸는데요."

장미는 자기 남편한테다 말했는데 신옥의 남편이 끼어들었다.

"장미 씨, 시간은 돈이 아니고 줄어드는 것이 아니고 일순간의 쉼도 허용 않습니다. 엄밀히 말해서 지금 여기 이 순간을 규정할 만한 단위나 시간적 척도는 없습니다. 어떠한 수치에 의해서도 현재라는 순간을 규정지을 수는 없는 것입니다."

"미스터 리는 그럼 시계는 왜 차고 다니세요?"

"이 시계는 신옥이 사서 채워준 것입니다. 그렇습니다. 시계 속의 시간은 이 순간도 쉼 없이 흘러가고 있습니다. 그러나 그것은 만든 시간입니다. 시간을 잘라내서 인간이 만든 거죠. 밴쿠버에서 저는 닥터 유하고 이런 얘기를 밤새워 했었습니다. 닥터 유는 저와 대화가 가능

한 분이더군요."

인간이 시간을 잘라내서 기계를 만들었다고 말할 때 신옥의 남편은 손바닥을 옆으로 세워가지고 탁자 위에다가 칼질하는 것 같은 시늉을 했다. 그 몸짓에는 왠지 노여움이 깃들어 있었다. 그런 그로부터 모두의 시선을 거두어들이려는 듯이 신옥이 크게 한 손을 들어 머리를 만지며 입을 열었다.

"무엇보다도 저는 이번 여행 중에 김기자 아주머니한테서 커다란 인생 공부를 했어요. 박사 학위를 가진 분이 자녀들이 넷이나 있는 남자와 결혼하여 직장을 가지고서 이국에서 그 아이들을 다 키워냈을 뿐만 아니라 음식을 아주 정성스럽게 장만하시는 데 감명을 받았어요. 차 한 잔을 끓여도 알맞은 농도와 온도로 우려내어 제일 좋은 찻잔에다가 따르셨어요. 음식도 양식이면 양식답게, 한식이면 한식답게, 꾸미까지 정식으로 하셨죠."

"네, 누님은 강하시죠. 우리 형제가 오 남맨데 어머니가 일찍 돌아가셨어요. 누님이 우리들을 다 키우셨다 해도 과언이 아니죠."

장미 남편이 말했다.

"신옥이는 누가 선생님을 안 했달까 봐서 만날 인생 공부를 했느니 인생의 목적이 무엇이니, 배웠느니 말았느니 하고 얘기를 한답니다."

"오, 너 선생님이었니? 미스터 리, 그래요?"

"응, 난 교육대학을 나와서 순천에서 초등학교 교사로 있었어. 작년에 집 짓기 직전에 그만뒀지만. 그러니 자연 고속버스를 타고 서울을 오르내리는 시간이 많았는데 스물여덟 살, 눈 내리는 어느 날, 버스 창밖으로 흘러가고 있는 겨울 경치를 내다보다가 나는 이해 안으로 꼭 결혼을 해야겠다고 결심을 했어. 그냥 어떻게 결혼이 되겠지 되겠지 하고 수동적으로 운에 맡긴다는 듯이 있지를 말고 계획을 세워야겠다는 생각이 들었어. 그러나 무엇을 어떻게 해야 할지는 몰랐어. 사과가 땅에 떨어질 것만을 믿고 손에 든 사과를 놓았다고나 할까. 그런데 그때 내 옆자리에 앉아 있던 머리가 허연 남자 분이 오빠의 아버님이셨어. 지금 시아버님이시지."

"어마아, 그래서……."

장미는 갑자기 재미가 났다.

"그런데 그 버스는 내가 처음에 탔던 버스도 아니었어. 몇 정거장 달리다가 고장이 나서 뒤에 오는 버스에 옮겨 탄 거였어. 그래서 나는 아는 거야. 목적만 정해가지고 있으면 되지 세부 사항은 그냥 놔두면 상상도 못했던 일이 일어나는 거 같아."

"저희 아버님께서요, 어느 날 말씀하시더군요. 너의 색시는 순천에 있는 자랑초등학교에 있다구요. 버스에서 아주 얌전하고 야무진 처녀를 만났다구요. 저 사람이 좀 어려 보이지 않습니까? 아버님은 그때 스물여덟 살이나 먹은 저 사람을 스물을 갓 넘긴 앳된 처녀로 보셨더군요."

신옥의 남편이 말했다.

"어쩌믄! 신옥아, 그때 버스에서 무슨 일이 있었니?"

"저언혀. 난 옆에 계신 어른하고 이런 얘기 저런 얘기 하면서 왔을 뿐이었어. 그냥 보통 얘기야. 그분이 여러 가지를 물어보시더라. 밖에는 함박눈이 펑펑 쏟아지고 있었어. 이런 날 사랑하는 남편하고 마음속의 얘기들을 하면서 가면 얼마나 좋을까 싶더라."

"신옥이는 어른들이 좋아하는 타입의 여자야. 틀림없어요. 우리 밴쿠버 언니도 신옥이를 좋아하는 것 같았어요. 미스터 리, 그렇죠? 그래서 신옥이를 만나셨어요? 만나니까 첫인상이 어땠어요? 첫눈에 사랑이 싹텄어요?"

"우리 얘기만 물어보지 말고 너네 얘기도 좀 해봐."

신옥이 말했다.

"우린 평범해. 미스터 김은 선생이구 난 학생, 직접 제자는 한 번도 아니었지만."

"사랑? 이 세상에 사랑이라 일컬을 수 있는 것이 혹시 있다면 그건 전부 이루지 못한 것이 아닙니까? 차가운 현실이 우리 얼굴을 갈기기 전에 아닙니까?"

신옥의 남편이 말했다.

"오빠하구 나하구는 시아버님 때문에 만난 게 아니라 우연히 딴 데서 알게 됐어요. 내 친구 생일 파티에 갔는데 귀공자 같은 남자가 환한 모습으로……."

신옥이 말했다.

"그거 깊은 인연의 부부시군요."

장미의 남편이 말했다. 그는 졸렸으나 자리를 뜨지 않았다. 실례를 저지르고 싶지 않아서이기도 했고 일어날 기운이 없어서이기도 했다.

"난 술이 거나했는데 보니까 웬 여자가 빈 의자 밑 마룻바닥에 스커트를 얌전하게 펴고 앉아 있었습니다. 아무도 그 여자 근처에 없더군요. 난 그리로 가서 이 의자에 임자가 따로 있습니까? 하고는 앉아버렸죠. 그때까지는 거의 장난이었는데 앉고 보니 갑자기 좋아지는 겁니다. 그런데 이 사람이 어디로 가버렸어요. 그 집에서 나올 때까지 계속 안 보였습니다."

"그건요, 오빠가 술을 엉망으로 마셨기 때문이었어요. 혀 꼬부라진

소리로 자꾸 추근대는 거예요. 그래서 도망을 갔는데 그 후로 오빠가 내 친구한테 나에 대해서 여러 가지를 물어보면서 만나게 해달라고 하더래요. 술을 안 마시면 만나겠다고 했어요."

"그래, 술은 간단히 볼 게 아냐."

장미가 말했다.

"우리 집에 문제가 있다면 그건 절대 술과 무관합니다. 술 때문이 아니고 이 사람이 나한테 잔소리를 할 때 내가 잔다는 데 있습니다. 잔소리가 자장가인 듯이 잠이 오는 겁니다. 신옥이는 말하다가 내가 듣는 것이 아니라 자고 있다는 걸 알고는 쑥스러워서 그만둡니다."

신옥은 남편의 말을 듣고 얼굴을 붉혔다.

"그렇게 말하면 우린 만날 다투는 부부 같은데 그게 아니구요. 무슨 문제가 있으면 대화로 풀어가려고 노력하고 있어요."

말한 신옥이 무안하도록 이서환이 곧 반박하고 나섰다.

"대화는 피곤합니다. 내가 관찰한 바에 의하면 부부 사이에는 대화가 오히려 없는 것이 좋습니다. 어떤 이는 사랑을 한답시고 주고 주고 주고, 어떤 이는 주고받고 주고받고, 어떤 이는 받고 받고 받고, 그런데 어떤 이는 시간과 공간을 줍니다. 난 시간과 공간이 필요합니다. 마음을 억지로 한 방향으로 끌고 가면 스무 살에 했던 말을 서른 살 때 후회합니다."

"그러니 미스터 리는 아까 우리 미스터 김이 밖에서 지낸 얘기를 했을 때 얼마나 황당하셨을까요."

장미가 말했다. 장미의 남편은 졸고 있었다.

"이봐, 원비디 있어?"

신옥의 남편이 올라오는 트림을 가슴에 한 손을 얹어 누르며 물었다.

“속이 불편해요?”

신옥은 식탁 의자에 놓여 있는 핸드백을 가지러 일어났다. 신옥의 남편은 냉장고와 책상 사이에 놓인 의자에 움직임이 없이 앉아 있었으므로 신옥은 그의 옆을 몸을 짜내며 지나가야 했다. 신옥은 갈 때도 등을 벽에 문지르고 엉덩이를 냉장고에 부딪혔고 핸드백을 들고 올 때도 그랬다.

“보세요 미스터 리, 혼자만의 시간과 공간이 필요하다고 하시면서도 아내의 손길을 그 누구보다도…… 원비디? 그걸 이 외국에서…… 난 놀랐어요.”

“장미 씨는 내가 그렇게 우습습니까?”

신옥의 남편은 아내가 마개를 따서 내미는 음료를 목을 뒤로 젖히고 꿀꺽꿀꺽 마셨다.

“하긴 신옥이를 보자마자 어머니도 말씀하시더군요. 너는 저런 색시 얻어야 한다구 말이죠. 그때 나는 사귀던 여자가 있었습니다. 군대 가기 전부터 알던 여잔데 그 여자랑 만나고 밤에 집으로 오는데 이상하게 신옥이 생각이 났습니다. 그래서 그 여자랑 정리를 하고 신옥이를 집중적으로 만나기 시작했습니다. 참 좋더군요. 넌 언제 장가들 거냐, 색시가 해주는 밥을 먹어야 할 놈이 내 밥을 먹고 있구나 하고 병드신 어머니가 밤늦게 들어간 내게 밥상을 차려주며 말씀하셨습니다. 그래서 내가 그랬죠. 어머니한테 보여드리고 싶은 여자가 있어요. 그러니까 어머니는 몰래 구경하시겠답니다. 그래서 롯데호텔 로비에서 내가 신옥이와 만나는 장면을 아버님하고 둘이서 숨어서 구경하셨어요. 그날 신옥이와 헤어져 집으로 들어갔더니 집에서는 경사가 났어요. 아버님이 찍어놓았다는 순천의 규숫감이 바로 신옥이였던 겁니다. 부모님들이 나보다 더 신옥이를 좋아하시며 혼인이 안 이루어질까 걱정을 하니 이젠 내가 뭐가 뭔지 모르게 되고 말았습니다. 아직도 난 알고 싶은 겁니다. 내가 정말 신옥이가 좋아서 결혼을 했는지 아니면 부모님 성화에 결혼을 한 건지……. 난 문득문득 내 결혼을 도둑맞고 만 것 같은 상실감에 사로잡힙니다. 퇴근 후에 친구들과 술 한잔하고 들어가겠다고 집에다 전화를 하면 몇 시에 올 거냐고 신옥이는 묻습니다. 무슨 특별 요리를 해놨다는 겁니다."

그의 입에서는 말이 줄기로 흘러나왔다. 남더러 들으라고 하는 것 같지도 않고 자기 자신을 잘 보이려고 하는 말 같지도 않고 그냥 흐르는 말줄기였다.

"우리 집에서도 음식은 내가 해요. 미스터 김이 할 때도 있지만 대개는 내가 하고 미스터 김은 빨래를 하고 장도 좀 봐주고…… 청소도 요기만……."

"공평하게 일을 나눠 하려고 해도 장미가 나보다 조금 더 하죠. 그냥 내 느낌인데 나보다 와이프가 아무래도 더 하고 있는 것 같아요."

장미의 남편이 말했다. 그는 한참 동안 깜빡깜빡 졸았는데 갑자기 더 이상 졸리지 않게 되었다. 술기운도 없어지고 정신이 맑았다.

"신옥이는 내 발목에다가 쇠사슬로 우리 집을 묶어놨습니다. 결과로 나는 신옥이란 여성에 대해 아쉬운 것이 전혀 없는 남성이 됐습니다. 저 여성은 내 집 속에 항상 있을 것이다, 그러므로 나는 저 여성의 기분이나 의견을 상관할 필요가 없다아 그런 겁니다. 그러나 아이를 갖는 문제가 떠오르면 간단해지지가 않습니다. 부모님까지 신옥이와 함께 성화입니다. 인생은 무거워서 좀 누웠다가 가고 싶지만도 계속 가야만 합니다. 나는 세상에는 중요한 사람이 아닐지 모르나 나를 아는 몇 사람한테는 아주 중요한 사람입니다. 내가 말을 안 들으면 그 사람들이 나를 싫어할 것 같고 미안하고……. 그 사람들이 나를 어떻게 생각하나 하는 것이 그냥 빤히 보여서 난 내가 누군지 모르겠습니다."

"미스터 리가 자신의 정체성에 대해서 말하니 텔레비전에서 본 것이 생각나는군요. 어떤 남자가 어머니로부터 자신이 시험관 아기라는 것을 듣고 아버지를 찾아다니더군요."

장미의 남편이 말했다.

"미스터 김은 이 얘기를 참 좋아해요. 그 필름을 어디서 구할 수 있었으면 좋겠대요. 미스터 김은 뭐를 한번 좋아하면 끝을 몰라요."

장미가 말했다.

"그런데 이 사람은 아버지를 찾는 과정에서 아버지의 정자가 아이를 다섯 명 더 만들었다는 것을 알아냈더군요. 다섯이 전부 다 여자더군요. 미국 중서부에 있는 작은 도시에서 생긴 일인데 아버지의 정자가 만든 다섯 아이들 중의 하나가 고등학교 때 생물반에 같이 있던 소녀였답니다. 아무것도 모를 땐데도 걔가 좋아서 데이트 신청을 했었는데 여자애가 안 받아줘서 사귀지를 못했답니다. 그 남자는 형제로는 그 여자 하나밖에 못 찾았어요. 그리고 마침내 정자를 제공한 아버지를 찾아냈습니다. 아주 이상한 느낌이었답니다. 그 사람은 젊은 날 용돈을 벌려고 아무 생각 없이 정자 은행에다가 정자를 제공했던 아버지의 팔을 만지면서 이 살이냐, 이 살이 진짜냐 하고 도저히 말로는 표현할 수 없는 어떤 감정을 느끼더군요. 마지막 장면은 이 남자가 자기를 길러준 아버지의 무덤 앞에 서 있는 거였습니다. 자기를 낳은 어머니의 남편이 되는 길러준 아버지는 그가 자기 아이라고 죽는 날까지 말했답니다. 그가 세상에 태어났을 때는 친지들에게 축하 시가를 돌리며 기뻐했었다고 그 사람은 길러준 아버지에게 감사의 눈물을 흘리더군요."

"좀 출출해지는군요. 과자 쪼가리라도……."

신옥의 남편이 말했다.

"그래요?"

신옥은 용수철이 튕기듯이 일어나 사방 벽에 부딪히며 벌써 부엌으로 가고 있었다.

"내가 비빔국수를 만들게요. 오빠는 시고 얼큰하게 무친 국수를 참 좋아해요. 김 교수님도 배고프시죠? 여기 아까 국수가 있었는데……. 저녁 할 때 내가 봤었는데……."

찬장 문을 있는 대로 열어보며 신옥이 말했다.

"응, 그건…… 내가 알아."

"장미 씨가 안 가셔도 잘할 겁니다. 신옥이는 일을 할수록 기운이 솟는 이상한 체질입니다. 저 사람이 집 지을 때 총지휘하는 모습을 장미 씨가 한번 봤어야 했습니다. 그건 바로 초인의 경지였었습니다. 난 회사에 나가느라고 관여할 시간도 없었지만 관여할 필요도 없었습니다."

신옥의 남편은 일어서려는 장미를 손으로 잡아 앉혔다.

"비빔국수요? 거 좋죠. 몇 년 만에 먹어보는 것 같군요."

의자에 몸을 낮추며 장미의 남편이 말했다.

"그런데 말이죠 김 교수님, 아까 그 얘기 말예요. 그 사람의 어머니는 아무 정자나 병원에서 얻은 건가요? 노벨상을 탄 천재의 정자가 아니구요?"

신옥은 국수를 찾아냈다. 양파도 찾아내고, 당근도 찾아내고, 양송이도 찾아내고, 마늘이 있어야 하는데…….

"그냥 평범한 노인이던데요. 허술한 집에서 할망구하고 살고 있습디다. 직장에서 은퇴했대요."

장미의 남편이 말했다. 부엌 공간에 불이 환하게 켜지고 거기서 물소리, 그릇 소리와 함께 음식이 만들어지고 있는 것이 오늘따라 그의 마음을 푸근하게 했다. 그는 여기가 아닌 고국에서 살고 있는 누이들? 처녀들? 어머니들? ……그런 것을 느꼈다.

"그래, 그런 소리들이 있었어. 노벨상을 탄 사람들의 정자 은행을 만든다고. 아마 벌써 만들었는지도 모르지. 그때 페미니스트들이 정자 은행이 있다면 난자 은행도 있어야 된다고 그랬던 것 같아."

장미가 말했다.

"노벨상 좋아하시네."

신옥의 남편이 말했다. 그는 일개 정충에 불과할지라도 아내의 입에서 거침없이 흘러나오는 노벨상을 탄 남자, '나암자'라는 소리에 역겨움을 느꼈다.

"아유 우스워라. 저 말이죠, 여자가 정자 은행을 찾는 건 괜찮은데, 남자가…… 남자가 말이죠, 내 알을 꼭 우수한 난자에다가 부화시키겠다. 그러는 건…… 그러고 돌아다니는 건……."

장미가 말했다.

"아마 신옥이는 노벨상 수상자의 정자가 어디 있는지 알기만 한다면 집을 팔아서라도 살 겁니다. 저 사람의 인생 모토가 미래는 자기 손으로 만들어간다는 것이거든요. 우린 계획대로 집을 지었고 계획대로 신혼여행을 하고 있으니 이제 집으로 돌아가면 아이를 가질 겁니다. 이번 여행을 위해서 신옥이는 영어 공부를 얼마나 열심히 했게요. 집을 짓는 와중에도 허리에다가는 워크맨을 차고 헤드폰은 머리에 끼고…… 우린 집을 완성했고…… 예산은 좀 초과했지만 말입니다……. 그리고 신혼여행을 지금 하고 있는 중이니 이제 집으로 돌아가면 아이를 가질 겁니다. 방법은 나에게 묻지를 마십시오. 사과를 손에 쥔 건 신옥이니깐요."

"남녀의 신체 구조상 난자 은행엔 무리가 따를 것 같군요."

장미의 남편이 신옥 남편의 칼칼한 음성을 다리미질로 펴는 듯 느리고 둥그런 음성으로 입을 열었다.

"가령 말이죠, 어떤 남자가 노벨상을 탄 여자의 난자에다가 수정을 했다 합시다. 그다음에는 어떻게 합니까? 그 남자는 수정체를 들고 아내나 아니면 다른 여자한테 가서 내가 우수한 난자를 구해서 수정을 한 아주 귀중한 것인데 당신 자궁에 넣어서 제발 잘 키워주시오 하고 부탁을 해야 하겠죠. 남자의 몸에는 생명을 키울 장소가 없으니까요."

"아이 돈 노(I don't know). 아이 돈 노. 난 모르겠어……."

말꼬리를 흐리며 신옥의 남편은 벌떡 일어났다. 그는 비틀거리며 거친 걸음으로 욕실을 향해 갔다. 스토브 앞에 서서 야채를 썰던 신옥이 그 모습을 근심스럽게 바라보았다. 많이 취했나 봐.

잠시 말이 끊기고 어색한 침묵이 공간에 떠돌았다.

"사실 난 아이를 낳아본 일이 있어."

장미가 부엌 쪽으로 의자를 돌리고서 말했다. 불임의 불안에 시달리고 있는 신옥이 앞에 있으니 장미는 자신의 임신 경험이 갑자기 자랑스럽게 느껴지는 것이었다.

"그래애?"

얘가 남편 앞에서 그런 얘기 막 해도 되나? 신식 남편이라서 괜찮은가, 아니면 이미 고백을 해버려서 문제가 되지 않나.

"사산된 거 있지. 아니 사산은 아니구 나서 사흘 만에 죽었어."

"그때 장미가 아주 슬퍼했었습니다."

장미의 남편이 말했다.

난 또 뭐라구. 괜히 놀랐잖아. 신옥은 프라이팬에 기름을 둘렀다.

"아기가 배 속에 있을 때, 그때부터 벌써 모성애를 느낀다는 건 거짓말이야. 난 안 그렇더라. 그런데 낳고 나니까 모성애가 생기더라. 새처럼 조그만 아기가 인큐베이터에서 생명줄을 붙들고 할딱할딱 애쓰는 게 안타까웠어. 죽고 나니까 가슴이 너무너무 아프더라. 그런데 이상해. 죽은 아기가 나를 안아주고 위로해주는 거 같은 거 있지. 내가 안아주고 싶었는데 거꾸로 아기가 날 안아주었지. 살아 있다면 다섯 살이야. 공원에 나가서 뛰놀 때지."

음식이 프라이팬 속에서 소리를 내며 익고 있었다. 맛있는 냄새도 풍겼다.

"그래도 여긴 우리 집인데, 넌 손님인데, 내가 좀 해야 하는 거 아니니?"

"아냐, 앉아 있어. 그래, 그런 경우엔 아기가 죽는 게 차라리 낫겠더라. 우리 친정 동네에 이수나라고 미스코리아에 나가서 본상은 아니고 무슨 상에 뽑힌 굉장히 얼굴이 예쁜 여자가 있었는데 아기를 낳고서 한 달 만인가에 죽었어."

"이수나요? 한국여대 나왔죠? 그렇게 들은 거 같아요."

장미의 남편이 말했다.

"졸업은 못했을걸요. 미스코리아에 뽑히고 나서 은행에 잠깐 다니다가 결혼을 했어요."

"그랬습니까?"

"네, 아들을 하나 낳고 그 아들이 한 살도 채 못 됐을 때 연년생으로 또 여자애를 낳았어요. 걔를 낳고는 그만 죽은 거예요. 병원 영안실에서 남편이 통곡을 하는데 눈물 없이는 못 볼 광경이었어요. 두 아이를 남편이 혼자 길렀어요. 지금은 커서 모두 중학교에 다니지만 걔들이 젖 먹을 때는 심 봉사가 따로 없었어요. 이수나 남편은 계모 밑에서 자라났대요. 그 상처를 자신의 아이들에게는 절대로 줄 수 없다며 재혼 권고를 완강히 물리치고 있어요. 마음에 한 번 상처가 생기면 그것을 없애기는 어렵다나요. 살림이 엉망이죠, 뭐."

"아이들이 예쁘게 생겼습니까?"

"신옥아, 미스터 김이 그 집 애들이 엄마처럼 미인이냐고 묻는구나."

장미의 목소리는 왠지 앙칼지게 들렸다.

"그렇지 못해요. 둘 다 아빠를 닮았어요."

"그렇군요."

장미의 남편은 슬픔을 느꼈다. 이수나가 죽었구나. 여중생이었을 때도 처녀같이 숙성한 태가 나던 아름다운 소녀였다. 작은누이가 결혼할 때였던 것 같다. 대학생이었던 그는 누이와 함께 갔던 침구점에서 갈래머리를 땋고 숙제를 하고 있던 이수나를 처음 보았었다. 그렇게만 스쳐 간 여자건만 죽었다니까 항상 마음속에 있기나 했던 듯 그는 인생 한 귀퉁이가 떨어져 나간 듯이 허전했다.

“오빠가, 오빠가 왜 이렇게 안 나오지?”

신옥이 욕실 쪽을 바라보며 말했다. 나무 칸막이로 막아놓은 침실 옆에 욕실이 있었다.

“내가 가보죠.”

마침 일어나고 싶었던 장미의 남편이 엉덩이를 들었다.

“어쩌면 어디 누워서 지금 쉬고 있는지도 모르겠네요. 오빤 술이 과하면 잘 그래요. 이제 국수만 삶으면 된다고 해주세요, 김 교수님.”

“난 그럼 상이나 차릴게.”

남편과 거의 동시에 일어나서 장미는 부엌으로 왔다. 수저를 서랍에서 꺼내 들고서 장미는 은밀한 태도로 신옥의 몸에 바싹 붙어 섰다. 옛 친구인 신옥에게 해주고 싶은 충고가 그녀의 입속에 가득히 들어 있었다. 너는 보통 아니게 매사에 열성스럽고, 보통 아니게 몸을 가꾸고, 보통 아니게 어른들의 환심을 산다. 그렇게 노력함에도 단 한 사람으로부터는 인정을 못 받는구나. 그 사람은 언제나 너의 손이 닿는 곳 너머로 냉큼냉큼 물러나는구나.

“미스터 리는 침실에서 혼곤히 자고 있군요.”

장미의 남편이 침실 공간 어귀에서 큰 소리로 말했다. 그러고는 욕실 안으로 사라졌다. 샤워 커튼이 닫히는 소리가 나고 이어 물소리가 나는 것이 그는 샤워를 하는 것 같았다.

“모두 다 나오시면 국수를 삶아야지. 물은 곧 끓을 테니까. 오빠는 국수가 딱 알맞게 삶아져야 좋아해.”

“우리 앉자, 얘. 앉아서 기다리자.”

장미는 식탁에다가 수저와 그릇을 놓고서 의자를 끌어당겨 앉았다. 그녀는 입속에 든 말을 내쏟을 참이었다.

"신옥아."

장미는 식탁 건너편에 앉은 신옥을 다정하게 불렀다.

"응?"

"모래 속에다가 고개를 처박고는 제 눈이 안 보이니까 세상도 저를 못 보는 줄만 아는 타조. 너, 아니?"

"나보고 타조 같다구? 미련해도 어떡하니. 국수를 잘 삶는 게 맛의 비결인걸. 집에서도 오빠가 식탁에 앉아 있어야 난 국수를 끓는 물에 넣는다. 감자전도 보는 앞에서 감자를 갈아가지고 하나씩 부쳐서 뜨겁게 먹어. 오빤 고 맛의 차이를 알아."

길로부터 사람들의 말소리와 자동차 지나가는 소리, 급히 걸어가는 구두 소리들이 새벽으로 다가가는 공기 속에 메아리치며 올라왔다. 번쩍하는 빛 같은 것도 가끔씩 창문에 서렸다.

"보니깐 넌 모든 걸 노력과 의지의 차원에서 해결하려고 하고 있어. 난 오늘 저녁에 봤다. 미스터 리가 원하는 것은 시간과 공간이더라. 미스터 리는 마음속에 노여움이 잔뜩 쌓였더라. 미스터 리는 국수를 먹자는 게 아니었어. 봐라, 얘."

"오빤 고단했던 거지. 우린 밤새 고속버스를 타고 아침에야 뉴욕에 도착했어. 사람들이 그러더라. 비행기 타구 날아다니면 보는 게 없다구. 버스로 달려야 미국을 안다구. 그런데 밖은 밤이니 보이는 것두 없구 의자에 앉아 장시간 버티려니 고역이었지, 뭐."

"오, 넌 머리로만 사는 거 같구나."

일단 말을 시작하고 나니까 장미는 울컥해지며 제 속에 가진 줄도 몰랐던 감정에 휘몰렸다. 남의 일에 이렇게 격해지는 것이 스스로도 이상스러웠다.

"네 말이 맞는지도 몰라. 네 말처럼 내가 머리로 선택을 했다 치자. 나는 그 선택에다가 내 심장을 끌어다 넣었다."

불자동차의 요란스러운 경적 소리가 맹렬히 다가오고 있었으므로 장미는 하려던 말을 멈추었다. 그러다가 경적 소리의 끝을 밟으며 장미는 타이르는 어조가 되었다.

"넌 너만 잘하고 있으면 다 되는 줄 알고 있어. 난 너에게 눈을 뜨라고 충고하고 싶구나. 눈을 떠야 뭐가 보이잖니."

신옥은 장미의 말에 수치감과 충격을 아울러 받은 듯 식탁 위에다가 손가락으로 의미 없는 그림을 그리며 묵묵했다. 그러다가 고개를 드는데 그 얼굴은 깜짝 놀랄 만큼 아름다웠다.

"오빠가 나를 보러 이 세상이 이렇게 넓고 여자들이 이렇게 많은데도 매일 밤 집으로 달려온다고 믿는 게 뭐가 나쁘니. 학생들은 하나라도 더 배우고 싶어 아침이면 집을 나서고 선생님은 하나라도 더 가르쳐주려고 교실로 향하고 국회의원은 좋은 나라를 만들고 싶어 조바심을 치며 국회로 간다고 믿는 게 뭐가 나쁘니. 그렇게 보고 있으면 그런 일들이 일어나는 거 아니니?"

"이 세상에 눈 가리고 아웅 대회가 있다면 오, 넌 쉽게 여왕으로 뽑히겠구나."

"길을 가든지 밥을 하든지…… 뭘 하든지 간에 내 안에는 나를 보고 있는 변함없는 내가 항상 있어. 난 다른 사람들한테도 그런 게 있겠지 싶어. 오빠가 화를 내거나 기분이 침울할 때 나는 오빠가 정말로 그런가 싶어져. 오빠 속에도 모든 걸 보고 있는 또 하나의 오빠가 있겠지 해."

신옥이 말을 하면 할수록 장미에게는 파국을 향해 치달리고 있는 신옥의 모습이 똑똑히 보였다.

"왜 조용하니."

"듣고 있어."

조용한 음성으로 신옥이 말했다.

"아이구, 맛있는 냄새가 진동하는군요."

장미의 남편이 욕실에서 나왔다. 장미는 아직도 신옥에게 할 말이 남아 있어 미진한 감정이었으나 식탁 의자를 당겨주며 남편에게 앉으라는 몸짓을 했다.

"시원하겠어요. 내가 다 시원하네."

장미가 말했다. 장미의 남편은 흰 티셔츠에 체크무늬 반바지로 산뜻하게 갈아입고 있었다. 샴푸 향기가 풍기는 젖은 머리카락 몇 올이 한 개의 작은 물방울을 달고 이마 위에 드리워져 있었다.

"신옥 씨, 요새도 이런 노래 서울에서 듣습니까?"

샤워를 하고 옷을 갈아입고 그러는 중에도 머릿속에서 떠나지 않는 하나의 노래를 장미의 남편은 부르고 싶었다. 그는 장미가 내민 의자에 앉아 노래했다. 내가 너의 얼굴을 밝혀줄 수 있다면 빛 하나 가진 작은 별이 되어도 좋겠네. 너 가는 곳마다 함께 다니며 너의 길을 비추겠네…….

"미스터 김이 굉장히 기분이 상쾌한가 부다, 오늘 밤."

장미가 말했다. 김 교수가 노래를 하는 도중인데도 장미가 감히 말을 했으므로 신옥은 슬그머니 일어나서 스토브로 갔다. 신옥은 아까부터 일어나서 음식을 만들고 싶었다.

"얘, 너 이 노래 아냐니깐?"

장미의 목소리는 그녀 자신도 놀랄 만큼 날카롭게 나왔다.

"난 유행가들을 잘 몰라. 김 교수님은 노래를 잘하신다아."

두 개의 냄비를 양손에다 들고서 신옥이 말했다.

4

전등빛으로 휘황한 뉴욕의 밤거리를 질주하는 한 대의 택시 안에는 신옥 부부와 장미의 남편이 옴폭한 그릇 속에 담긴 양 앉아 있었다. 밤 두 시가 가까운 시각이었다.

"뉴욕은 문만 나서면 삶과 맞부딪치죠."

장미의 남편이 말했다. 그는 오른쪽 창가에 앉아 있고 왼쪽 창가에는 신옥이 있었다. 그들 사이에는 신옥의 남편이 호송되는 죄수인 듯 옹송그리고 끼어 있었다. 그는 자느라고 국수도 못 먹었다. 신옥과 장미 부부가 몇 번 깨우려 했으나 발질과 손질을 아울러 하며 그는 깨기를 한사코 거부했었다.

택시는 헤드라이트 불빛을 앞으로 쏘아 부으며 59번가에 있는 신옥 부부가 잡아놓은 조그만 호텔로 가고 있는 중이었다. 타임스 스퀘어의 현란히 돌아가는 전광판들이 다가왔다가는 뒤로 물러섰다. 차들만이 다니는 거리에 가끔씩 웅성대며 걸어다니는 청소년들이 보였다. 뉴욕은 무서운 도시라는 소리를 너무 들어서인가 신옥은 사람 모습에 오히려 긴장하며 택시 문이 잘 잠겼는가 하고 자기 옆에 있는 창문의 잠금 꼭지를 잠겨 있음에도 한 번 더 눌러놓았다.

"도시는 결코 잠들지 않는다. 더 시티 네버 슬립스(The city never sleeps). 저기 저건 은행 광고 문안이지만 바로 뉴욕을 한마디로 표현한 것이죠."

장미의 남편이 빌딩 높이 붙어 있는 전광판의 글씨를 읽으며 말했다.

"네에."

신옥이 대답했다. 그러나 넝마 뭉치처럼 곳곳에 쓰러져 자고 있는 부랑인들의 모습 때문인지 아니면 긴 날을 보내고 난 탓인지 더위 속의 도시는 고단하고 지친 듯해 보였다. 한 걸음 한 걸음…… 하나의 발을 힘차게 내딛고 그다음 한 발을 그 앞으로…… 다시 뒤에 남은 발을 잡아당겨 또 한 번…… 앞으로…… 앞으로…… 눈을 들어 빛나는 해를 바라보듯 밝은 미래가 저기 있는 듯이 응시하며…… 오늘도 걷고 있으나 힘찬 발걸음 밑에 깔린 길은 짙은 안개였다. 초조? 실망? 낭패? 그런 감정들이 길로부터 축축하게 피어올라 자신을 휘감았으나 손가락을 그 안에 넣으면 잡히는 것은 하나도 없었다. 이것은 나와 상관없다. 나의 감정이 아니다 하고 신옥은 마음에 서리는 안개를 힘껏 떼밀어내려고 했다.

"인종 분규나 빈부의 차이 같은 문제는 우리 다 같이 솔직히 인정하고 해결점을 모색해야 하겠죠."

장미의 남편이 신옥이 불안해하며 창문이 잠겼나 점검하는 것을 보고서 말했다.

"해결점을 발견할 수 없을 때는 차라리 불편한 상태 그대로를 보고 있는 게 낫겠죠. 우리는 불편한 것은 쓸어내버리며 내 것이 아닌 듯이 그러죠. 가시가 박혔을 때는 다른 가시로 뽑아내야 하죠. 그게 삶의 테크닉이죠."

"가시가 박힌다는 게 뭔지를 전 이해해요."

집 짓는 동안에 나무를 만지며 신옥은 여러 번 가시에 박혀보았었다.

"이해한다, 그것은 아주 얕은 레벨이죠. 이해한다는 것과 안다는 것은 분명 다르죠. 한국 사람이 되어보지 않고는 한국 사람이 뭔지 정말은 모르는 거겠죠."

"김 교수님은 이제 보니 굉장한 휴머니스트시군요. 김 교수님, 한국에 오시면 꼭 연락 주십시오."

신옥의 남편이 말했다. 어느덧 택시는 호텔 앞에 도착해 있었다. 그들은 일단 차에서 모두 내렸다. 이제까지 보였던 자신의 모든 면모를 일순간에 일신하고야 말겠다는 듯 신옥의 남편은 어깨를 빳빳이 세우고 팔을 내밀어 장미 남편에게 손이 으스러질 듯한 힘찬 악수를 청했다.

"김 교수님, 아무리 일정이 바쁘셔도 알려주셔야 해요. 장미한테도 오늘 고마웠다고 전해주시고요. 집에 가서 편지 드릴게요."

후줄근히 주름이 진 핑크 투피스의 스커트를 손으로 자꾸 펴놓으며 신옥이 말했다.

"네, 네, 그럽시다. 그럽시다."

장미의 남편은 한 손을 쳐들어 보이고 그들이 타고 온 택시를 타고 집으로 돌아갔다. 뉴욕에서의 만남은 그날로 끝인 듯 큰 작별을 고하고 헤어졌으나 그들은 신옥 부부가 귀국하기로 된 팔월 사 일 아침에 다시 한 번 더 만나게 되었다.

5

팔월 사 일 토요일 아침에 장미는 현관문이 열렸다가 닫히는 소리에 잠에서 깼다. 이어 열쇠로 바깥에서 문을 잠그는 소리가 나더니 엘리베이터가 아래를 향해 내려가는 소리가 들렸다. 남편이 조깅을 하면서 〈뉴욕 타임스〉 일요판을 사러 나가는가 보았다. 일요일 아침마다 그는 늘 그렇게 하고 있었다.

잠이 깨었으므로 장미는 일어나서 커피를 만들려고 부엌으로 나갔다. 커피포트에 물을 받고 있는데 전화벨이 울렸다.

"헬로우."

"올케지? 지금 텔레비전 보지? 마라톤…… 마라톤…… 올림픽에서 마라톤을 해."

밴쿠버의 시누이였다. 장미는 전화를 받으며 리모컨으로 텔레비전을 켰다.

"언니 댁은 별고 없으시죠? 미스터 김은 지금 신문 사러 나갔어요."

"턱에 수염이 있고 하얀 띠를 이마에 동인 게 우리나라 애야. 띠에도 태극기가 있고 가슴에다가도 태극기를 붙였어."

"아, 나오네요. 하얀 띠. 어마, 아주 단단하게 뛰고 있네요."

"전화 걸기를 잘했네. 난 이것들이 보고 있겠거니 하면서도 그냥 한번 걸어본 건데. 올케는 그럼 손기정 나오는 거 놓쳤어. 일제시대에 일장기 달고 뛰던 거랑 서울올림픽에 봉화 들고 뛰던 거 해주는데 얼마나 멋있었다구."

"언니, 어마 이북 선수도 있나 봐요. 우리나라 선수보다 좀 처져서.

일본인가 했는데 일본 선수가 아니구 이북이에요. 시골 아저씨 같은 헤어스타일을 했네요."

"우린 아까 우리나라 선수를 일본 앤 줄 알았다구. 하얀 띠를 맸기 때문에 꼭 일본 애 같았어. 우리나라, 일본, 중국은 얼굴이 참 비슷하게 생겼어."

시누이가 말하는데 뒤에서 닥터 유가 고함치는 소리가 들렸다.

"잘한다, 이봉주. 이북 끌고 일, 이 등으로 함께 들어오너라."

시누이와 통화를 마치고 나서 장미는 신옥의 호텔로 부리나케 전화를 걸었다.

"얘, 지금 마라톤 보는데 눈물 나는 거 있지. 너 신랑하고 같이 우리 집에 와서 텔레비전 보면서 아침 먹자. 지금 머리두 빗지 말구, 곧바로 택시 타고 와. 토요일이고 아침 여덟 시니까 교통도 안 막히고 금방 올 수 있을 거야. 알았지? 빨리 응? 빨리!"

신옥 부부는 그러나 우리나라 선수가 케냐 선수 두 명과 함께 막바지로 올림픽 스타디움을 돌고 있을 때에야 장미의 집에 도착했다. 신옥은 전에 입었던 핑크 투피스와 비슷한 디자인으로 된 연둣빛 투피스를 입고 목에는 예의 진주 목걸이를 하고 꽃을 들고 왔다. 신옥의 남편도 넥타이에 회색 양복을 단정하게 입고 있었다. 야! 봉주야! 처지지 마라! 텔레비전 화면에 나타나 비로소 알게 된 이봉주의 이름을 식구인 듯 부르며 장미의 남편은 신옥 부부를 맞을 새도 없었다. 그러나 상관없었다. 그들은 모두 다 텔레비전에 시선을 꽂으며 초조하고 기뻐서 제정신이 아니었다. 모든 세상은 여기 있는 텔레비전 스크린 안에서 끝나는 것 같았다.

봉주야 자알했어. 우리나라 선수가 마침내 이 등으로 골인하고 미국 선수 서너 명이 이십 몇 등으로 들어오는 것을 끝으로 마라톤 중계를 끊었으므로 이북 선수가 들어오는 것은 보지 못한 채 그들은 식탁에 앉아 커피와 빵과 과일로 아침을 먹었다. 신옥이가 사 온 노란 꽃이 화병에 꽂혀 향기롭게 식탁을 장식했다. 올림픽에선 마라톤이 제일 재미있어. ……그래, 법칙을 몰라도 누가 일 등인지 이 등인지 금방 알잖아. ……이북 선수는 처음에 좀 보이다가 안 보이는군요. ……오늘도 덥겠죠. ……네, 네, 네. ……그렇군요. ……이봉주가 일 등이었으면 더 좋았겠더란 얘기는 어느 누구도 감히 하지 않았다. 그들의 마음은 즐겁게 어울리며 상쾌한 아침을 만들고 있었다. 그리고 모두 무슨 기계 속에 들어가서 새 상품으로 재생되어 나온 듯 신옥 부부는 장미 부부에게, 또 장미 부부는 신옥 부부에게, 처음 식당에서 만났을 때처럼 신비로운 존재로 돌아가 있었다.

제2장 서울의 사랑

1. 여름

화창한 초여름날 오후에 한 여자가 북한산 기슭에 앉아 있다. 핀이 풀린 머리를 반달 같은 빗으로 쓸어 올리던 여자의 두 눈이 갑자기 커진다. 어머나, 저걸 봐…… 부드럽고도 신비로운 햇살이 마음을 따로이 가진 듯이 오솔길 안쪽으로 파르스름하게 퍼져 있다. 눈으로 들어온 오솔길은 여자의 마음속으로 서늘히 내려가 자리 잡는다. 여자가 있는 곳에서는 여자의 아이가 다니는 초등학교도 환하게 내려다보인다. 학교 운동장은 분첩 속에 든 납작분같이 반반하게 비어 있다.

여자의 발 앞에서 섬세한 향기를 뿜으며 꽃송이가 봉곳 벌어지더니 연한 잉크 빛깔로 꽃잎이 활짝 펴진다. 온 우주가 손 붙잡고 피워낸 것같이 신기하다. 그런데 이 꽃만이 아니구나, 여자는 굽혔던 허리를 편다. 눈에 들어오기 시작하니까 여러 모양 여러 빛깔의 꽃들이 이미 사방에 피어나 바람에 살랑거리고 있다. 아이의 학교가 파하는 시간까지 이십 분가량을 여자는 그곳에서 지내다가 일어선다.

석 달쯤 지나서 여자는 그 오솔길을 꿈속에서 다시 본다. 여길 또 왔구나. 전에는 길 입구에서만 서성댔는데 지금은 달빛도 아니고 햇빛도 아닌 푸른빛에 잠긴 길을 걸어가고 있다. 생각의 속도로 여자는 움직이는 것 같다. 모든 것이 죽은 듯이 조용하구나. 그러면서도 풀벌레 하나가 나는 소리를 듣는다. 그러다가…… 발걸음이 멎고 만다. 칼날같이 사납게 잎을 뻗은 풀더미 너머에 죽어 누운 남자가 있다. 마음이 섬뜩하더니 여자는 잠이 깬다. 밖에서 바람이 장대 같은 빗줄기를 데리고 지구를 휩쓰는 소리가 난다.

2. 가을

아이의 빨간 자전거가 기대어 있는 담장 너머 하늘은 간밤에 실컷 울고 났다는 듯이 맑게 개어 있다. 맞은편 산동네에서 한 남자가 마당에다가 쓰레기를 모아놓고 태우고 있다. 그의 모습은 먼 거리 때문에 고작 한 뼘 키로밖에 보이지 않는다. 쓰레기 차가 꼭대기까지 갈 수 없어서 산동네에서는 자주 쓰레기 태우는 연기가 솟는다. 마루에 앉아서 보는 때문인가. 쓰레기를 태우는 남자는 파랗게 드리워진 하늘 휘장 속에 서 있는 것 같다. 쓰레기로부터 나는 검은 연기는 구름에 닿아보려는 듯 하늘을 향해 솟아오르나 구름은 너무나도 깨끗하다. 구름과 연기는 절대로 합칠 수가 없는 것처럼 보인다. 여자는 다듬은 콩나물이 든 양푼과 그 찌꺼기가 담긴 신문을 한꺼번에 쥐고 일어선다.

오후 두 시쯤에 여자는 부엌에서 나와서 응달 속 같은 마루를 지나 햇빛이 홍수를 이루고 있는 방으로 들어선다. 창문은 계절 따라 다른 모습을 보여주며 언제나 예쁘다. 지금은 코스모스가 한들거리는 뒷담과 라일락 나무의 일부분을 네모난 틀 속에 담고 있다. 여자는 앞치마를 벗어서 못에다 걸고 머리를 빗고 시장 갈 때 드는 지갑을 열고 그 안에 돈이 얼마나 있나 본다. 만 원짜리 한 장, 오천 원짜리 한 장 그리고 동전과 버스 토큰이 보인다. 지갑을 쥐고 방을 나온 여자는 마루 끝에 놓았던 찬합을 들고 신을 신는다.

"어머니, 이건 콩나물밥이에요."

여자는 난초미용실의 뒷문을 열고 손님의 파마를 말고 있는 몸이 큰 여자에게 말한다.

"까순일 데리러 가는구나. 시간이 벌써 그렇게 됐구나."

"네."

여자는 함부로 널려 있는 잡지와 신문들을 한군데 모아놓고 머리카락이 떨어져 있는 바닥도 쓸어놓는다.

여자는 들어올 때는 미용실 뒷문으로 들어왔으나 나올 때는 앞문으로 나온다. 미용실은 여자의 집 문간방이었는데 도로 확장으로 집이 길가로 나앉게 되자 이 년 전에 개축해서 미용실이 되었다. 처음에는 시어머니가 미용사를 데리고 하다가 요새는 시어머니 혼자서 하고 있다. 새로 들어서는 아파트 건물과 사무실 빌딩들로 여자의 집을 위시해 주변의 집들은 폭삭 주저앉은 듯 보인다.

가을바람이 싸늘히 옷깃을 파고든다. 여자는 집으로 들어가서 뭐 하나 덧입을까 생각하면서도 발걸음은 아랫길로 향한다. 아이를 데리러 학교로 가는 길인데 좀 늦은 것 같다. 버스를 탈까, 여자는 지나가는 버스를 바라본다. 아이의 학교까지는 다섯 정거장인데 꼬불꼬불 동네 길을 다니는 버스여서 정거장과 정거장 사이는 짧은 편이다.

여자는 걸어서 학교 앞에 도착한다. 빨리 걷느라고 콧등에는 땀방울이 솟고 얼굴은 상기되었다. 학교가 파해서 나오는 아이들로 학교 앞은 활기 있고 혼잡스럽다.

"넌 몇 학년 몇 반이니? 일 학년 오 반 파했니?"

여자가 그만한 또래의 아이를 붙잡고 묻고 있는데 가숙이 엄마를 발견하고서 달려온다. 조금 있다가 가숙의 한반 친구인 마리도 와서, 여자는 두 아이를 데리고 학교 앞에 있는 모차르트 빵집으로 간다. 여자는 가숙이 마리와 함께 손 붙잡고 나왔으면 싶은데 요즘 두 아이 사이는 별로 좋지 않은 것 같다. 두 아이는 친하다 말다 하며 지낸다. 여자는 마리 엄마와 직장에서 한 사람 몫의 일을 나누어서 하고 있다. 마리 엄마가 처녀 때부터 다니던 회사인데 결혼해서 아이가 생기면서부터 사장의 양해를 얻어 월, 화, 금요일은 마리 엄마가 회사에 가고 수, 목, 토요일은 여자가 출근한다.

"오늘은 뭐 배웠니?"

여자가 빵을 먹고 우유를 마시는 아이들을 번갈아 보며 묻는다. 여자가 아이들에게, 특히 자신의 아이에게 말하는 태도에는 좀 특별한 데가 있다. 아이의 존재를 황공히 여기며 저절로 흐르는 사랑에 압도당하는 듯.

"아이구, 오랜만입니다."

빵집 문을 밀치고 들어서던 점퍼 차림의 남자가 여자를 보고 큰 목소리로 인사를 한다. 서 형사다. 오 년 전 직장 일로 유럽 연수 중이던 남편이 제네바에서 납북된 사건으로 해서 여자는 그를 알게 되었다. 가족을 비롯해서 강만형을 아는 사람이라면 누구나 그의 북한행을 강제 납북으로 보는데 정부 기관에서는 그렇게만 보고 싶어 하지 않았으므로 가족들에게는 몹시도 고통스럽던 시간이 있었다.

"까순이가 애죠? 벌써 책가방 메고 학교 다니나? 까불기도 하더니 아주 얌전해졌는데."

여자의 딸인 가숙은 까분다고 까순이였다.

"안녕하세요. 오늘은 날씨가 좋죠?"

"어떤 데는 비가 안 와서 야단이고, 어떤 데는 홍수가 나서 야단이군요. 마실 물은커녕 눈에서 떨어지는 눈물밖엔 물방울이라곤 구경 못하는 데도 있습니다."

"네, 뉴스에서 봤어요."

서 형사는 여자에게 남편을 졸지에 잃고서 혼란스럽고 괴롭던 날들을 상기시킨다. 그때로부터 시간은 물같이 흘렀고 여자 자신도 흐르는 물이어서 저만치 가버렸는데 억지로 옛 모습을 짓고 있어야 하는 것 같아진다.

"간판을 보면 대개 가게 주인의 소원이 뭔지를 짐작할 수가 있잖습니까? 그런데 여긴 모차르트거든요?"

서 형사의 음성은 부드럽고 몸동작은 유하다.

"음악 학원 같아서요?"

"글쎄요. 까순이는 몇 살이지?"

"일곱 살이에요."

"너희는 중요한 사람이에요. 미래가 있거든."

서 형사는 두 아이의 어깨를 한 번씩 짚어주고는 카운터 쪽으로 가서 주인 여자와 무슨 얘기를 나눈다. 그의 모습을 보며 여자는 그를 부르고 싶어진다. 그녀가 어젯밤 꿈에 본 장소를 그더러 가서 조사해 보라고. 이런 걸 신고한다고 그러나? 여자는 거기 가면 꼭 어떤 남자가 죽어 있을 것만 같다.

학교 수업을 끝내고 몰려나온 아이들과 어머니들로 소란스러운 빵집을 나온 여자는 아이들을 데리고 십 분쯤 걸어서 태권도 도장으로 간다. 아이들은 건물 이 층에 있는 도장으로 올라가고 여자는 삼거리에 있는 작은 시장으로 저녁 찬거리를 사러 간다. 오후의 태양은 육교와 그 너머에 있는 상가 빌딩을 분홍빛으로 씻으며 공상과학 영화 속에나 나올 것 같은 초현실적인 장면을 연출해내고 있다. 태양은 여자의 마음에도 빛을 던져 여자의 머릿속은 비고 오로지 마음만이 순금같이 빛을 발한다.

그 무엇을 잊지 않기 위해 여자는 머리를 비우고, 그래서 결국은 언제나 기억한다. 어둠을 보고 빛을 기억하듯 사랑의 기억은 한 번도 여자를 실망시킨 적이 없다. 둘이 아니고 하나라는 것. 하나의 경험을 다른 사람하고 완전히 나누었다는 것……. 그것을 흘러간 시간 속에서 끌어내 기억한다기보다…… 여자는 그냥 잊지를 않는다.

추석을 앞둔 요즈음 시장은 물건이 넘칠 듯이 많고 각종 나물과 과일들도 궤짝에 담겨 손님을 부른다. 포플린 원피스만을 입은 여자는 좀 춥다가 시장 안의 온기에 반갑게 휩싸인다. 떡집이나 순대집 같은 음식점 앞에 내다 놓은 솥에서는 흰 김이 솟아오른다. 여자는 천으로 하늘을 가리고 알전구가 빛을 쏘아대는 시장 골목을 오르락내리락하며 아파트 경비실에 출근하는 시아버지가 좋아하는 두부도 사고 시어머니가 좋아하는 고등어도 사고 딸아이가 좋아하는 햄도 사고 떡집에서 금방 쪄서 목판에다 쏟아놓은 뜨거운 송편도 이천 원어치 산다. 남편은 시아버지처럼 두부를 좋아했고 암만 먹어도 싫증이 안 난다고 했었다. 여자는 남편과 같은 몸을 갖고 싶어서 남편이 잘 먹는 두부를 먹는다. 장 본 것을 들고 여자는 태권도 도장을 향해 걷는다.

한 공기의 밥이, 그리고 한 조각의 두부가 몸에 들어가서 어떻게 영양분으로 화하는가를 이해할 수 없듯이 여자는 어떻게 해서 자신에게 그렇게 신기한 일이 일어났는지 알 수가 없다. 가슥이 돌을 앞뒀고 남편은 유럽 연수가 있기 육 개월쯤 전인 어느 아침, 누워 있는 남편 곁에서 일어나 부엌으로 향하는 여자는 전과 똑같이 생긴 사람이었으나 달라져 있었다. 여자는 전과 다르게 세상을 보고 전과 다르게 세상을 느끼고 전과 다른 주파수로 진동했다.

그날 이후로 온몸의 감각은 하루가 새롭게 열려가고 여자의 모든 것은 좋아지고 더 좋아지고 항상 좋아지므로 여자는 스스로도 신비스럽고, 고마운 마음이 줄곧 우러나왔다. 남편과는 남북으로 갈려 세월이 유수같이 흐르고 있으나 시간이 갈수록 이별의 슬픔이나 혼란은 사라지고 남편과의 결합은 점점 단단해지는 것 같았다. 여자 자신의 힘으로가 아니라 결혼이 저 스스로 그렇게 질서를 찾으며 자리를 잡는 것 같은 요즈음이다.

길을 건너려고 오는 차 가는 차를 살피고 서 있는데 하늘로부터 한 마리의 새가 여자 쪽으로 날아오더니 커져가지고는 산 방향으로 사라진다. 새를 쳐다보다가 훌쩍 눈에 든 산에서 여자는 다시 간밤의 꿈을 생각한다. 이렇게 머릿속에 붙어서 떠나지 않는 꿈도 있으나, 여자는 매일 밤 꿈을 꾸고 아침이면 거의 다 잊어버린다. 남편이 실종되기 며칠 전에는 꿈속에서 돌아가신 친정어머니가 여자의 이름을 불렀다.

갈희야. 부르는 목소리에 잠이 깼으나 여자는 눈을 뜨지 않았다. 지금 와서 생각하면 그건 어머니가 앞으로 닥칠 어려운 일을 꿈에 나타나 미리 걱정해준 건가도 싶은데 그때 마음에는 여자 속에 남겨놓은 어머니 자신을 어머니가 부르는 것 같았고, 어머니를 존중하는 마음이 우러났고, 나는 나가 아니므로 나를 잘 대해야겠다는 생각을 했다. 요 위에 누운 자신의 몸이 가장자리 없이 넓은 벌판인 듯 아니면 가장자리 없이 넓은 바다인 듯이 느껴졌다.

꿈속의 삶이 너무 좋아서 꿈 깬 후의 삶은 삶이 아닌 것처럼 느껴지는 꿈도 여자는 가끔 꾼다. 하늘은 불타는 듯한 노을로 덮였고 바다 또한 노을빛으로 파도치는데 어떤 거인 남자의 손을 잡고 여자는 바다를 향해 걸어가고 있었다. 바닷물이 점점 깊어져서 여자가 겁을 낼 때쯤에 거인 남자는 여자를 작은 인형인 양 거뜬히 들어 올리더니 무등을 태우고 바닷속을 늠름히 휘적휘적 걸어갔다. 아무리 깊은 바다도 거인의 허리에는 못 미칠 것 같았다. 거인 남자는 남편이라는 인상이었고, 대단히 보호를 받고 있다는 느낌, 우리는 끝내 만났다는 성취감 같은 것이 꿈을 꾸는 중에도 여자의 가슴을 뿌듯하게 했었다.

그날로부터 열흘 후에 여자는 딸아이와 마리를 데리고 학교에서 돌아오다가 산에 가본다. 단풍이 들어 화려한 오솔길은 햇살이 어떤 각도로 비쳐 들어서인지 오늘도 신비스럽고, 아이들은 학교 숙제라고 낙엽을 주우며 앞서거니 뒤서거니 하며 따라오는데 여자의 심장이 쿵 소리를 내며 멎는다. 풀 더미가 있고 거기 쓰러져 있는 남자가 언뜻 보이고 있었다.

3. 겨울

"아침에 일어나니 나무에 설화가 피어서 사진 촬영하는 작가들이 감탄을 금하지 못하고 갔습니다. 내일 오시는 분은 밤사이에 날씨가 어떻게 변할지 모르나, 지금은 사람들이 노고단까지 못 올라오고 있습니다. 오늘 저녁을 지나봐야 제가 서울로 갈 수 있을지 알겠습니다. 어머니께는 따로 전화를 안 드리니 형수님이 잘 말씀해주십시오."

지리산 속에서 조그만 산장을 운영하고 있는 시동생이 지리산 일대에 내린 폭설을 여자에게 전했다. 형이 실종된 후 마음을 못 잡고 집 밖으로만 떠돌던 그인데 요즘은 산장 생활을 하며 연락도 되니 다행스러우나 언제 또 종적을 감출지 몰라 서울의 식구들은 불안해하고 있다. 어디서 구했는지 그는 요즈음 목 칼라가 올라온 낡은 회색 윗도리를 볼 때마다 입고 있다.

서울에도 간밤에 첫눈이 내렸다. 창문으로 담장에 소복이 얹힌 눈이 보인다. 식구들이 먹고 떠난 아침상에서 남은 반찬을 걷어가지고 여자는 소반 앞에 앉아 있다. 물에 만 밥을 한 숟갈 떴는데 전화벨이 울리므로 여자는 마루로 전화를 받으러 나간다. 문을 꼭꼭 닫건만도 마루는 단단하고 차갑다.

"저어……요, 갈희 씨 댁입니까?"

낯선 남자의 목소리가 머뭇거리며 묻는다.

"전데요."

"아, 그러시군요. 저, 저가…… 이서환입니다."

목소리가 힘이 없고 발음이 분명치 않다.

"……."

"잘 모르시는군요. 저…… 두 달쯤 전에 산에서 사고당했을 때, 그 때……."

"아, 네! 네! 네! 네!"

여자가 탄성을 지른다. 혼수상태로 병원 중환자실에 있다고 하던 그가 이렇게 전화를 걸어오니 여자는 반갑고 기쁘다.

"지금 어디세요?"

"병원입니다. 중환자실에서는 열흘 전에 내려왔는데 저 나름대로 좀 괜찮은 모양을 갖춘 후에 인사를 드린다는 게 이렇게 늦어버린 것 같습니다."

"인사는 부인이 와서 잘하고 가셨는데요. 홀몸도 아니던데 이쁜 이불을 사가지고서."

경찰로부터 갈희가 남편을 발견했다는 사실을 알고 이서환의 아내인 한신옥은 여자의 집에 인사를 왔었다. 그녀는 봉곳한 배를 하고 초췌한 얼굴로 이 은혜를 두고두고 갚겠다는 말만 몇 번씩 하다가 갔다.

"범인은 잡았대요?"

"못 잡았답니다. 친구 아버님이 돌아가셔서 상가에 갔다가 밤새 술을 마시고 새벽에 산으로 올라간 것까지는 기억이 나는데 그 뒤는 통 모르겠어요. 신혼여행을 마치고 고국의 집으로 돌아온 직후였죠. 나는 말도 못하게 공허했습니다. 나 자신도 모르겠어요. 내 몸속에 커다란 구멍이 난 것 같았습니다."

"회복되셔서 정말 다행이에요."

마루를 딛고 있는 발이 시려서 여자는 한 발로 다른 발등을 비빈다. 이서환을 경찰에 알리고 나서 여자는 범행과 연루되지 않았는가 하는 의심을 받고 한동안 경찰에 불려 다녔다.

"저도 살아나서 기쁩니다. 피를 그렇게 흘리고도 살아났어요. 어제 휠체어를 타고 산부인과 진료실로 가서 아내의 배 속에 든 아기를 초음파검사로 보았습니다. 눈물이 솟더군요. 감동이 치밀어 울다가 웃다가 했습니다. 장례식을 가봐도 그렇고, 사람들은 죽는 일과 태어나는 일은 큰일인 듯 여기지만 그 중간은 어떻게 태어났는지 언제 죽는지 다 잊어먹고 그냥그냥 생명을 유지하며 살고 있구나 하며 자신의 생활 태도를 돌아보게 되더군요. 배 속의 아기가 생명의 형태를 이루려고 어머니의 배 안에서 애쓰고 있듯이 내 인생도 귀중하다 생각했어요. 나는 이 세상에 제일가는 아빠가 되어 아이를 맞이할 겁니다. 모든 생명을 존중하고 귀히 여길 만큼, 나를 둔기로 친 놈을 용서할 만큼 난 아직 그렇게 위대하지 못해요. 저의 오늘 일은 분명 하늘의 도우심이 있었다고 믿어집니다. 갈희 씨가 꿈에 저를 보셨다죠? 아내가 그러더군요."

"그게 저도 이상해요. 그 꿈을 꾼 거는 그보다 열흘 전이거든요."

여자는 고개를 갸웃하며 말한다.

"하나도 이상할 거 없습니다. 시간은 상대적인 거래요. 아아 눈이 내린 깨끗한 아침에 저의 생명의 은인과 이렇게 얘기를 나누다니 꿈만 같습니다. 저의 빠른 회복에 담당 의사도 놀라고 있습니다. 그런데 말이죠. 이 전화를 끊기 전에 전 갈희 씨하고 차를 마시고 싶군요. 여기 보온병에 아내가 끓여다 준 녹차가 있어요. 갈희 씨도 지금 차를 만들어 저와 전화로 얘기를 나누며…… 마침맞게 밖에는 탐스러운 눈이 하늘을 가리며 내리고 있군요. 폭설이 되겠는데요."

이서환의 목소리에는 갈수록 힘이 빠진다. 마루문은 불투명 유리로 되어 있어 여자가 있는 곳에서는 밖의 눈이 보이지 않는다.

"우리 집 전화는요, 전화선이 있는 거라서 전화를 받으면서 돌아다닐 수가 없어요."

환자의 마음에 생기를 불어넣고자 여자는 최대한도로 밝은 목소리를 낸다.

"그리구요, 우리 집은 한옥이라서 신발을 신고 마당으로 해서 부엌으로 나가야 해요. 차 마시는 것은요, 다른 날……."

"그렇군요. 전 첫 만남의 시간을 함께하고 싶었는데, 거기에 제가 장차 꿈꾸는 좋은 남편, 좋은 아빠, 힘차고 밝은 새 인생 출발의 의미를 부여했는데."

"오늘만 날인가요. 약속 시간을 정해가지고 차도 마시고 아침도 함께 먹을 수 있죠. 아침이 더 좋겠어요."

이서환의 몸에 들어가 양분이 되는 음식이 차보다 낫지 않을까 해서 여자는 말한다.

"지금은 식욕이 없어요. 집사람은 퇴근 때 들르고 어머니와 장모님이 번갈아 오전에 오십니다. 내가 이렇게 몇 달 동안 병원 신세를 지니 아내가 취직을 했더군요. 그럼 갈희 씨, 내일 아침 열 시는 어때요?"

"전 좋아요. 빵도 같이 먹을까요. 무슨 빵을 좋아하세요?"

전화를 끊고 방으로 들어서던 여자는 유리창에 훌훌훌 빠르고 가볍게 떨어지는 눈을 보고 창가로 간다. 창을 열고 상체를 내밀어 얼굴에 눈을 맞는다. 아른아른 눈발 너머에 있는 봄, 아른아른 눈발 너머에 있는 꿈…… 무등을 태우고 불붙는 노을의 바다를 걸어가던 남편은…… 오늘 꿈속의 이서환이 실체를 나타냈듯…… 언제 현실로.

작품 해설

여자가 만나는 세상, 그리고 남자

- 이남호(문학평론가, 고려대 교수)

소설 읽기가 흔히 그러하듯이 김지원의 소설들도 여러 가지 관점에서 읽을 수 있다. 그녀의 소설들은 미국을 배경으로 한 이민자의 삶을 자주 다루므로 미국 이민 생활의 이러저러한 면모에 대한 심층적 기록으로 읽을 수 있다. 그런가 하면 사랑의 모호한 심리나 아이러니에 대한 탐구로 읽을 수도 있고, 일상적 삶의 단조로운 반복과 허무에 대한 응시일 수도 있고, 또 여성에게 가해지는 일상의 억압과 폭력에 관한 묘사로 읽을 수도 있을 것이다. 이 가운데서 특히 필자의 관심을 끄는 관점은 마지막에 언급한 페미니즘적 관점이다.

1980년대 이후 우리 소설 문학에서도 페미니즘적 관점으로 이해할 만한 작품들이 적지 않게 발표되어 주목을 받은 바 있다. 그러나 그 주목 속에 김지원의 소설들이 포함된 것 같지는 않다. 지금까지 김지원의 소설은 제 몫의 평가를 받지 못했지만, 페미니즘적 주목의 대상에서도 제외된 것으로 보인다. 이는 우리 사회의 페미니즘이 지닌 특성과 연관이 있을 것이다. 지금까지 우리 사회의 페미니즘은 청순가

련형의 여성이나 현모양처형의 여성을 거부하고 강하고 독립적이고 일탈적인 여성을 내세워 가부장제 사회를 붕괴시키는 데서 그 의의를 찾았던 것 같다. 그러기에 기성 질서와 피 터지게 싸우는 강한 여성의 이야기를 담은 소설들이 페미니즘 소설로 주목받았다. 이런 소설 속의 여성은 남성적인 여성이라고 말할 수도 있다.

이에 비해 김지원의 많은 소설에서는 여성 화자가 등장해서 여성들의 이야기를 주로 하지만, 그 여성들은 평균 이상으로 여성적이다. 즉 수동적이고 방어적이고 모호하고 여리고 감성적이고 머뭇거린다. 김지원의 소설은 이러한 여성들을 내세워 여성이 어떤 존재인가를 우리에게 설득시키려 하고, 그 여성을 이해하지 못하는 세상의 폭력성을 조심스레 지적하려 한다. 그러니까 김지원의 소설들은 허약한 여성성을 벗어던진 강한 여성의 이야기를 들려주는 것이 아니라 허약한 여성성에 갇혀 있는 예민한 여성들의 이야기를 들려줌으로써 페미니즘의 또 다른 페이지를 펼쳐 보여준다. 우리는 김지원의 소설을 통해서 여성성에 대한 보다 깊은 이해를 얻을 수 있다.

「비」는 매우 세련된 작품이다. 드라마가 거의 없는 단순한 작품이지만 여성이 지닌 내면 공간을 흥미롭게 보여준다. 그 내면 공간은 낯설고 모호하다. 여성 화자는 공원에서 아이들을 돌보고 있다. 한 아이는 자기 아이이고 다른 두 아이는 베이비시터를 맡고 있는 아이다. 그리고 공원에는 한 남자와 그의 아이가 있다. 그 남자의 아이는 흙을 먹고 있는데, 화자는 그게 마음에 걸린다. 그래서 남자에게 아이가 흙을 먹는다고 애써 알려주지만 남자의 태도는 무심하다. 남자는 남루하고 무례하고 거칠다. 게다가 한쪽 눈이 없다. 달아난 아내를 찾고 있다고 말하며 화자에게 내일도 공원에 나와달라고 무례하게 요구한다. 화자는 거친 남자가 두렵고 거북하지만 동시에 그에 대한 동정도 느낀다. 그래서 화자는 남자의 아이에게 묻은 흙을 정성스레 털어준다. 또 남자에게 내일도 나오겠다는 약속까지 한다.

이러한 화자의 태도는 이중적이거나 모순적이다. 화자는 무례한 남자에게 감정의 침범을 당했고 범죄의 가능성을 생각하며 두려워하기까지 한다. 그러면서도 화자는 애꾸눈 남자에게 동정을 느끼고 그의 아이를 정성껏 보살피고 그의 요구에 굴복한다. 무엇이 화자에게 이런 모순된 행동을 하게 만들었을까? 화자의 내면에는 화자도 잘 모르는 또 다른 자아가 자리 잡고 있는 것 같다. 화자와 또 다른 자아와의 관계는 마지막 장면을 통해서 짐작해볼 수 있다.

마지막 장면에서 화자는 집으로 돌아와 남편을 기다리며 저녁을 짓는다. 그리고 창밖 아래로 보이는 퇴근하는 남편의 모습을 유심히 관찰한다. 남편이 곧 올 것이므로 아이에게 장난감을 치우라고 하기도 하고 아이의 옷차림이 반듯한가도 챙긴다. 그때 마침 바람이 불고 비가 뿌리기 시작한다.

> 갑자기 천둥 번개와 함께 비가 휘몰아쳤다. 부엌 창의 커튼이 휘익 바람을 받고 솟구쳐 오르고 굵은 빗방울이 부엌 바닥에 쳐들어와 떨어졌다. 길 가던 행인들이 처마 밑이나 상점의 차양 밑을 향해 달렸다. 어디선가 급작스러운 비에 놀라 왁 소리도 나는 듯했다. 남편은 우산을 펴 들었으리라. 여자는 남편이 우산을 펴 드는 정확한 모습을 볼 수 있었다. 여자는 창턱에 놓인 화분의 빨간 꽃이 상하지 않게 조심하며 창문을 닫았다. 자기의 먼눈을 내게

> 보였다고 그가 나를 미워하지 않을까, 내가 죽어버리기를 바라지 않을까. 닫힌 유리창이 비 내리는 외계와 내부를 갈라놓았다. 빗방울은 서로 다투어 톡톡톡 유리창을 때렸다. 여자에게 장난스럽게 말을 거는 것 같았다. 비 오는 날은 잠이 잘 오지, 불면증이 심한 여자는 생각했다. 그 생각은 이상하게도 위안을 주었다.

이 장면에서 미묘하게 드러나지만, 갑자기 오는 비에 화자는 그 이전과 조금 달라진다. 마치 비가 안 오는 이쪽 세상에서 비가 오는 저쪽 세상으로 옮겨진 것 같다. 그래서 남편을 잊고 공원에서 만난 남자를 떠올리기도 하고 빗방울과 대화하기도 하고 불면증에 대해 생각하기도 한다. 이처럼 비는 문득 내려서 화자를 다른 공간으로 데려간다. 마찬가지로 화자의 또 다른 자아는 문득 찾아와서 화자를 다른 공간으로 데려간다.

말하자면 이 소설의 화자는 두 개의 이질적인 공간을 문득문득 넘나들며 존재하는 사람이다. 두 개의 공간을 이어주는 논리적 맥락은 없어 보인다. 논리적 맥락이 없는 두 개의 공간을 겹쳐서 사는 것이 존재와 세계 인식에 어떤 의미가 있는지는 잘 모르겠지만, 무슨 중요한 의미가 있을 것 같기도 하다. 그리고 그런 모호한 삶을 보여주는 소설의 화자는 여성의 중요한 성격을 드러내 보이는 인물로 보인다.

이와 비슷한 성격은 「먼 집」의 여성 화자에게서도 찾아볼 수 있다. 「먼 집」은, 통학 버스를 놓친 아이를 학교에 데려다주고 혼자서 멀고 낯선 길을 걸어서 집으로 돌아오는 여자의 이야기이다. 화자는 낯선 동네들을 지나면서 온갖 걱정을 하고, 피곤과 불안과 두려움을 느끼기도 한다. 그러면서도 버스비를 아끼려고 버스를 타지 않는다. 비를 맞기도 한다. 그리고 집에 와서 혼곤한 낮잠에 빠져든다. 저녁 무렵 퇴근한 남편으로부터 집에서 놀면서 아이도 제시간에 맞춰 학교에 보내지 못한다고 핀잔을 듣는다. 화자는 남편의 핀잔을 이해하면서도 한편으로는 다른 세상 사람처럼 아득한 거리감을 느낀다.

화자가 낮에 체험했던 혼란스럽고 피곤한 상념의 공간은 가족이 사는 집과는 다른 공간이다. 그 공간은 화자의 삶에서 심각한 비중을 차지하지만 남편은 이해하지 못하는 공간이다. 즉, 현실인 집으로부터 멀리 떨어진 공간이며, 현실적으로 판단하면 어리석고 비합리적인 공간이다. 이런 점에서 「비」와 「먼 집」의 화자는 거의 동일한 여성성의 캐릭터를 보여준다고 하겠다.

「어떤 시작」은 위장 결혼을 모티프로 한 소설이다. 화자는 역시 여성인데, 돈이 궁해서 스물일곱 살의 유학생과 위장 결혼을 한다. 화자는 마흔 살의 이혼녀로 외롭게 혼자 산다. 이 소설이 정성 들여 묘사하는 것은 화자의 심리이다. 화자는 유학생이 나이 들고 가난한 자기를 업신여기지 않을까 걱정하고, 자기가 유학생을 좋아하는 것처럼 보일까 봐 걱정하고, 자기 마음속의 외로움을 들킬까 봐 걱정하고, 자기에게 엉뚱한 욕망이 생길까 봐 걱정하고, 유학생이 엉뚱한 마음을 품을까 봐 걱정하는 등 온갖 걱정을 다 한다. 그리고 그 걱정들의 이면에는 그 걱정들이 현실이 되기를 바라는 마음도 잠재되어 있다. 마지막 장면에서 유학생이 구혼의 말을 던지고 달아날 때 화자는 너무나 반가웠지만 달아나는 남자를 뒤따라가 잡지 못하고 겨우 열쇠 구멍으로 내다볼 뿐이다. 이러한 복잡하고 모호하고 소심하고 방어적인 심리는 여성성의 한 특성이라고 충분히 말할 수 있을 것이다.

여성성을 이해시켜 주는 이런 심리는 「시간과 강물」의 여성 화자 도혜에게서 보다 실감나게 만날 수 있다. 도혜는 혼자 늙어가면서 외삼촌의 도움으로 술 상점을 하는데 강도를 당한다. 그리고 옆집 가게에서 일어난 살인강도 사건도 길게 이야기된다. 이런 험한 세상에서 약하고 소심한 도혜는 마음도 메말라가고 젊음도 잃어버리고 자존심도 점점 줄어든다. 연약한 도혜에게 세상은 온통 폭력으로 다가온다. 헛되이 젊음을 앗아가는 세월도 폭력이고, 가난도 폭력이고, 외로움도 폭력이고, 강도가 들끓는 동네도 폭력이다. 이런 폭력의 세상에 던져진 도혜는 겨우겨우 버틴다.

도혜가 폭력의 세상에서 버티는 방식은 자신의 존재를 아주 작게 만들고 소극적으로 비겁하게 사는 것이다. 도혜 가게에 강도가 들었을 때, 도혜는 강도가 가버린 뒤에도 어두운 지하실 계단에 엎드려 나오지 못한다. 그러면서 자기가 포기할 수밖에 없는 자존심과 품위에 대해서 생각하는 자의식을 갖는다. 자신을 지키고 자신을 여자로 보이고 싶은 욕망, 자신도 알 수 없는 모호한 감정에 넋 놓고 빠지고 싶은 욕망을 최대한으로 억압하고 견뎌야 하는 자신이 한없이 비루하게 느껴진다. 그러나 도혜는 세상의 폭력 앞에서 자신의 비루함을 다독거릴 여유조차 없이 허약하기만 한 존재이다.

도혜는 열여덟, 배나무꽃이 만발한 봄밤에 자기도 잘 모르는 힘에 이끌려 임신을 했고, 이후 그 아이를 데리고 미국에 와 혼자 사는 여자다. 도혜는 누군가의 보호와 사랑 속에서만 살아갈 수 있는 사람이다. 그런 사람이 낯설고 폭력적인 세상에 혼자 버려져 있는 이야기가 「시간과 강물」이라고 할 수 있다. 앞서도 말했지만 흔히 페미니즘 소설의 주인공들은 주체성과 독립성이 강해서 홀로 세상과 당당하게 맞서며 사는 인물이다. 반면 도혜는 오히려 그 반대의 인물로 누군가의 보호를 받아야만 하는 인물이다. 이러한 허약한 인물의 내면에 섬세하게 넘실대는 감성을 이해하고, 세상에는 다른 방식의 삶이 필요한 도혜 같은 존재도 흔히 있을 수 있다는 인식을 갖는 것은 매우 중요한 페미니즘의 한 측면이 아닐까 한다.

김지원 소설의 중심인물이 되는 여성들은 거의가 따뜻한 이해와 보살핌을 절실히 필요로 하는 인물들이다. 그 따뜻한 이해와 보살핌에 대한 욕구가 이성에 대한 욕구와 결합할 때 매우 강력한 사랑의 욕구가 된다. 그리하여 김지원 소설의 여성들은 사랑 앞에서 판단 정지와 맹목과 순종이 된다. 그리고 결과적으로 사랑은 여성들에게 짧은 환상을 주고 긴 폭력을 남긴다.

모호한 공간 속에서 자주 자기를 잃고 또 자기 존재의 절반을 남자의 보호로 채워야 하는 여성들에게 남자는 구원이면서 동시에 저주이다. 「사랑의 기쁨」은 이러한 사랑의 아이러니를 단순 명료한 대조법으로 보여준다. 기숙은 열두 살 때부터 남의집살이를 하는 순박한 처녀다. 그녀는 우연히 옥상으로 나가는 문 뒤에 있는 어두운 공간에서 운명적인 사랑을 만나게 될 것이라는 환상을 스스로 키우고 믿는다. 그러다가 정말로 폭행살인강도를 저지르고 그곳에 숨어 있던 남자를 만난다. 기숙은 터무니없는 사랑의 환상 속에서 그 남자가 운명적인 사랑이라며 따라나선다. 그리고 기숙은 하루 만에 모든 것을 잃는다. 즉 오래 꿈꿔온 사랑의 기쁨은 하루 만에 사랑의 재앙이 된다.

기숙의 사랑 이야기는 너무 단순하고 지나친 과장이라고 할 수도 있다. 그러나 이 단순과 과장은 여성에게 사랑이 어떤 것이며 또 남자가 어떤 것인지를 드러내 보여주는 작가의 전략이다. 기숙의 경우에서 보듯이 여성들에게 사랑이란 종종 자신의 환상 속에 있는 것이다. 그래서 다른 사람들에게는 어리석고 터무니없어 보이는 경우가 많다. 그리고 당연히 그 사랑은 실패한다. 자신의 존재를 의탁해야 하는 남자가 환상 속의 존재라면 현실에서 그 여자의 좌절과 외로움은 두 배가 될 수밖에 없다. 김지원의 소설 속 여성들 가운데 사랑에 실패한 외로운 여성이 많은 것은, 아마도 그녀의 소설이 사랑의 환상적 속성을 중시하고 있기 때문일 것이다.

「사랑의 기쁨」이 극단적인 사랑의 환상과 그 비극을 보여준다면, 「알마덴」은 일상의 갈피에 보일 듯 말 듯 숨어 있는 사랑의 환상과 그 씁쓸함을 보여주는 소설이다. 「알마덴」의 여성 화자는 남편과 함께 술 상점을 한다. 매일 저녁 말없이 알마덴 한 병을 사가는 남자가 있다. 그 남자는 얼굴도 잘생기고 몸도 멋지고, 멋쟁이 건달 차림이다. 화자는 점점 그 남자에 대한 상상을 한다. 남자의 신분, 일상에 대한 상상은 더 나아가 그 남자가 자기에게 관심을 보일지 모른다는 상상으로 이어진다. 그리고 남자가 나타날 때마다 더욱 긴장한다. 그러던 어느 날 남자가 알마덴 한 병을 외상으로 가져간 후 다시는 가게에 나타나지 않는다.

이런 정도의 환상은 보통 사람의 일상 속에서도 흔히 일어날 수 있는 일이다. 그리고 이러한 환상은 사랑의 중요한 특성이다. 특히 여자에게 환상은 사랑으로 가는 통로이며 때로는 현실보다 더 큰 현실이 된다. 어떤 경우에는 비극적 현실에 부딪쳐서도 깨어지기를 거부하는 사랑의 환상도 있다. 「물이 물속으로 흐르듯」은 가족과 친지들의 다양한 삶을 섞어서 인생의 희로애락을 프리즘처럼 펼쳐 보여주는 소설이다. 그 다양한 삶 가운데서 사랑의 환상과 관련하여 흥미로운 인물은 윤하이다. 윤하 역시 이혼하고 혼자 외롭게 산다. 그녀의 삶은 한 손으로 박수 치는 것처럼 허무하다. 그녀의 남편이었던 한진석은 이기적이고 무책임하고 치사한 남자다. 열 달을 살고 윤하를 버린 남자다. 그러나 윤하는 한진석이 나쁜 인간이라는 것을 잘 알면서도 그를 잊지 못한다.

> 한진석, 당신은 정말 멋지고 요란스럽게 나타났다. 당신은 그리스의 이카루스처럼 태양을 향해 날 것이며 모세처럼 약속된 땅으로 사람을 이끌고 갈 것이라고 말했다. 당신의 풍경은 영광에 빛나는 모험의 꿈들로 점철되어 있었다. 그것을 세상에 실현시키기 위해 당신에게는 세계를 뒤흔들 로맨스가 될 사랑이 있어야 하고, 챔피언이 되기 위해서는 올라가야 될 험준한 산이 있어야 했다. 당신은 방이 많은 커다란 저택과 같았다. 각 방은 그 특성대로 다 아름답고 질서가 있었다. 그런데 그 방들 사이에는 통로도 없고 문도 없었다. (…) 당신의 말들은 구구절절이 돌에 새겨넣어도 될 명언이었지만 또한 일관된 진실이 없는 거짓말들이었다. 당신은 말의 중간 아무 때나 침을 꼴깍꼴깍 삼켜가며 거짓말을 열심히도 했다. (…) 당신을 생각하니 나는 노여워서 또 목이 멘다. 노여움을 꿀꺽 삼켰더니 노여움은 내 심장을 찔렀다. 노여움이 심장을 쳐서 나는 가슴이 아프다. (…) 나는 구겨진 침대 시트를 휘감고 웅크리고 침대에서 운다. 나의 울음은 방 안을 맴돌다가 내게로 돌아온다. 당신은 나를 세상 꼭대기에 올려놓더니 그다음에는 희망

과 노여움과 억울함과 수치스러움을 알려주었다. 우리가 함께 지낸 겨울, 어느 늦은 오후에 환기창을 통해 특별한 방식으로 햇볕이 들어와서 우리의 검소한 방 안에 한동안 멈추었다. 설명할 수 없는 어떤 이유로 나는 일생 동안 그 순간을 기억할 것을 알았다. 당신은 열렬한 사랑을 호소하며 거기 있었고 라디오에서는 실내악이 흐르고 나는 행복했다. 나는 정말이지 당신이 긴 세월을 나만 생각했다고 했을 때 세상의 다른 사람들은 물론이고 나 자신까지도 모르고 있었던 나의 그 무엇을 당신만이 특별히 보는 줄로만 알았다. 당신은 내 안에 어떠어떠한 감정들이 있으며 그런 감정들을 내가 극도로 느낄 수 있다는 것을 나에게 알려주었다. 당신의 말발과 당신의 약속과 우리의 십 개월간 지속되었던 결혼과 그 결혼으로 품어보았던 꿈에 아직도 내 팔과 다리는 함께 엉켜 있다. 나는 당신과 헤어지지 않았다. 나는 당신으로부터 있는 힘을 다해 나의 몸을 찢어냈다. 나는 생각해보았다. 지금의 이날들을 내가 죽을 때쯤에는 어떻게 되돌아볼까 하고. 그날 나는 무엇을 생각하게 될까?

윤하의 한진석에 대한 이러한 양가감정은 사랑, 특히 여성의 사랑의 특성을 잘 보여준다. 사랑은 상당 부분 환상의 충족이다. 환상이 현실에 부딪쳐 바로 깨어지지 않고 그래도 몇 달이라도 그 환상이 충족되었다면 그것은 잊기 어려운 행복의 경험이 되는 것이다. 이때 현실의 가혹함은 감당하기 어려운 후유증을 남기지만 그래도 가혹한 현실과 사랑의 순간을 이성적 인과관계로 파악하는 것은 여성에게 힘든 일이다. 왜냐하면 그것은 하나의 공간에서 발생한 일이라기보다는 맥락이 끊긴 다른 공간에서 각각 발생한 일이 되기 때문이다. 이처럼 윤하에게도 사랑은 행복의 체험이면서 동시에 삶의 재앙이 된다.

김지원의 소설은 대부분 여성 화자가 자신에 대해 하는 이야기이다. 그 여성 화자들은 마치 '나의 삶이나 태도를 잘 이해 못하겠지요? 그렇지만 난 이래요. 이럴 수밖에 없어요. 난 힘들어요.'라고 독자들에게 하소연하는 것 같기도 하다. 이질적인 두 공간을 겹쳐 사는 듯이 보이기도 하고, 그래서 스스로에게도 설명이 안 되는 모순된 감정에 빠지기도 한다. 방어적이고, 의존적이고, 허약하고, 머뭇거리고, 소극적이다. 그리고 사랑에 대해서 환상을 가지고 있으며, 사랑과 현실을 연결시키는 내적 통로가 막혔거나 약하다. 이런 여성들에게 현실은 억압적이고 폭력적인 것이 된다. 그리고 그녀의 사랑의 환상에 관계된 남자들은 대개 여성들을 더욱 불행하게 만든다. 이 모든 시련들은, 이성적이고 합리적이고 현실적인 관점에서 고려하면 그 책임은 여성에게 돌려질 수 있다. 현실적 논리는 대체로 그런 결론으로 기운다.

이처럼 현실적 관점에서 보면 부정적인 여성성을 강조하는 김지원의 소설이 페미니즘이라고 할 수 있을까? 김지원의 소설은 좀 더 근원적 차원에서 그리고 역설적으로 페미니즘적 의의를 지닌다고 생각된다. 김지원의 소설은 부드럽고 모호한 여성성을 강조하는데, 이 여성성이 현실에서 상당한 시련과 고통을 당하게 되는 모습을 보여줌으로써 이러한 여성성에 대한 이해를 촉구하는 측면이 강하다. 작가는 부드럽고 모호한 여성성 때문에 겪게 되는 여성들만의 고통을 보여주면서 이 여성들에게는 아무 잘못이 없다고 변호하는 듯하기도 하다.

그러나 그 간접적인 변호도 변호이지만 그 이전에 여성의 가장 중요한 성격을 있는 그대로 의미 있게 보여줌으로써 그것이 지닌 진실의 힘에 주목하게 만든다. 기존 페미니즘 소설 속의 강한 여성성이 이념이고 당위라면 김지원 소설 속의 여성성은 진실이고 존재이다. 김지원 소설이 보여주는 여성성은 페미니즘에서 거부해야 할 여성성이 아니라 오히려 주목하고 보강해야 할 여성성일 것이며, 이러한 여성성이 세상에 긍정적으로 관여하는 부분이 더 많을지도 모른다. 김지원 소설의 여성성은 우리가 사는 세상에서 여성의 고유한 영역을 새롭게 인식시켜 주는 것 같다.

|작가 연보|

1942년 경기도 덕소 출생.

1957년 서울 창경초등학교 졸업.

1963년 ≪여원≫에 「늪 주변」이 당선.

1965년 이화여자대학교 영문과 졸업.

1973년 미국 뉴욕으로 이민.

1975년 《현대문학》에 「사랑의 기쁨」 「어떤 시작」이 황순원의 추천으로 발표되면서 등단. 단편 「먼 집」을 《현대문학》에 발표.

1977년 자매소설집 『먼 집 먼 바다』(지식산업사) 출간.

1979년 중편 「폭설」(《세대》), 단편 「새벽의 목소리」(《현대문학》), 「바닷가의 피크닉」(《뿌리 깊은 나무》), 「알마덴」(《한국문학》) 발표. 소설집 『폭설』(수상사) 출간.

1980년 단편 「뒷문 밖엔 갈잎 노래」(《현대문학》), 「비」(《문학사상》), 「마술의 생선뼈」(《소설문학》), 「마술의 사랑」(《현대문학》) 발표.

1981년 단편 「아내」(《한국문학》), 「내 노래가 꽃이면」(《문예중앙》), 중편 「겨울나무 사이」(《문학사상》) 발표.

1982년 단편 「차나 한 잔」(《현대문학》) 발표.

1983년 단편 「동화(童話)」(《현대문학》) 발표.

1984년 단편 「꿈결」(《문학사상》),「정다운 말씀」(《소설문학》), 중편 「지나갈 어느 날」(《문예중앙》) 발표. 장편 『멀리서 노래하듯이』를 《뉴욕 한국일보》에 연재.

1985년 단편 「편강 공주와 바보 언달 이야기」(《문학사상》), 중편 「시간과 강물」(《문학사상》) 발표.

1986년 단편 「베갯머리 꿈」(《동서문학》), 「다리(橋)」(《문학사상》) 발표. 장편 『모래시계(원제: 멀리서 노래하듯이)』(나남), 소설집 『겨울나무 사이』(나남) 출간.

1987년 단편 「어버이날」(《문학정신》), 「잊혀진 전쟁」(《현대문학》) 발표. 소설집 『잠과 꿈』(고려원) 출간.

1988년 단편 「희망의 속삭임」(《현대문학》), 「보이지 않는 사람」(《문학사상》) 발표. 소설집 『알마덴』(동아) 출간.

1989년 장편 『꽃을 든 남자 1, 2』(세계사) 출간.

1990년 아이오와대학교 국제창작 프로그램(IWP) 참가.

1991년 소설집 『물이 물속으로 흐르듯』(한벗) 출간.

1993년 리믹스소설집 『돌아온 날개』(제삼기획) 출간.

1996년 장편 『소금의 시간』(문학동네), 자매소설집 『집, 그 여자는 거기에 없다』(공저, 청아출판사) 출간.

1997년 단편 「낭만의 집」(《라쁠륨》) 발표. 중편 「사랑의 예감」으로 제21회 이상문학상 대상 수상.

1998년 장편 『낭만의 집』(작가정신) 출간.

2002년 소설집 『꽃철에 보내는 팩스』(작가정신) 출간.

2005년 장편 『물빛 목소리』(작가정신) 출간.

2009년 김동환의 장편 서사시 〈국경의 밤〉을 각색해 동명의 시극(詩劇) 극본으로 《문학사상》에 발표.

2013년 1월 30일, 미국 뉴욕 맨해튼 자택에서 타계함.